Girl Online

EN TOURNÉE

L'AUTEUR

Zoe Sugg est née en 1990. En 2009, elle lance sa chaîne YouTube sous le pseudonyme de Zoella. Dans ses vidéos, elle parle de sa vie, de mode et de beauté. Le succès est fulgurant : la chaîne de Zoe compte aujourd'hui plus de 6 millions d'abonnés !

Elle a remporté le Cosmopolitan Blog Award, décerné par l'édition anglaise du célèbre magazine *Cosmopolitan*, dans la catégorie « Meilleur Blog Beauté » en 2011, puis dans la catégorie « Meilleure Blogueuse Beauté » en 2012.

Zoe Sugg vit à Brighton, et *Girl Online en tournée* est son deuxième roman.

Dans la même série

1 - *Girl online*
2 - *Girl online en tournée*
3 - *Girl online joue solo*
    (parution en mars 2018)

Zoe SUGG

Girl Online

EN TOURNÉE

Traduit de l'anglais (Grande-Bretagne)
par Sophie Passant

La Martinière j.
FICTION

Édition originale publiée en 2015
sous le titre *Girl Online On Tour* par Penguin Group,
Penguin Books Ltd, 80 Strand, London WC 2R 0RL, UK.

Loi n° 49-956 du 16 juillet 1949 sur les publications
destinées à la jeunesse : octobre 2017.

ISBN 978-2-266-27829-4

Dépôt légal : octobre 2017

Je dédie ce livre à tous ceux qui l'ont rendu possible et à tous ceux qui m'encouragent, où qu'ils se trouvent.

Avec mon infinie reconnaissance.

20 juin

[handwritten: how to survive a long distance relationship]

Comment survivre à une relation à distance quand votre petit copain est un dieu du rock (super canon)

1. Téléchargez Skype, WhatsApp, Snapchat et, d'une manière générale, toutes les applications du même genre disponibles. Restez connecté(e) jusqu'au bout de la nuit (dans votre vieux pyjama préféré) et chattez avec lui jusqu'au moment où, incapable de garder les yeux ouverts, vous êtes absolument obligé(e) de dormir.
2. Chaque fois que vous n'arrivez pas à le joindre, écoutez *Autumn Girl* en boucle.
3. Installez une application spéciale sur votre téléphone pour connaître l'heure qu'il est là où il est. Cela vous évitera de le réveiller par erreur à trois heures du matin. (Ce qui m'est arrivé une bonne dizaine de fois!)
4. Achetez un calendrier et rayez un à un les jours qui vous séparent de celui où vous allez le revoir (il ne m'en reste, au passage, PLUS QUE CINQ).
5. Débrouillez-vous pour gagner au Loto, histoire de pouvoir abandonner le lycée, prendre l'avion et ne plus jamais être séparé(e) aussi longtemps de lui.

6. Dans tous les cas, n'allez JAMAIS sur le Net chercher des vidéos de l'éblouissante pop star Leah Brown, à moins que vous ne teniez absolument à la voir en train de se tortiller autour de votre petit copain devant des millions de fans hystériques.

7. Et ne tapez JAMAIS son nom sur aucun moteur de recherche, car vous n'obtiendrez que la liste de tout ce qu'il fait de génial pendant que vous révisez vos examens.

Mes chers lecteurs, même si un jour je me dis que je pourrais rouvrir ce blog, je ne le ferai jamais.

Parce que – je le sais – je n'ai pas le droit de m'épancher, de m'inquiéter, de me sentir moins que mignonne et plus qu'un-tout-petit-peu jalouse quand l'élu de mon cœur est le garçon le plus adorable du monde et qu'il ne m'a donné aucune raison de m'en faire, pas vrai ?

Dites-moi que j'ai raison, et que ça va aller. Je ne sais pas comment je vais survivre...

GIRL OFFLINE... et plus jamais online xxx

Chapitre 1

Cinq jours plus tard...

Les salles d'examens avec vue sur la mer devraient être déclarées illégales et définitivement interdites.

Ce n'est pas juste d'être coincée à l'intérieur, la main paralysée à force de crisper les doigts sur son stylo, quand dehors le soleil joue sur les vagues et qu'il fait si beau. Comment suis-je censée me rappeler le nom de l'épouse numéro quatre du roi Henry VIII, alors que les oiseaux chantent et que je jurerais entendre le joyeux tintement du vendeur de glaces ambulant ?

D'un mouvement de tête, je chasse l'image d'un délicieux cornet de glace surmonté d'un bâton de chocolat pour essayer de me brancher directement sur le cerveau de mon meilleur ami, Elliot. Il n'aurait aucun mal à se rappeler les événements, les dates et les noms de tous les personnages concernés par mon sujet d'histoire. Je l'ai surnommé Wiki, parce que son crâne semble abriter autant de connaissances que Wikipédia. Alors que mes fiches de révision s'effacent de ma mémoire plus vite qu'un Snapchat.

J'essaie de me concentrer sur ma feuille, mais les mots dansent devant mes yeux. Je n'arrive même pas à relire mon gribouillage. J'espère que le correcteur chargé de ma copie aura plus de chance.

Choisir l'histoire pour valider mon passage en seconde n'a pas été une bonne idée. Au moment de décider, je me suis contentée de suivre le mouvement général. La seule matière que j'étais absolument certaine de devoir prendre, c'était la photo. La vérité, c'est que je n'ai pas la moindre idée de ce que je veux faire plus tard.

— Bon, c'est fini, annonce soudain l'examinateur. *Posez vos stylos.*

Ma bouche se dessèche instantanément. Je ne sais pas depuis combien de temps je rêvasse, et je n'ai pas répondu à toutes les questions. Ces examens décident de mon orientation, et j'ai déjà tout gâché. J'ai les mains moites et je n'entends plus du tout les oiseaux chanter, seulement le ricanement des mouettes. À mes oreilles, ça donne : « Raté, raté, raté. » Mon estomac se retourne, comme si j'allais être malade.

— Penny ?

Kira, ma copine de classe et mon amie, est debout devant ma table. L'examinateur a déjà ramassé ma copie sans que je m'en sois rendu compte.

— Tu viens ?

— Oui, j'arrive.

De toute façon, les dés sont jetés, alors j'attrape mon sac.

Et tout à coup, en même temps que je me lève, une vague de soulagement balaie ma nausée. Quelle que soit ma note, une chose est sûre : c'était le dernier examen. L'année scolaire est finie !

Je tape dans la main de Kira avec un sourire idiot. C'est la première fois, depuis que j'ai mis les pieds dans ce collège, que je me sens aussi proche de mes camarades de classe – en particulier des jumelles, Kira et Amara. Ils m'ont tous entourée après le scandale du mois de janvier, dressant une digue d'amitié contre le raz de marée dévastateur qui déferlait sur moi. Les médias sont devenus fous quand ils ont su que je sortais avec la nouvelle star du rock, « le jeune et séduisant Noah Flynn ». Puis ils ont découvert mon blog et ma vie privée a été jetée en pâture au monde entier. Et comme Noah était censé sortir avec Leah Brown, la méga star de la pop, ils m'ont cataloguée « briseuse de couple » officielle. J'ai traversé alors les pires moments de mon existence, mais mes amis m'ont aidée à affronter la tempête. Et, quand ça s'est calmé, le scandale nous avait rapprochés.

— Tu viens fêter la fin de l'année chez GBK ? me demande Kira dans le couloir. On se retrouve tous là-bas avant le concert. Tu dois avoir trop hâte de revoir Noah !

Une palpitation que je connais bien me traverse. Si j'ai hâte de revoir Noah ? Bien sûr que j'ai hâte ! Et je suis totalement stressée. Je ne l'ai pas revu depuis les vacances de Pâques, quand il est venu pour mon anniversaire, et maintenant, nous allons passer… deux semaines ensemble. Je ne rêve que de ça – je suis même incapable de penser à autre chose –, mais je ne peux pas m'empêcher de me demander si ça va être pareil.

— D'accord, je lui réponds. Je vous rejoindrai au restaurant. Je dois d'abord récupérer quelques affaires dans le bureau de Mlle Mills et passer chez moi me changer.

— Oh, c'est vrai! s'exclame Kira en me serrant le bras. Moi aussi je dois me changer!

Je la regarde disparaître en souriant, mais l'allégresse d'avoir fini les examens est déjà en train de fondre, chassée par une nouvelle angoisse. Du style: « Et-si-mon-petit-copain-n'était-plus-aussi-content-de-me-voir? » Je sais que je ne devrais pas douter de lui à ce point. Le problème, c'est que Noah est mon premier petit copain. Et comme, en plus, c'est l'un des plus fabuleux nouveaux musiciens du monde, c'est plus facile à dire qu'à faire.

Dans les couloirs presque déserts, le seul bruit qui m'accompagne est le couinement de mes Converse sur le lino. Je n'arrive pas à me dire que c'est mon dernier rendez-vous avec ma prof de photo. Mlle Mills m'a beaucoup soutenue, cette année; en dehors de mes parents, elle est sans doute la personne à laquelle je me suis le plus confiée sur ce qui m'est arrivé à Noël et au réveillon du Nouvel An. Même à Elliot je ne raconte pas toujours tout.

Il faut reconnaître que ma crise de panique dans le minuscule placard qui tient lieu de chambre noire a aidé. Les révélations « fracassantes » à propos de Noah et moi faisaient le buzz depuis deux semaines. D'habitude, je trouvais la chambre noire apaisante, mais que ce soit à cause des émanations de produits chimiques, de l'exiguïté des lieux, ou parce que la photo que j'étais en train de développer représentait justement le beau visage de Noah, je me suis presque évanouie dans le bac de révélateur. Heureusement, le cours était terminé et personne n'a eu le plaisir de revoir « Penny la Panique » en action. Mlle Mills m'a préparé une tasse de thé et nourrie de biscuits jusqu'à ce que je commence à parler. Et là, je n'ai pas pu m'arrêter.

Depuis, elle a toujours été là pour moi, mais je savais ce qui m'aurait le plus réconfortée : mon blog. Bloguer avait toujours été tellement libérateur. Et j'avais beau, après mon dernier post – « Du conte de fées à l'histoire d'horreur » –, avoir transféré Girl Online sur un compte privé, je ne pouvais pas ignorer le titillement familier qui me démangeait chaque fois que j'y pensais : j'ai tellement besoin de partager mes pensées avec le monde. Girl Online avait été mon exutoire émotionnel et créatif pendant un an, et ça me manquait – autant que la communauté de mes lecteurs que j'en étais venue à considérer comme des amis. J'étais sûre qu'ils m'auraient soutenue si je leur avais tendu la main – ils m'avaient toujours soutenue lors de mes crises d'angoisse. Mais quand je songeais à la réouverture de mon blog, je ne voyais que les autres, ces gens haineux vissés à leur clavier, attendant l'occasion de me voir réapparaître pour me déchirer en morceaux. Je ne m'étais jamais sentie aussi paralysée, aussi incapable d'écrire. D'habitude, les mots coulaient, fluides et joyeux comme un ruisseau sous mes doigts, mais là, tout ce que j'arrivais à écrire me semblait lourd et faux. Je me suis rabattue sur un journal, mais ce n'était pas la même chose.

J'ai essayé de décrire ce que je ressentais à Mlle Mills. Que les gens en ligne étaient devenus des clowns atrocement grimés avec des dents aussi tranchantes que des rasoirs. Qu'au lieu de rôder dans l'ombre, ces monstres étaient là, sous mon nez. Un million de cauchemars prêts à m'assaillir qui, aujourd'hui encore, me donnent envie de me réfugier dans une tribu de la forêt amazonienne chez qui les avions sont considérés comme des esprits malfaisants envoyés par les dieux. Elliot m'a parlé d'eux. Je suis sûre qu'ils n'ont jamais entendu parler de Girl Online ou de Noah Flynn. Ils ne connaissent pas Facebook. Ni Twitter. Ni les vidéos virales, visiblement plus résistantes et destructrices que la pire des bactéries.

Si je ne vivais qu'à Brighton, ça irait. Au collège, tout le monde a oublié *mon* scandale, comme on a oublié le nom du dernier vainqueur de *XFactor*. Mon père dit que le journal du matin sert d'emballage au fish and chips du soir. Il a raison : l'hystérie provoquée par la révélation de ma relation avec Noah est retombée comme un soufflé raté. Mais je ne vis pas seulement à Brighton. Je suis citoyenne de la planète Internet, une planète où l'on n'oublie rien.

Enfin, il est quand même sorti une bonne chose de la Toile : après ses messages de soutien, Miss Pégase et moi avons échangé nos adresses mail et, après avoir été la plus fidèle lectrice de Girl Online, elle est devenue l'une de mes meilleures amies — même si on ne s'est encore jamais rencontrées dans la vraie vie. C'est elle qui, dans la foulée de mon millionième gémissement de regret concernant l'interruption de Girl Online, m'a conseillé de changer les paramètres de mon blog pour n'en autoriser l'accès qu'à des personnes choisies. Depuis, Elliot, Mlle Mills et elle sont les seuls à lire mes divagations. C'est peu, mais c'est mieux que rien.

Mlle Mills m'attend dans sa salle de classe, penchée sur son bureau, le visage caché par le rideau de ses cheveux châtain clair. Quand je frappe, elle lève ses yeux souriants vers moi.

— Tiens, Penny ! Alors, l'école est finie ?

— Je sors juste de l'examen d'histoire.

— Formidable ! Entre.

Elle attend que je sois assise sur une des chaises de plastique dur. Autour de moi, les projets photographiques de mes camarades sont accrochés sur des tableaux de mousse noire, prêts pour l'exposition de cet été. Contrairement au vœu de Mlle Mills, j'ai demandé que mon travail n'en fasse pas partie. J'ai fait et rendu tout ce qu'il fallait, mais l'idée de montrer mes photos à tout le monde est au-dessus de mes forces. Que quelqu'un puisse tomber dessus et s'en servir pour me ridiculiser me terrifie.

Elle sort mon book et me le donne.

— C'est un travail splendide, Penny, comme toujours. Je crois qu'on ne va pas se voir avant un certain temps, alors je voulais te parler de ton dernier post... On dirait que ça va mieux, n'est-ce pas ?

Je hausse les épaules. En ce moment, je me sens tout juste capable de vivre au jour le jour.

— Je crois que tu peux faire davantage que seulement survivre à chaque nouvelle journée, enchaîne Mlle Mills comme si elle lisait dans mes pensées. Tu peux t'épanouir, Penny. Tu as traversé des épreuves difficiles, cette année. Je suis heureuse que tu aies décidé de continuer la photographie l'an prochain, mais tu ne dois pas laisser tes doutes et tes interrogations sur ton avenir te miner le moral. Tu as le droit de ne pas savoir ce que tu veux faire.

Je voudrais la croire, mais j'ai du mal. Autour de moi, chacun sait parfaitement ce qu'il veut devenir. Elliot veut faire des études de stylisme et rêve de lancer un jour sa propre marque. Kira veut devenir vétérinaire (elle vise une prépa de math et bio pour se donner toutes les chances, le moment venu, d'intégrer une bonne université). Quant à Amara, qui est une sorte de génie de la physique, elle s'est toujours vue en scientifique et sa voie est toute tracée. Moi, j'aime faire des photos et écrire des posts que je ne peux plus partager qu'avec mes plus proches amis. Je ne suis pas sûre qu'on fasse carrière avec ça.

Je sais qu'un océan de possibilités s'ouvre à moi, mais je me sens scotchée au rivage, incapable de me lancer. Dans quelle direction aller ?

— Vous avez toujours voulu être professeur ?

Mlle Mills éclate de rire.

— Non, pas vraiment ! Disons que j'y suis venue... par hasard. Je voulais devenir archéologue ! Jusqu'au jour où j'ai compris que ça n'avait pas grand-chose à voir avec les aventures d'Indiana Jones. Je me suis longtemps sentie perdue, en réalité.

— C'est exactement ce que j'éprouve. Je me sens perdue dans ma propre existence. Sans boussole. Si seulement il existait un GPS pour nous guider dans la vie...

Elle éclate encore de rire.

— Écoute, Penny, les *autres* adultes peuvent te raconter ce qu'ils veulent... Moi, je vais te confier un secret : tu n'es pas obligée de savoir *maintenant* ce que tu veux faire *plus tard*. Tu n'as que seize ans. Avance et amuse-toi ! Vis ta vie. Oublie ta boussole, ou bien secoue-la dans tous les sens pour qu'elle ne sache plus distinguer le haut du bas, le sud du nord. Comme je te l'ai dit, je suis arrivée dans l'enseignement par hasard, mais aujourd'hui, je ne voudrais d'aucun autre métier.

Elle s'approche et me sourit.

— Alors, tu as hâte d'être au concert de ce soir ? Les élèves ne parlent que de ça. Noah fait la première partie des Sketch, c'est ça ?

Je lui souris, heureuse qu'elle change de sujet. Rien qu'à l'idée de revoir Noah, mon cœur s'emballe. Vient un moment où Skype et les textos ne font plus le poids, et ce moment est arrivé. C'est aussi la première fois que je vais le voir sur scène, devant des milliers de filles déchaînées.

— Oui, il joue avant eux. C'est énorme pour lui.

— Je m'en doute. Bon, prends soin de toi, cet été, et n'oublie pas de travailler ta photo pour l'an prochain.

Elle montre mon book.

— Tu es sûre de ne pas vouloir participer à l'expo du lycée ? Tu as fait un travail formidable, et il mérite d'être reconnu.

Je secoue la tête.

— Comme tu voudras, Penny. Tout ce que je peux te dire, c'est de continuer ton blog. Tu sais communiquer avec les gens. C'est un talent et c'est un don, ce serait dommage de le perdre. Disons que c'est le devoir de vacances que je te confie pour cet été – en plus de la photo, bien sûr. Je veux un compte rendu complet de tes voyages.

Je souris en glissant mon book dans mon sac. Je pense au travail photographique qu'elle nous a demandé de réaliser cet été. Elle veut que nous nous intéressions aux « perspectives alternatives », que nous cherchions à voir le monde sous un angle différent. Je n'ai aucune idée de ce que je vais pouvoir trouver, mais je suis sûre d'une chose : partir en tournée avec Noah (parce que je pars *en tournée avec lui !*) va me donner un milliard d'occasions de voir le monde autrement.

— Merci pour votre aide, mademoiselle Mills.

— De rien, Penny.

Je quitte la salle de classe pour retrouver le couloir désert. J'avance d'abord lentement, puis, tandis que je sens mon cœur battre la chamade, de plus en plus vite. Je franchis les portes de l'école en courant et, sur le perron, bras écartés, je tournoie comme une toupie. C'est complètement débile, je le sais, mais je n'arrête pas pour autant ! Je n'ai jamais été aussi heureuse qu'une année se termine. La liberté ne m'a jamais paru aussi belle.

25 juin

Ça y est : les examens sont terminés !
(Et comment y survivre la prochaine fois)

Attention... Roulements de tambour... Ça y est, je suis en vacances ! L'école est TERMINÉE ! *Basta ! Finito !*

Ce n'était pas si horrible. Je répète : ce n'était pas si horrible. Mais je dois reconnaître que j'ai eu de l'aide (mille milliards de mercis à mon meilleur-meilleur ami, Wiki !) et que quelques règles simples m'ont permis de tenir le coup quand j'avais l'impression de ne faire que réviser... réviser... et encore réviser !

Si je ne les note pas tout de suite, je les aurai oubliées pour le prochain round, c'est-à-dire dans un an. (Je ne sais pas pourquoi, mais quel que soit le nombre d'examens que j'ai *déjà* passés, je les trouve toujours aussi terrifiants.) Donc :

Cinq règles de base pour survivre aux examens (par quelqu'un qui DÉTESTE les examens) :

1. Réviser.

Vous me direz que c'est le b.a.-ba – et vous aurez raison. MAIS cette année, j'ai fait un tableau (avec une case pour chaque matière concernée) et, chaque fois que je bouclais une heure de révision, je me suis attribué une belle petite étoile dorée (un sticker) dans la case correspondante. J'ai eu un peu l'impression de retourner en maternelle, mais voir concrètement l'avancée de mes progrès (sous la forme d'une jolie constellation grandissant dans chaque case) a ratatiné mes angoisses d'autant.

2. Soudoyer.

Pas un de vos professeurs, ni l'examinateur, mais vous ! Personnellement, je me suis fait miroiter, à la fin de chaque semaine de révision (voir étape 1), un détour chez *Gusto Gelato* pour une bonne récompense. Rien de tel que la promesse d'une douceur pour se motiver !

3. Commencer par le plus difficile.

Wiki est trop génial ! C'est lui qui m'a conseillé de m'attaquer *d'abord* aux matières qui rapportent le plus de points, pour éviter de me retrouver coincée le dernier jour et réduite à raconter n'importe quoi dans la dissert la plus importante.

4. Café.

Personnellement, je déteste, mais d'après mon frère, ça aide. Alors j'ai essayé. Sauf que chaque fois que j'en ai avalé, non seulement j'ai fait la grimace (c'est imbuvable), mais j'ai fini la nuit debout, victime de tachycardie et à moitié asphyxiée par l'angoisse. Ça ne doit pas être une si bonne idée que ça...

5. Penser à l'été.

Autrement dit : se souvenir que la vie continue *après* les examens ! C'est surtout ça qui m'a permis de tenir. Savoir que j'allais très vite revoir Brooklyn Boy...

GIRL OFFLINE... plus jamais Online xxx

Chapitre 2

Quand j'arrive à la maison, je me sens tellement heureuse que je déboule dans la cuisine comme une ballerine sur la scène de l'Opéra : en faisant un saut de biche. Ce qui ne manque pas d'à-propos car maman, dans une robe de soirée digne de *Danse avec les stars*, est en train de danser une salsa endiablée avec Elliot. Pour compléter le tableau, Alex, le petit copain d'Elliot, assis sur un tabouret près du bar, distribue les points à la manière flamboyante de Bruno Tonioli, animateur vedette de ladite émission.

Un après-midi banal chez les Porter.

— Penny chérie ! s'exclame maman entre deux déhanchements. Tu ne m'avais pas dit qu'Elliot était si bon danseur.

— C'est un garçon plein de talent !

Ils terminent sur un savant penché arrière – d'Elliot, soutenu par maman –, tandis qu'Alex et moi applaudissons avec enthousiasme.

Le calme revenu, je regarde Elliot et Alex.

— On monte ?

Ils opinent avec une synchronisation quasi parfaite.

Le petit pincement au cœur que j'éprouve chaque fois que je les vois ensemble ne manque pas de se faire sentir. Elliot et Alex sont l'image même du couple idéal – au contraire de Noah et moi, ils ne connaissent pas les affres d'une relation à distance. Ils peuvent se retrouver aussi souvent qu'ils veulent sans se soucier des fuseaux horaires ou de la qualité du réseau pour pouvoir skyper tranquillement. Ils sont complètement à l'aise l'un avec l'autre.

En fait, ils passent tellement de temps ensemble qu'on leur a même donné, mes parents et moi, un surnom : Alexiot.

— Est-ce qu'Alexiot restent pour le dîner ? demande d'ailleurs ma mère alors qu'on disparaît dans l'escalier.

— Non ! je crie derrière moi. On va manger un hamburger chez GBK avant le concert !

— Ah bon ? s'étonne Elliot.

C'est vrai… il n'est pas au courant.

— Kira nous a invités. Ça vous branche ?

Alexiot échangent un regard et, apparemment, approuvent.

— Pas de problème, Penny Chou, dit en effet Elliot en prenant la main d'Alex.

Je souris.

Je me rappelle si bien le jour de leur rencontre. C'était juste avant la Saint-Valentin. Elliot m'avait traînée dans une boutique de fripes vintage, au fin fond d'une obscure ruelle des Lanes, alors qu'on était déjà venus la veille et qu'on savait très bien qu'il n'y aurait rien de nouveau.

22

Je râlais encore quand j'ai repéré le garçon avachi derrière le comptoir. Il m'a fallu quelques secondes, mais je l'ai reconnu.

— Oh là, là, Penny, qu'est-ce qu'il est mignon !

Elliot, qui m'avait tirée derrière un portant chargé à craquer, s'était enroulé un énorme boa de plumes autour de la tête.

— C'est Alex Shepherd, j'ai répondu. Il est en première dans mon lycée.

Je ne le connaissais que de vue, et seulement parce que Kira craquait sur lui. J'ai baissé le ton pour demander à Elliot :

— Tu es sûr qu'il est gay ?

Il a levé les yeux au ciel.

— Tu crois que je t'amènerais jusqu'ici si je n'en étais pas sûr ? On se regarde depuis qu'il a commencé à travailler dans cette boutique, il y a deux semaines.

— Ça ne veut rien dire, tu fais de l'œil à tout le monde, j'ai répliqué en lui donnant un coup de coude dans les côtes.

— Peut-être, mais pas comme ça.

Son clin d'œil super exagéré m'a fait glousser.

— Pourquoi tu n'as encore rien tenté, si tu es si sûr de toi ?

— Je vais le faire. Laisse-moi seulement… un peu de temps.

Kira serait effondrée d'apprendre qu'Alex était une cause perdue pour elle, mais elle s'en remettrait. Il était un petit peu plus BCBG que les béguins habituels d'Elliot, mais une lueur espiègle qui aurait fait fondre n'importe qui brillait dans son regard. Quand j'ai glissé la tête sur le côté du portant pour mieux le voir, il nous regardait. Alors je lui ai fait un petit signe de la main.

— Penny, qu'est-ce qui te prend ? s'est affolé Elliot d'une voix étranglée.

— Je gagne du temps, El. Et puis, c'est la moindre des politesses, il regardait vers nous. OK, il vient – *keep cool*.

— Hein, il fait *quoi* ?

Elliot avait l'air paniqué, mais ça ne l'a pas empêché de se passer la main dans les cheveux pour les arranger.

— À quoi je ressemble ? Oh là là, j'en étais sûr ! Je n'aurais jamais dû prendre ce chapeau aujourd'hui ! Un trilby ! J'ai l'air d'un pingouin. J'aurais dû mettre un truc plus cool.

— Elliot, tu divagues.

C'était la première fois que je le voyais aussi nerveux. J'ai déroulé le boa, pour qu'il n'ait pas l'air d'avoir une autruche plantée sur le haut du crâne, et j'ai tenté de le raisonner.

— Ton look est…

Mais avant que je puisse terminer ma phrase, Alex était devant nous.

— Est-ce que je peux vous aider ?

Sa question s'adressait peut-être à nous deux, mais son regard et son sourire étaient exclusivement réservés à Elliot.

— M'épouser ? a lâché Elliot dans un souffle.

— Pardon ? a dit Alex en plissant le front.

— Non, rien… Ou plutôt, si, tu n'aurais pas un foulard pour aller avec mon trilby ?

La métamorphose d'Elliot m'a stupéfiée : en moins d'une seconde, tout stress oublié, il était redevenu lui-même, relax et sûr de lui.

— Bien sûr, a répondu Alex. J'ai exactement ce qu'il faut pour ton look *Gatsby le Magnifique*. C'est par là.

Alex s'est éloigné vers l'autre bout de la boutique.

— Tu savais que la femme de F. Scott Fitzgerald refusait de l'épouser tant qu'il n'avait pas signé de contrat d'édition ? lui a demandé Elliot en lui emboîtant le pas.

— Non, mais je sais qu'il était nul en orthographe, a répliqué Alex du tac au tac.

Je les ai regardés partir, discutant tranquillement des petits détails de la vie d'un auteur que je n'avais toujours pas lu (je n'avais même pas vu le film tiré de son livre). On aurait cru qu'ils se connaissaient depuis toujours, et j'ai compris que je devais m'éclipser. Je ne voulais pas gâcher la rencontre. Alors j'ai reculé.

Mais bien sûr, douée comme je le suis, j'ai heurté un portant. Un portant chargé à bloc de manteaux de fourrure, qui s'est évidemment écroulé, entraînant avec lui une pile d'étoles. Je me suis précipitée pour les ramasser, plus rouge qu'une pivoine, mais c'était un vrai fouillis et les manteaux étaient super lourds. Tu parles d'une discrétion.

Alex et Elliot sont arrivés à toute allure.

— Je vais m'en occuper, m'a rassurée Alex, ne t'inquiète pas.

— Je vais t'aider, a aussitôt renchéri Elliot.

Ils ont plongé les mains en même temps dans la fourrure. Attrapant sans le savoir chacun un bout de la même étole, ils ont commencé à tirer jusqu'à ce que leurs mains se touchent. J'ai quasiment ressenti la décharge électrique. C'était comme le spaghetti dans *La Belle et le Clochard* – un film que j'ai vu, pour le coup, des centaines de fois (quand j'étais petite). J'ai bredouillé des excuses et j'ai réussi à quitter la boutique sans les déranger. Depuis ce jour-là, ils ne se sont pas quittés. Et j'aime penser que ma maladresse, pour une fois, n'a pas été complètement inutile.

Maintenant, Alexiot doivent m'aider à résoudre LA question : qu'est-ce qu'on met quand on s'apprête à revoir son petit copain, en vrai, après deux mois de séparation ? Nous grimpons l'escalier jusqu'à ma chambre à toute allure. Alex, grâce à ses longues jambes, avale les marches deux par deux. Il est beaucoup plus grand qu'Elliot ou moi.

— Heu, Penny… tu n'es pas censée partir en tournée demain ? me demande-t-il en s'arrêtant sur le palier, devant ma porte ouverte.

— Si, pourquoi ?

J'ai beau faire l'innocente, je sais très bien ce qu'il veut dire. On pourrait croire qu'une tornade a dévasté ma chambre. Tous mes vêtements, absolument TOUS mes vêtements – de la moindre écharpe à la plus petite ceinture, en passant par mes chapeaux – sont entassés sur mon lit. De l'autre côté, mon bureau disparaît sous un amoncellement de fiches de révision, et des morceaux de carton, vestiges de mon dernier rendu photo, sont éparpillés un peu partout sur le sol.

Le seul endroit épargné par la tempête est celui de mon fauteuil près de la fenêtre, là où j'ai accroché une photo de Noah et moi découpée dans un magazine. Noah me serre contre lui et la légende précise : « Noah Flynn et sa petite amie. » C'est la première fois que j'apparais dans un journal ; j'y suis coiffée n'importe comment, mais je la garde pour me rappeler que c'est vrai, parce qu'il m'arrive encore parfois d'avoir des doutes. Il y a aussi un calendrier, presque entièrement couvert d'étoiles dorées, où la date d'aujourd'hui est entourée en rouge.

Elliot avance sur la pointe des pieds au milieu du bazar.

— Splendide. Océane la Battante ne sait pas faire sa valise.

Océane la Battante est le nom qu'on a trouvé, Elliot et moi, pour désigner mon alter ego, celle dans la peau de laquelle je me glisse chaque fois que je sens l'angoisse monter. Je l'appelle à la rescousse comme Beyoncé se servait de « Sasha Fierce » à ses débuts, quand elle était paralysée à l'idée de monter sur scène. Beyoncé n'a plus besoin de Sasha Fierce et j'espère qu'un jour je pourrai, moi aussi, me passer d'Océane. Mais pour l'instant, je m'accroche à elle. Dans la tempête de mes angoisses, c'est ma bouée de sauvetage.

Je désigne mon lit.

— Bon, heu, asseyez-vous, comme on dit.

De mon côté, je me perche sur le tas de pulls qui encombre le tabouret de ma coiffeuse.

— Tu es sûre que je ne vais pas tomber sur le cadavre refroidi de Megan enfoui quelque part là-dessous ? me demande Elliot en faisant la grimace.

Je lui tire la langue.

— C'est malin.

Au début de l'année scolaire, Megan était encore ma meilleure amie. Mais elle s'est transformée en une pimbêche insupportable, obsédée par son reflet dans le miroir et les yeux des garçons, et je ne la reconnais plus. Un peu avant Noël, elle est devenue jalouse de ma soi-disant relation avec Ollie – le garçon sur lequel je craquais avant de connaître Noah. Il ne s'est rien passé entre Ollie et moi, mais l'idée qu'il *puisse* se passer quelque chose a suffi à la rendre complètement folle de jalousie. C'est Ollie qui a découvert l'existence de mon blog – encore anonyme à ce moment-là –, et c'est lui qui a reconnu Noah Flynn sur la photo que j'avais prise de lui et scotchée sur le miroir de ma coiffeuse. Il en a parlé à Megan, et c'est elle qui a fait le rapprochement entre les deux et qui a livré mon nom et ma vie privée en pâture en dévoilant tout aux médias.

J'ai eu ma vengeance personnelle quand on les a coincés, Elliot et moi, chez *Choc-Ouhlà !*. La confrontation s'est terminée par nos milk-shakes dégoulinants sur leurs têtes. Depuis cet épisode, je n'ai pas vraiment eu affaire à Megan. À l'école, l'histoire du milk-shake-gate – qui reste mon meilleur et unique instant de gloire à ce jour – s'est répandue comme une traînée de poudre.

Mais les filles comme Megan ne restent jamais désarmées très longtemps. Leur assurance paraît indestructible et, tandis que d'autres gardent les stigmates de l'infamie à vie, la honte a l'air de glisser sur elles comme l'eau sur les plumes d'un canard. Megan a même fait des blagues de l'épisode : le milk-shake ne serait-il pas, voyez-vous ça, le secret de son teint crémeux ? Et aujourd'hui, voilà qu'elle est admise dans la meilleure école d'art dramatique de Londres. Elle est à nouveau au sommet de sa gloire, intouchable.

Ollie aussi sera parti l'an prochain. Ses parents ont décidé de déménager pour aider son frère dans sa carrière de joueur de tennis. Ça me fait de la peine pour Ollie. Malgré ce qu'il m'a fait, je continue de croire qu'il n'est pas méchant. Et aujourd'hui, le voilà obligé de vivre dans l'ombre de son frère.

Mes deux Némésis disparus, le seul ennemi qui me reste, c'est moi.

Elliot frappe dans ses mains. Un signe qui ne trompe pas : il vient de passer en mode commando, type Monica la Terreur dans *Friends*.

— Bon, où est ta valise ?

— Heu, je crois qu'Alex est dessus.

Alex saute sur ses pieds et pousse la pile de vêtements sur laquelle il était assis. Les bords de ma valise fuchsia finissent par apparaître sous l'amas de tissus qui recouvre mon lit.

— Rappelle-moi pour combien de temps tu pars ? me demande Alex en contemplant la taille du bagage.

— Quatorze jours, trois heures et vingt et une minutes exactement, répond Elliot. Je vais compter chaque seconde de son absence !

— Je crois que mes parents aussi, j'ajoute avec un sourire penaud.

— Il leur a fallu longtemps pour se faire à l'idée ? demande encore Alex.

— Oh, non, seulement les deux mois après la proposition de Noah à Pâques ! Pour être sincère, je n'étais pas très sûre, moi non plus.

Partir en tournée avec Noah me semblait énorme. C'était la première fois que j'allais vraiment partir toute seule, disons... « comme une grande ». Aujourd'hui encore, bien que les moindres détails aient été prévus, ce départ continue de m'angoisser.

— Tu vas très bien t'en sortir, me lance Elliot. Ça va être une expérience incroyable, et je suis *ultra* jaloux. Bon, maintenant, ouvre ta valise et montre-nous ce que tu emportes.

Je lui obéis et la première chose que je vois m'arrache une grimace. Elliot me pousse et sort la plus informe de toutes les vestes du monde. Ses manches sont larges et assez longues pour faire deux fois le tour de ma taille. C'est le cardigan de ma mère qu'elle n'a porté *que* lorsqu'elle était enceinte, jamais avant et jamais depuis.

Elliot le contemple à bout de bras, puis le plaque contre lui. Il lui arrive sous les genoux.

— Tu sais que c'est l'été, Penny, et que tu ne vas pas au pôle Nord ? Quel besoin d'emporter ce troupeau de moutons au grand complet ?

Je lui arrache le vêtement des mains.

— C'est mon doudou.

Je plonge mon visage dedans et je respire son odeur – un peu celle de ma mère et beaucoup celle de la maison.

— Il m'aide à surmonter mes angoisses. Mlle Mills m'a dit que si j'avais peur de paniquer, ou d'avoir le mal du pays, je n'avais qu'à emporter une chose qui me rassure et me rappelle chez moi. Comme je ne peux pas prendre ma couette, je me suis rabattue sur ce gilet.

Il me l'arrache des mains pour le plier correctement et le remettre dans ma valise.

— OK, tu peux l'emporter. Mais certainement pas *celui-là* !

Il brandit un autre gilet, rose bonbon, à col boutonné et avec des petites fleurs cousues sur les poches.

— Tu pars *en tournée*, Penny. Pas prendre le thé chez mamie !

— D'accord, laisse tomber celui-là.

Je ris.

— Je suis nulle pour ces trucs-là !

Elliot se frotte les tempes avec un accablement théâtral.

— Parfois, tu me désespères, Penny ! Bon, on verra ça plus tard. Revenons à l'urgence : qu'est-ce que tu mets *ce soir* ?

C'est à mon tour de dramatiser.

— J'ai essayé tout ce que j'avais dans mes placards et je n'ai strictement rien trouvé ! Tu crois que je peux m'en tirer avec un petit haut noir sur mon jean ?

J'ai droit à un regard sévère.

— Pas question. Ce n'est pas assez habillé du tout.

— Et ça ?

Alex nous montre une robe patineuse noire dont j'avais complètement oublié l'existence. Une petite marguerite blanche et jaune est imprimée dessus. Je l'ai achetée sur ASOS un jour que j'étais censée réviser avec Kira et Amara, mais je ne l'ai jamais mise.

— C'est parfait ! s'exclame Elliot. L'élu de mon cœur, mesdames et messieurs, est un styliste hors pair !

Alex hausse les épaules.

— Eh, c'est vrai, insiste Elliot, tu travailles depuis assez longtemps dans cette boutique pour avoir appris quelques trucs.

Je prends la robe des mains d'Alex et je m'éclipse dans la salle de bains. Ma tenue enfilée, je me regarde dans le miroir.

Je n'arrive pas à croire que je vais enfin voir Noah – en concert, en plus. J'ai l'impression d'attendre et de redouter ce moment depuis le jour où il m'a annoncé qu'il partait en tournée européenne en première partie des Sketch. Je défais mon chignon et mes longs cheveux roux tombent en cascade sur mes épaules. Maman m'a montré un truc pour poser l'eye-liner : dépasser le coin externe de l'œil pour remonter un tout petit peu au-dessus de la ligne de la paupière. Je l'essaie et mes yeux ont tout de suite plus d'allure. Je recule un peu pour juger de l'ensemble.

J'ai devant moi « *la petite amie de Noah Flynn* ». C'est ma nouvelle étiquette.

Peut-être que je vais y arriver.

Je crois que je deviens folle quand j'entends les pre-mières mesures de l'album de Noah jouer dans ma tête, mais quand je sors de la salle de bains, je comprends qu'Elliot et Alex écoutent *Elements*, un des huit titres d'*Autumn Girl*, l'album de Noah. Chacune des chansons qu'il écrit est meilleure que la précédente. Mais celle qui donne son nom à l'album, *Autumn Girl*, a été écrite pour moi ; et c'est ma préférée, évidemment.

Alexiot se tiennent par la main, et Elliot a la tête posée sur l'épaule d'Alex. Ils sont trop mignons, et je ne veux pas les déranger, mais Elliot a dû m'entendre, parce qu'il tourne la tête vers moi. Sa mâchoire se décroche.

— Waouh, tu déchires, Océane la Battante !

— Merci, dis-je avec une petite révérence.

— Bon, c'est pas tout ça, les gars, reprend-il d'une voix drôlement traînante tout à coup. Il faut qu'on se bouge, là.

Alex et moi le regardons, un peu surpris.

— Quoi, vous n'aimez pas mon accent américain ? Je savais bien que je devais m'entraîner avant de revoir Noah. Bon, les accessoires…

Il glisse une dizaine de bracelets à mon poignet et me passe un long sautoir autour du cou. Puis il me regarde en souriant.

— Ne manque plus que tes Converse, princesse, et tu seras prête.

Je me tourne vers le grand miroir de ma chambre.

— Tu es magnifique, Pen! Cette robe est parfaite, déclare Elliot convaincu.

Et il enchaîne :

— Leah Brown, tu es peut-être la plus canon des stars de la pop mondiale, mais ma copine ici présente n'a rien à t'envier.

Je m'autorise à sourire et à me dire que j'ai l'air bien. Et ça marche : je me sens confiante. Je prends quand même une veste à enfiler par-dessus ma robe. Elliot fait la grimace.

— Quoi ? je réplique. Il fait peut-être froid chez GBK !

— En parlant de ça, on devrait se dépêcher, dit-il en jetant un regard à sa montre.

Dans l'escalier, j'appelle mon frère :

— Tom ! Tu nous déposes en voiture ?

Un grommellement me parvient d'en bas, que j'interprète comme un « oui ».

Nous sommes prêts à partir, mais quand on arrive devant la voiture, Alex ne monte pas. Au lieu de ça, il enfonce les mains dans ses poches.

— Désolé, je dois passer faire un truc chez moi. Je vous retrouve au concert, OK ?

La bonne humeur d'Elliot s'envole tout à coup, et ses épaules s'affaissent.

— Tu es sûr ? je demande à Alex. Je sais que ça peut être lourd de traîner avec des secondes, mais la plupart sont sympas.

— Ce n'est pas ça, répond Alex, j'ai juste un truc à faire.

— Oh, d'accord.

Il se penche dans la voiture et donne un baiser rapide à Elliot, mais le cœur d'Elliot n'y est pas. Ce n'est qu'Alex disparu, et après avoir haussé les épaules, qu'il retrouve sa bonne humeur.

— C'est parti !

Quelques minutes plus tard, grâce à Tom, notre chauffeur personnel, on arrive devant GBK. Elliot bondit hors de la voiture. Je suis sur le point de le suivre lorsque mon frère me retient par le bras.

— Si tu as un souci, ou besoin de quoi que ce soit, tu m'appelles, Pen-Pen. D'accord ?

En réponse, je le serre fort. Il peut se raidir, je sais qu'il m'aime.

Le vendredi soir, entre les banlieusards qui reviennent de leur journée de travail à Londres et ceux qui sortent faire la fête, les rues de Brighton sont pleines de monde. Un garçon qui a l'air plus jeune que moi joue de la guitare sur le trottoir. Il ne chante pas très fort, mais sa voix est incroyable. Personne ne fait attention à lui – pas même Elliot, tellement plongé dans ses pensées qu'il pourrait passer devant l'Orchestre symphonique de Londres sans même s'en rendre compte. Moi, je m'arrête, scotchée par la beauté de sa musique.

— Est-ce que je peux te prendre en photo ? je lui demande après son dernier accord.

— Si tu veux.

Je fais plusieurs clichés et je sors une pièce de mon sac pour la poser dans l'étui de sa guitare. Il me fait un sourire et je file vers le restaurant en courant : il vient de se mettre à tomber des cordes. Typique de l'été anglais, ça.

À l'intérieur, tout le monde est déjà là – les élèves de ma classe, mais pas seulement. Elliot se précipite vers moi et m'oblige à m'arrêter.

— Surtout, ne flippe pas, me dit-il.

— Qu'est-ce que tu veux dire ?

J'ai les sourcils froncés quand il s'écarte légèrement sur le côté.

Megan est juste derrière lui.

Et elle porte exactement la même robe que moi.

Chapitre 3

Je serre les pans de ma veste pour mieux cacher ma robe. Megan, elle, sourit tranquillement. Elle a l'air étonnamment détendue, sans doute parce que mes joues ont *déjà* viré au cramoisi tellement je me sens gênée. Je suis sur le point de fuir quand Elliot m'attrape le bras.

— Ça alors, Penny ! s'exclame Megan en repoussant ses longs cheveux châtain d'un mouvement de tête étudié. On a la même robe ! Tu l'as trouvée sur ASOS ? J'espère que Noah ne va pas me voir en premier, sinon il risque de nous confondre et de *me* donner le laissez-passer VIP !

Son clin d'œil appuyé me donne la nausée. Je ne peux pas m'empêcher de songer que la robe lui va mille fois mieux qu'à moi.

— Grandis un peu, Megan, rétorque Elliot d'un ton sec. Ce n'est qu'une robe, pas une greffe de cerveau qui ferait de toi quelqu'un de mieux.

Kira, assise derrière Megan, m'adresse un petit sourire désolé avec un bref haussement d'épaules. Je commence par me demander, avec un horrible pincement au cœur, si elle n'a pas parlé à Megan de la robe que j'ai commandée... Il faut que j'arrête d'être aussi parano.

— Ah, te voilà enfin! me dit-elle. Est-ce que Noah nous rejoint?

Je sens tous les regards braqués sur moi.

— Non, je ne crois pas, je lâche dans un rire nerveux. Il est bien trop pris par le concert. Je le vois après.

Dès qu'il peut le faire sans donner l'impression de snober les autres, Elliot me pousse dans le fond de la salle, jusqu'à un box un peu isolé. J'ai l'impression que tout mon lycée et la moitié du sien sont venus assister au concert. Ils attendent surtout Sketch, le groupe *inratable* en ce moment. C'est une bande de quatre garçons, américains eux aussi, qui a fait un tabac sur scène, l'an dernier, avec *There's Only One*. Ils ont déjà joué à Manchester et Birmingham, mais c'est la première fois que Noah se produit avec eux. Ensuite, il les suit en Europe, et moi je l'accompagne.

J'en ai des palpitations, comme si j'abritais un million et demi de minuscules papillons tout stressés à l'idée de s'envoler.

Je me glisse sur la banquette, et Elliot s'assoit en face de moi.

— Beurk! Nous retrouver coincés dans la même pièce que Méga-Naze, ça me dégoûte. Rappelle-moi pourquoi tu as accepté de venir ici?

— C'est une idée de Kira. Quand elle m'en a parlé, je n'ai pas osé refuser. Ils venaient tous voir le concert, c'était logique de se retrouver avant. De toute façon, la salle du *Brighton Centre* n'est pas si grande; on n'aurait pas pu leur échapper.

— Tu sais que le *Brighton Centre* peut accueillir quatre mille cinq cents personnes ? Et que c'est ici que Bing Crosby a donné son dernier concert avant de mourir ?

— Bing Crosby, c'est le chanteur de *White Christmas*, non ? Dis-moi, Wiki, je lui demande dans un éclat de rire, comment sais-tu tout ça ?

— Ne fais pas l'innocente, Miss Penny P, je sais tout. Et tu le sais parfaitement bien. Au moins, reprend-il en regardant son billet avec un grand sourire, nous sommes des VIP. Attention, gratin de Brighton, nous voilà !

Et il se met à se trémousser sur la banquette.

— Waouh, si nous, on est dans cet état, je me demande ce que Noah doit ressentir.

— Oh, Noah n'est jamais stressé !

En disant cela, pourtant, je m'aperçois que je ne sais pas si c'est vrai. Je n'ai jamais vraiment vu jouer Noah – encore moins devant un public aussi nombreux.

— En tout cas, je sais qu'il est super excité. C'est quand même l'occasion de conquérir l'Europe.

— C'est sûr qu'en première partie des Sketch, il ne risque pas de passer inaperçu. Après ça, tout le monde saura qui il est, même des ermites comme toi !

Je souris, mais sa remarque me fait un drôle d'effet. C'est bizarre de me dire qu'il y a encore six mois, j'ignorais qui était Noah Flynn et qu'aujourd'hui, *tout le monde* est sur le point de le connaître. La tempête médiatique a failli m'engloutir, la dernière fois. Vais-je réussir à me cramponner à Noah dans le tourbillon qui s'annonce ?

— Tu ne connais toujours pas son groupe, hein ? me demande Elliot.

— Non, pas encore. Je sais seulement que certains des membres sont ses meilleurs amis.

— J'aimerais tellement venir avec toi, poursuit Elliot en baissant les yeux.

— Oh, moi aussi, j'aimerais que tu viennes ! Mais je te rappelle que tu vas t'éclater chez *CHIC*.

Il attend son stage depuis qu'il a su qu'il était pris, au début de l'année.

— Tu sais que ce journal a été fondé en 1895 ?

Je tends le bras pour poser ma main sur la sienne. Je sais reconnaître quand il débite ses connaissances pour s'amuser ou quand elles lui servent de diversion.

— Tu vas être à la hauteur, Elliot, tout le monde va t'adorer.

La serveuse arrive pour prendre notre commande. On n'a même pas eu le temps de choisir ! De toute façon, je me sens tellement nerveuse que je suis incapable de manger quoi que ce soit. Je me plonge quand même dans le menu, tandis qu'Elliot lui demande de revenir plus tard. Mais à peine a-t-elle tourné le dos que je regrette son départ : derrière elle, se trouve la personne que je redoute le plus.

— Salut, Penny.

Je baisse lentement la carte.

— Heu, salut, Megan.

Elliot la fusille du regard, mais elle l'ignore pour se concentrer sur moi.

— Je suis désolée de porter la même robe que toi, Penny. Tu veux que je me change ? J'ai encore le temps de passer chez moi…

Ça, c'est le bon côté de Megan – celui auquel je ne m'attends pas –, son côté amical et prévenant. Durant une brève seconde, je revois la fille que je connaissais avant. Mais j'ai du mal à la séparer de celle qui a essayé de détruire ma vie. C'est comme deux photos super-posées, une double exposition vivante. Sauf que je ne sais toujours pas qui est la vraie Megan.

— Non, ça ira. C'est marrant, en fait.

— Bon.

Elle me sourit et semble sincère. Jusqu'au moment où elle reprend :

— Je me demandais…

Je vois son sourire s'aiguiser et comprends soudain qu'en fait, elle n'est pas du tout venue pour la robe.

— … si tu pouvais nous faire passer, avec Kira et Amara, dans les coulisses après le concert. Je *rêve* de rencontrer les Sketch. Ce serait tellement *génial* !

Elliot, sidéré, manque de s'étrangler.

— Oh… Je ne sais pas, je lui réponds. Il faudrait que je pose la question à Noah.

— Eh bien, vas-y.

— Hein ?

— Envoie-lui un texto ! Tu as bien le numéro de ton petit copain, non ?

— Penny n'a aucun service à te rendre, déclare Elliot.

— Ce n'est pas à *toi* que je pose la question, Elliot, réplique-t-elle d'un ton sec. Je m'adresse à mon *amie*.

Elle se tourne vers moi, et, sous la pression de son regard, je m'entends répondre :

— Heu… d'accord.

Je m'apprête à sortir mon téléphone de ma poche, mais Elliot me décoche un regard noir. Je finis par lever les yeux sur Megan.

— Je demanderai à Noah plus tard, mais je ne peux rien te promettre, lui dis-je.

Megan hésite, puis, comprenant que je ne changerai pas d'avis, elle hausse les épaules en s'efforçant de masquer sa déception.

— Bon, d'accord. À plus tard alors, Penny.

Elle disparaît, tout sourire. À la façon dont elle a envoyé Elliot bouler, cependant, je comprends qu'elle n'a pas du tout changé.

Maintenant qu'elle n'est plus là, je sors mon téléphone et je lis mes derniers textos avec Noah.

Noah : Trop hâte de te voir ce soir. N.

Penny : Moi aussi ! C'était beaucoup trop long xxx

Comme si Noah savait que j'étais en train de lire mes messages, il m'en envoie un nouveau.

Noah : Comment viens-tu au concert ?

Je me dépêche de lui répondre.

Penny : À pied, avec Elliot et des amis du lycée xxx

Noah : Pas question. N.

Je fronce les sourcils.

— Qu'est-ce qui se passe ? me demande Elliot en voyant ma mine.

Je lui montre mon téléphone.

— Qu'est-ce qu'il veut dire par « pas question » ? Il s'imagine qu'on va venir comment, autrement ?

Elliot hausse les épaules, mais au lieu de me répondre, ses yeux se posent quelque part derrière moi et sa bouche s'arrondit de surprise.

— Qu'est-ce qui…

Je n'ai pas le temps d'aller au bout de ma question : elle est noyée par le flot de hurlements et de cris perçants qui déferle frénétiquement sur nous. Au milieu de cette explosion, je distingue la voix de Kira qui s'époumone : « NOAH FLYNN ! »

Je me raidis et je pivote sur la banquette.

L'élu de mon cœur est là. Noah Flynn. Rock-star exceptionnelle. Vêtu de son tee-shirt noir habituel, d'un jean troué, et arborant un sourire magnifique. Son apparition efface le reste du monde. Tout – la salle de restaurant, mes camarades, et même Elliot – s'enfonce dans le brouillard. Ne reste que sa silhouette, parfaitement nette, devant mes yeux.

Dès qu'il me voit son sourire s'élargit encore. Ignorant les cris d'hystérie et les filles qui le regardent, bouche bée, passer devant elles, il navigue entre les tables d'un pas nonchalant et, arrivé devant moi, il me prend par les deux mains et m'oblige à me lever.

— Penny Porter, m'autorises-tu à t'enlever ?

— Oui !

Je ne veux rien d'autre que disparaître avec lui, mais je me souviens tout à coup d'Elliot et je me retourne vers lui :

— Je peux te laisser ?

Il éclate de rire.

— Évidemment, Penny Chou ! File vite ! De toute façon, je n'ai pas franchement envie d'un hamburger – je songe à devenir végétarien.

Il baisse la voix et continue :

— Je vais retrouver Alex. Ça fait une demi-heure qu'on est séparés et je suis déjà en train de mourir.

À peine est-il debout que Noah le serre dans ses bras.

— Elliot, mon vieux ! Ça me fait plaisir de te revoir.

— Moi aussi, Noah ! Tu vas déchirer, ce soir.

Puis Elliot se tourne vers moi.

— Ne m'oublie pas quand tu seras une star, d'accord, Penny ?

— Évidemment ! Mais je te rappelle qu'on se revoit au concert.

Je lui souris puis j'attrape la main tendue de Noah et, sous les regards médusés de mes amis, nous sortons du restaurant pour monter dans la voiture qui nous attend.

C'est bientôt l'heure du concert.

Chapitre 4

Debout à côté de la porte arrière de la voiture noire, armé d'un immense parapluie de la même couleur, se tient un grand costaud au crâne chauve si brillant que je pourrais retoucher mon maquillage en me regardant dedans.

— Je te présente Larry, me dit Noah. Mon garde du corps. Il a l'air intimidant comme ça, mais c'est un fan de Whitney Houston. Il connaît toutes ses chansons par cœur et les fredonne à ses heures perdues. C'est aussi un grand amateur de bains moussants, un plaisir dont il profite trop rarement à son goût.

Il lui donne une petite bourrade complice et ajoute :

— N'est-ce pas, Larry ?

— Je n'aurais pas mieux dit. Et vous devez être Penny ?

Son clin d'œil amical me met tout de suite à l'aise. Je comprends pourquoi Noah a voulu me rassurer à son sujet : il ressemble aux gorilles plantés devant l'entrée des boîtes de nuit, le vendredi soir. Pourtant, d'après ce que

dit Noah, il serait plus à son aise à *l'intérieur* de la boîte
– à danser près du karaoké, un cocktail rose à la main –
que dehors, à jouer les gros bras.

Je l'imagine en train de chanter *I Will Always Love You*,
quand je lui réponds :

— Bonjour ! Oui, je suis Penny. Ravie de vous rencontrer, Whitney !

Comme je lui tends la main, je m'aperçois du prénom
que je viens de lui donner et je vire à l'écarlate.

Ce n'est pas du tout le genre de gaffe que j'avais prévue pour m'introduire dans l'entourage de Noah ! Où
sont passées les formules élaborées, intelligentes, ou ne
serait-ce que *normales* ? Je m'empresse de bredouiller des
excuses, dans l'espoir de sauver la situation, mais Noah
me coupe, hilare.

— Tu n'es certainement pas la seule, ni la première, à
l'appeler Whitney, Pen !

Larry me fait un nouveau clin d'œil accompagné d'un
sourire amusé.

— Disons que vous venez de gagner le droit de
m'appeler Whitney, Penny. Mais n'espérez pas de récital,
à moins que vous ne vouliez joindre votre voix à la
mienne !

Larry s'installe au volant pendant que je ris – nerveusement – avec lui.

Le *Brighton Centre* n'est pas très loin et le voyage est
court, mais je suis tellement heureuse d'être enfin avec
Noah. Il glisse sur la banquette pour s'asseoir tout près
de moi et passe son bras sur mes épaules.

— C'est tellement bien de t'avoir là ! me dit-il en me
serrant contre lui. Comment se sont passés tes examens ?

Je frissonne.

— Ne m'en parle pas ! Mais c'est fini, maintenant. Je n'arrive pas à y croire !

Je me niche contre lui et sens son cœur qui bat. Je ne peux pas m'empêcher de me dire que c'est mille fois mieux que Skype. Je lève les yeux sur son menton bien dessiné, ses cheveux noirs en bataille, ses yeux marron foncé. Depuis quand j'ai autant de chance ? D'habitude, je suis Penny la Déveine. La fille qui n'a jamais de parapluie quand il se met à pleuvoir, celle dont le numéro ne sort jamais à la tombola de l'école, ou celle qui perd tout le temps au Monopoly. La vie a peut-être mis de côté tous ces menus profits pour me réserver celui-là : l'immense bonheur d'être avec Noah.

— Tu es impatiente, pour ce soir ?

Il me serre un peu la main et je m'aperçois qu'au lieu de l'écouter, je le dévore des yeux, comme une parfaite débile.

— Oh… Oui ! Je n'arrive pas à y croire. Tu fais la première partie d'un groupe tellement connu que même moi j'en ai entendu parler !

Son visage se crispe un peu, et je me rends compte que mes paroles ne sont pas faites pour le rassurer.

— Tu vas être formidable, je le sais. Tu es stressé ?

— Je mentirais en disant le contraire, mais je suis surtout gonflé à bloc. C'est mon rêve depuis mes douze ans, il est en train de devenir réalité et en plus, avec la fille de mes rêves.

Il porte ma main à ses lèvres et m'embrasse au creux de la paume. Je rougis comme une pivoine.

— Mon seul regret, c'est que mes parents ne soient pas là pour le voir.

Il tourne la tête vers la fenêtre dégoulinante de pluie au moment où nous passons devant la mer, noire et grise sous les nuages. Mon cœur se serre de tristesse.

Ses parents sont morts dans un tragique accident de ski, il y a quelques années, et je sais que la douleur de Noah est toujours vive. Lui et sa petite sœur Bella sont allés vivre chez leur grand-mère, la merveilleuse Sadie Lee, mais je sais qu'il y aura toujours un grand vide dans son cœur, un vide assez profond pour engloutir l'océan. Un vide que seule sa musique peut l'aider à combler.

— Ils sont super fiers de toi, Noah, j'en suis sûre.

C'est à mon tour de lui serrer la main. Quand il se tourne vers moi, il a retrouvé son sourire.

— Comment vont Sadie Lee et Bella ? je lui demande.

— Très bien. Bella entre en CP au mois de septembre, et Mam' travaille comme une folle. Elle m'a donné une boîte de cookies aux pépites de chocolat pour toi. Ils ont survécu au voyage, mais tu ferais mieux de les manger en vitesse ! Ils sont dans ma loge.

— Elle est adorable !

La seule évocation des merveilleux cookies de Sadie Lee – les meilleurs cookies que j'aie jamais mangés – me fait saliver. Je passe en vitesse la main sur mes lèvres, au cas où je saliverais *pour de bon*. Il ne manquerait plus que Noah voie ça : sa petite copine dégoulinante de bave. Super sexy. Mais il éclate de rire, puis il s'arrête et me prend le menton, pour lever mon visage vers le sien. Et nous nous embrassons. Pour la première fois depuis trois mois. Oh là là. Il m'a tellement manqué que je frise la syncope. Voire l'arrêt cardiaque.

— Tu m'as vraiment manqué, me dit Noah, comme s'il lisait dans mes pensées. Mon adorable, superbe et maladroite fille d'automne.

— Je suis sûre que *tu* m'as manqué encore plus. Je suis même prête à parier.

— Tu ne me donnes pas l'impression d'aimer les paris, Penny. Si j'ai bien compris, les trois heures dont tu m'as parlé devant les machines à deux pence sont ton grand maximum…

Il dresse un sourcil et me fait un clin d'œil, puis il s'adosse et me contemple de la tête aux pieds.

— J'adore cette robe sur toi.

— Et moi, j'adore ces fossettes sur toi…

— Tant mieux, parce que tu vas les voir souvent pendant la tournée. Je suis tellement heureux que tu aies accepté de vivre cette aventure avec moi. Ça va être incroyable.

— J'adore les aventures… Sauf la partie « avion » !

Je ris, mais j'ai du mal à cacher l'angoisse que m'inspirent tous ces vols que nous allons enchaîner. Noah s'en aperçoit immédiatement.

— Je te promets de veiller sur toi. Tout va très bien se passer, et on va s'éclater.

Ses mots rassurants m'obligent à sourire. Dire que j'avais tellement peur qu'entre nous ce ne soit pas comme avant. Non seulement, c'est pareil, mais j'ai l'impression que ça va devenir encore mieux.

Noah se penche en avant pour parler à Larry.

— On arrive bientôt ?

Il tente de voir à travers le pare-brise, mais la vitesse des essuie-glaces et les grosses gouttes de pluie empêchent de voir dehors.

— Je tourne à droite, et on y est, répond Larry.

— On peut passer devant l'entrée ? Je voudrais voir le public.

— OK, boss.

Noah se tourne vers moi avec un grand sourire et un éclat malicieux dans les yeux. Je connais ce regard : c'est celui de notre première rencontre à New York, quand il m'a emmenée visiter ses endroits préférés. Je ne sais pas ce qu'il mijote, ce soir, mais je suis intriguée.

Devant le *Brighton Centre*, la rue est noire de monde et Larry doit rouler à la vitesse d'un escargot. Il pleut à verse ; dans la foule, certains portent des impers colorés, d'autres se serrent sous leur parapluie pour éviter d'être trempés. Tout à coup, je sens la panique m'envahir. Mon petit copain *est* Noah Flynn. Tous ces gens vont le voir chanter sur scène et tous ceux qui ne savent pas déjà qui il est le sauront après le concert. Certains brandissent des pancartes qui disent : ÉPOUSE-MOI, NOAH ; ON T'AIME, NOAH ; LAISSE-MOI ÊTRE TON AMOUR D'ÉTÉ.

Et puis, je me détends. Je me fiche qu'une fille lui demande d'être son « amour d'été » (je sais que je suis son amour des quatre saisons maintenant). Alors, au lieu de m'inquiéter, je me réjouis qu'il ait autant de fans pour le soutenir en ouverture d'un groupe ultra célèbre. La plupart de ces filles l'ont seulement vu sur YouTube, et chacune d'elles joue un rôle dans le succès qu'il rencontre aujourd'hui. Je sais très bien que beaucoup de gens sont surtout venus pour écouter les Sketch, n'empêche que je ressens une immense fierté pour Noah et pour le voyage délirant qu'il est sur le point d'accomplir ; et, à l'idée que je vais être à ses côtés, je me tortille de bonheur.

Un « clic » me détourne de mes pensées ; Noah vient de détacher sa ceinture. Je le dévisage avec inquiétude.

— Qu'est-ce que tu fais ?

— Je descends dire bonjour !

— Mais… il pleut des cordes !

Comme s'il ne le savait pas.

— Et alors ? De toute façon, je dois prendre une douche. Et, tu sais quoi ?

Il détache ma ceinture et me tend la main.

— Tu viens avec moi !

— Hein ?

— Je veux que tout le monde sache que nous sommes ensemble, et je veux que tu découvres ça avec moi. Arrête-toi, Larry. On revient dans une seconde.

La voiture s'immobilise. Noah saute dehors et me tire avec lui.

Au moment de descendre, j'hésite, mais je vois son sourire tellement radieux que j'attrape mon sac, en sors mon appareil photo et saute à mon tour de la voiture.

Mes tympans vibrent aux cris perçants des fans qui hurlent son nom en agitant frénétiquement les bras tandis qu'il avance vers eux.

Il y a quelque chose de vraiment magique à voir Noah échanger quelques mots avec ses fans. Son visage est lumineux, et il se fiche pas mal de se faire tremper par la pluie. Il est dans son élément.

J'entends quelqu'un crier mon nom. « Penny ! Regardez, c'est Penny. C'est Girl Online ! Penny ! » Je me tourne pour voir deux filles me faire des grands signes. Je leur réponds en souriant. Ça me fait super bizarre, au point que je songe à me réfugier dans la voiture. Malgré tout, je prends une profonde inspiration et je commence à photographier Noah qui, à présent, serre des gens dans ses bras ou tape dans les mains tendues vers lui. Mon appareil photo me fait l'effet d'un bouclier. Je me répète en silence : *Tu peux y arriver, Penny.* Je recule et je me retrouve tout près des filles qui m'ont fait signe tout à l'heure.

— Tu dois être surexcitée de voir Noah jouer devant autant de monde ? me demande l'une d'elles.

J'opine vigoureusement.

— Carrément ! C'est tellement dingue !

— Au fait, on adorait ton blog ! Tu devrais le rouvrir, ajoute l'autre.

— Oh, je ne sais pas. Mais il me manque, à moi aussi.

Je leur fais un grand sourire.

— Qu'est-ce que ça fait de sortir avec Noah Flynn ? reprend la première.

— C'est comme un rêve, je réponds sincèrement.

À ce moment-là, il croise mon regard et me montre la voiture.

— Je dois filer, dis-je aux deux filles.

J'ai juste le temps d'ajouter :

— C'était sympa de vous rencontrer !

Noah m'a pris la main et m'entraîne déjà vers la voiture.

On s'y engouffre, et je fais un dernier petit salut aux deux fans avant de me tourner vers lui. Son sourire a quelque chose de félin. À ce stade, je ne peux qu'imaginer ce qu'il est en train de ressentir.

— Ça va ? me demande-t-il, brusquement soucieux.

— Oh, oui. C'était… incroyable !

Je le serre dans mes bras et m'écrase contre mon appareil photo coincé entre nous. Nous éclatons de rire.

— Attends, je veux immortaliser ce moment.

Je me cale à côté de lui et je prends mon téléphone pour faire un selfie de nous deux enlacés.

Quand je regarde le résultat, je vois deux visages ridiculement hilares, mais si éblouissants de bonheur que la vague de chaleur qui me traverse pourrait me faire exploser. Le plus beau, c'est que cette sensation va durer tout l'été.

Chapitre 5

Quand nous descendons enfin de voiture, Dean, le manager de Noah, nous attend sur le trottoir, tapant du pied et regardant ostensiblement sa montre. Ses cheveux sont brillants de gel, à croire qu'il s'est versé tout le pot sur la tête, et, s'il porte un costume, il a pris soin de ne pas fermer les trois derniers boutons de sa chemise pour avoir l'air plus cool (Noah appelle ça ses efforts pour faire « djeun »). Il me fait penser à mon ancien prof de théâtre, qu'on avait surnommé « Appelez-moi-Jeff », parce qu'il jouait le prof super cool, copain avec tous ses élèves.

— Salut, Dean! je lui lance.

Je suis contente de voir un visage familier. J'ai rencontré Dean pendant les vacances de Pâques, la première fois que Noah a suggéré la possibilité que je l'accompagne sur la tournée.

— Penny! Ravi de te voir.

Il m'embrasse sur les deux joues et je suis aussitôt assaillie par l'odeur de son after-shave.

— Bon, maintenant, on se dépêche, les amoureux. Aller traîner devant l'entrée, non mais franchement ! Vous vous rendez compte de la panique que vous avez créée pour la sécurité ?

Noah hausse les épaules.

— Tu n'as pas vu qu'il tombe des cordes ? demande-t-il à Dean. Et tous ces gens, obligés d'attendre sous la pluie ? Je voulais leur dire bonjour.

Après cette escapade, j'ai l'impression de flotter sur un nuage. Je suis sûre que Noah aussi, et ça m'est bien égal d'avoir les cheveux trempés. Noah, évidemment, a l'air encore plus beau.

Dean lève les yeux au ciel, mais il n'est pas en colère – il sait que ce genre de choses fait partie du charme de Noah. C'est Dean qui a découvert Noah sur YouTube et l'a fait signer chez Sony. Depuis, il est presque devenu un père de substitution ; il aide Noah à gérer tout ce qui arrive quand on devient une star du Net du jour au lendemain. C'est Dean qui a arrangé sa tournée avec les Sketch, jurant à tout le monde que Noah était fin prêt – même si Noah n'en était pas tout à fait sûr lui-même.

C'est aussi lui qui a convaincu mes parents de me laisser partir avec Noah. Il a passé tout un après-midi chez nous, à les rassurer sur le fait qu'une tournée des Sketch n'avait rien à voir avec les virées « alcool et drogues » décrites dans les films et les séries télé.

— Aujourd'hui, leur a-t-il dit, entre les paparazzis, les réseaux sociaux et les smartphones, on ne peut pas prendre le moindre risque avec la réputation de nos talents.

Ça m'a fait drôle d'entendre Noah qualifié de « talent ».

— Le moindre faux pas est immédiatement filmé et balancé sur le Net, c'est inévitable. Et c'est viral. Mon job consiste précisément à m'assurer que ce genre de dérapages n'arrive jamais.

Cet après-midi me paraît si loin. Ce soir, ce dont on parlait est en train d'*arriver*. Je pars avec Noah en tournée et j'ai du mal à y croire.

Dean me ramène à la réalité.

— Noah, tu montes sur scène dans une heure, on n'a pas le temps de traînasser !

— J'ai passé l'après-midi à répéter, Dean, j'ai quand même droit à une petite pause.

— Peut-être, mais j'aurais préféré que tu me préviennes, au lieu de filer comme un voleur en me laissant courir partout comme une poule affolée !

Noah me fait un clin d'œil et je retiens mon rire. C'est tout lui, ça, disparaître sans rien dire à personne.

Les coulisses et les loges sont beaucoup moins glamour que ce que je croyais. J'avais imaginé des canapés de cuir, de grands miroirs avec des ampoules tout autour, ou un décor industriel, avec des poutres métalliques, des conduits de chauffage apparents et des enceintes partout. Au lieu de quoi, on nous pousse, par une série de couloirs étroits, vers une porte avec « NOAH FLYNN » écrit sur un bout de papier scotché. Derrière, je découvre une petite pièce peinte en beige avec deux canapés gris installés de part et d'autre d'une table basse. L'ambiance aurait été franchement déprimante s'il n'y avait pas un joyeux bazar éparpillé partout : des instruments de musique, des valises ouvertes avec leur contenu étalé par terre et plusieurs blousons de cuir jetés sur le dossier du canapé. Sur les murs, il y a aussi les photos d'artistes célèbres passés au *Brighton Centre*, de Bing Crosby (dont je sais tout, grâce à Elliot) aux plus récents comme The

Vamps, The Wanted et même One Direction. Je me demande si Noah aura un jour, lui aussi, sa photo.

— Est-ce que les Sketch ont une loge comme celle-là ?

— Non, me répond Noah en souriant, la leur est nettement plus chic.

— Oui, évidemment. Est-ce que je vais les rencontrer ?

Cette fois, il éclate de rire.

— Je ne les ai même pas croisés moi-même ! Je ne fais que leur première partie, tu te souviens ? Leur manager est encore plus sévère que Dean avec moi. Je serais surpris que tu puisses ne serait-ce que les apercevoir pendant la tournée, à moins que tu n'aies vraiment beaucoup de chance.

Il me regarde d'un air soupçonneux.

— Tu n'essaierais pas de passer dans la catégorie « boyfriend célèbre » supérieure, par hasard ?

Je le repousse en lui tirant la langue. Il éclate de rire, et j'oublie toute ma déception de ne pas rencontrer les Sketch en découvrant la montagne de bonbons étalée sur la table basse. Il y a un ÉNORME plat rempli de biscuits chocolat-beurre de cacahuètes, un autre plein de Jolly Rancher, plusieurs bouteilles de Lucozade jaune fluo et… des mini-œufs au chocolat Cadbury.

— Noah ! Où les as-tu trouvés ?

— Quoi ?

— Ces œufs ! C'est l'été, on ne les trouve qu'à Pâques d'habitude !

— Si tu le dis, c'est toi l'experte en chocolat.

— Je parie que c'est ton caprice de diva !

— Pas du tout !

Il en attrape un qu'il engouffre avant de se pencher sous la table. Il en sort une boîte, et, dès qu'il l'ouvre, se répand dans la pièce une délicieuse odeur de cookies au chocolat.

— Étant donné que Sadie Lee m'a fait jurer de donner ces gâteaux à son Anglaise préférée, et de ne pas les dévorer moi-même, j'ai dû me rabattre sur les œufs. Numéro deux sur ta liste des meilleures choses au monde !

— C'est vrai. Rien ne bat les cookies de Sadie Lee ! dis-je en prenant la boîte pour me servir.

Ils sont encore moelleux à l'intérieur. Je pourrais manger la boîte entière, mais je la tends à Noah puis à Dean, qui nous a rejoints dans la loge.

— Salut tout le monde, quelqu'un veut une bière ?

Je lève les yeux de mes cookies.

Un garçon de l'âge de Noah est appuyé contre le chambranle de la porte et serre entre ses doigts deux bouteilles de bière. Une longue frange désordonnée lui descend sur le front. Il porte un tee-shirt noir, comme Noah, et toute une série de tatouages remonte le long de ses bras. Je ne sais pas pourquoi, mais, tout à coup, un frisson désagréable me traverse.

— Pas pour moi, vieux, répond Noah. Blake, je te présente ma copine, Penny. Penny, voilà Blake, un de mes meilleurs amis et batteur du groupe.

Blake me regarde à peine – ou, s'il le fait, je ne m'en aperçois pas, parce que sa frange cache la moitié de ses yeux. Je crois entendre un grognement d'assentiment sortir de sa bouche.

— Salut, Blake.

Ma voix, évidemment, déraille. Et je vois le visage de Blake changer instantanément : il fait la moue avec un ricanement sarcastique. Moi qui voulais faire bonne impression devant les amis de Noah, c'est raté. Je ne me sens pas seulement maladroite, mais limite pathétique ; j'ai l'impression de ne pas être à ma place.

Deux autres garçons apparaissent derrière Blake. Eux aussi apportent de la bière, mais ils sont beaucoup plus chaleureux et souriants. Noah me les présente dans leur ordre d'arrivée : le bassiste, Mark, et le clavier, Ryan. Ils s'assoient en face de nous, tandis que Blake se laisse tomber sur le canapé juste à côté de Noah, si bien que je me retrouve coincée entre lui et l'accoudoir. Il tend une des bouteilles de bière à Noah qui la pose aussitôt sur la table.

— Eh, mec, on est en Angleterre ! Tu as le droit de boire de l'alcool ici, s'esclaffe Blake après en avoir avalé une bonne rasade.

Noah hausse les épaules.

— Je t'ai dit que je n'avais pas soif.

Le batteur a l'air de vouloir insister, mais Dean frappe dans ses mains, et tout le monde le regarde.

— OK, les gars, c'est votre première grosse tournée ensemble. La répétition était au poil, alors contentez-vous de refaire ce que vous avez fait jusque-là, et vous allez casser la baraque. Je n'ai pas besoin de vous rappe-ler à quel point c'est important pour Noah, et pour vous tous. C'est maintenant ou jamais. On n'a rien sans rien. Il vous reste dix minutes, alors allez vous préparer. La gloire vous attend.

— Il est toujours comme ça ? je murmure à l'oreille de Noah.

— Comment ? À débiter des clichés avant qu'on monte sur scène ?

J'opine.

— Oui, ça résume assez bien la méthode Dean.

Il se tourne vers son manager.

— Je peux avoir une minute seul ?

— *Une* minute, réplique Dean en rétrécissant son regard pour lui faire comprendre qu'il n'en aura pas une de plus. Très bien, tout le monde dehors.

— Tout le monde sauf Penny.

Dean opine. Les autres se lèvent, mais Blake regimbe. Chacun de ses gestes semble exécuté à contrecœur, mais il finit par suivre le manager.

Quand nous sommes seuls, Noah se tourne vers moi. Je le sens frémir et je me rends compte que ce n'est pas du tout de l'impatience. Il a l'air vraiment inquiet.

— Penny, commence-t-il d'une voix sourde, je ne suis pas sûr de pouvoir monter sur scène.

Chapitre 6

Ce sont bien les derniers mots que j'attendais dans la bouche de Noah. Son sourire et ses fossettes ont disparu, sa mâchoire est serrée. Le visage subitement pâle, il se ronge même les ongles. Je ne l'ai jamais vu dans cet état. Il se lève et se met à faire les cent pas, en se passant les mains dans les cheveux.

Je me précipite vers lui. Pour l'obliger à s'arrêter, je prends ses deux mains dans les miennes. Il ne bouge plus, mais je sens ses tremblements. Front contre front, nous restons immobiles un moment, puis je pose la main sur sa joue.

— Tu es génial, Noah. Bien sûr que tu vas y arriver ! Tu es Noah Flynn. Rien ne te résiste.

Il se penche et m'embrasse. Ce baiser n'a rien à voir avec celui de la voiture. Ses lèvres écrasent les miennes, comme s'il y allait de sa survie, comme s'il espérait, par cet unique baiser, nous transporter ailleurs, dans un endroit où ne l'attendraient pas quatre mille cinq cents fans hystériques.

Quand on se sépare, il dit encore :

— Penny, je ne sais vraiment, *vraiment* pas si j'en suis capable.

Il parle d'une voix si basse que je l'entends à peine.

Des coups frappent à la porte.

— Ta minute est passée, Noah ! crie Dean de l'autre côté.

Sa voix me semble légèrement paniquée – mais pas autant que celle de Noah qui s'effondre sur le canapé et enfouit son visage dans ses mains.

Le voir comme ça me serre le cœur. J'ai envie de m'approcher et de l'envelopper dans quelque chose de chaud, de doux – le vieux cardigan de ma mère par exemple. Mais il ne peut pas monter sur scène emmitouflé dans une couverture (quoique, quand j'y pense, il serait capable de lancer une mode). C'est à ce moment que j'ai un éclair de génie. Je sais ce qu'il lui faut : un doudou. Enfin, l'équivalent…

Je scanne la loge à la recherche de l'objet adéquat quand mes yeux tombent sur sa vieille guitare. Voilà le précieux talisman, le truc qui lui donnera l'impression d'être chez lui : *sa* vieille guitare. Celle qu'il a apportée de Brooklyn avec lui. Celle au dos de laquelle est gravé le petit mot de ses parents :

Reste fidèle à toi-même. M&D

Je vais la chercher et je la lui tends.

— Tiens. Prends ça.

— Ma guitare ? Je ne vois pas en quoi ça va m'aider.

— Prends-la, j'insiste.

Il s'en empare et passe la sangle autour de son cou. Dès que l'instrument est calé contre lui, il plaque un accord, puis un autre. La musique remplit la loge et tout à coup, j'ai l'impression que nous sommes dans le sous-sol de la maison de Sadie Lee, à New York. Rien que lui et moi, plongés dans notre univers.

— Tu devrais la prendre sur scène, je suggère.

Il baisse les yeux sur sa guitare.

— Qu'est-ce que tu veux dire ?

— C'est avec elle que tu as composé tes premières chansons, non ? Prends-la avec toi et commence le concert avec. Tu pourras toujours en changer ensuite.

Il reste silencieux si longtemps que j'en viens à penser que ma suggestion est complètement idiote. Puis je vois son visage s'illuminer.

— Penny, tu es géniale !

Il bondit sur ses pieds et m'embrasse.

— Attention, la guitare ! je m'exclame en riant.

— Viens. Allons-y avant que Dean fasse une attaque.

Il glisse sa guitare derrière lui, me prend par la main et ouvre la porte.

Dean, adossé au mur du couloir, écarte les mains qu'il a posées sur son visage.

— Enfin ! s'exclame-t-il en nous voyant. Tu es prêt ?

— Ouaip, Dean ! On y va.

— Bon. Tu m'as fichu la trouille.

Il fonce dans les coulisses et nous lui emboîtons le pas en évitant de trébucher sur les câbles fixés au sol avec du gros Scotch noir, ou de nous cogner dans les techniciens qui courent dans tous les sens. Je me tords le cou pour regarder vers les cintres ; le décor des Sketch est suspendu au-dessus de nos têtes. Il y a aussi des écrans géants qui descendront sur scène pendant le spectacle. Noah m'a dit qu'ils avaient engagé des illustrateurs. Leurs dessins, réalisés en direct, seront projetés pendant le concert.

Je me prends les pieds dans un câble et manque de m'étaler, mais il me retient d'une main ferme.

Dean se tourne vers nous.

— Qu'est-ce que c'est que cette guitare ? demande-t-il à Noah.

— C'est *ma* guitare. Je vais commencer avec elle, et après le break, pendant que Blake enchaîne sur le solo de batterie, je prendrai l'autre.

Dean s'immobilise complètement et nous oblige à nous arrêter. Il observe Noah, la tête penchée sur le côté, puis il opine.

— Bonne idée. Ce n'est pas ce qu'on a répété, mais… OK – ce sera un genre de retour aux sources, au son YouTube des débuts. Je préviens le reste du groupe et les techniciens. Encore une fois, tu ne me facilites pas la vie, Noah.

— Oui, mais ça te plaît, rétorque Noah en souriant.

L'instant suivant, nous sommes juste derrière la scène. Je sens les vibrations du public impatient.

Noah se tourne vers moi, les yeux brillants. Son stress a complètement disparu ; ne restent que l'adrénaline et l'excitation de monter sur scène.

— Merci, Penny. Je ne sais pas comment j'aurais fait sans toi.

Je lui rends son sourire.

— À tout à l'heure, je murmure.

Soudain, la scène est plongée dans le noir. Le brouhaha s'interrompt, le public retient son souffle. L'impatience est palpable – on entendrait une mouche voler – ; je me demande comment Noah peut supporter une telle tension.

Il prend une profonde inspiration et marche vers la scène. Dans l'obscurité quasi complète, je ne vois que sa silhouette. Il ajuste le micro, bouge les pieds pour trouver sa bonne position, puis il pose les doigts sur les cordes de sa guitare et lance les premiers accords.

Les spots s'allument, il chante les premières paroles d'*Elements*, et, dans un rugissement, s'élèvent les acclamations enthousiastes de quatre mille cinq cents personnes.

Je m'aperçois, au même instant, que je pleure.

Chapitre 7

— Penny, tu devrais rejoindre ta place dans les gradins.

— Hein ?… Quoi ?

C'est la voix de Dean qui m'arrache au sortilège dans lequel je suis plongée. Regarder Noah sur scène est fascinant et je détourne les yeux à contrecœur pour lui répondre correctement.

— Oui, sans doute. Heu… Par où je passe pour y aller ?

Je suis censée assister au concert depuis les loges VIP, où doivent m'attendre Elliot et Alex.

— Tu vois ce couloir ? Tout au bout, tu vas tomber sur un escalier. Tu descends jusqu'aux places d'orchestre. À partir de là, tu devrais trouver ton chemin jusqu'aux gradins VIP, juste au-dessus.

Dean doit être distrait par ce qu'on lui raconte dans son écouteur parce qu'il pâlit et s'immobilise, tendu comme un jouet mécanique remonté à bloc. Ce n'est pas le moment de lui demander de répéter.

— OK, merci, j'ai compris.

Je suis nettement moins convaincue que je n'en ai l'air, mais je m'élance avant d'oublier ses instructions. Je sais que le passage de Noah n'est pas très long et je ne veux pas en perdre une miette.

Le dédale des coulisses franchi sans encombre, j'arrive au pied de l'escalier. Je pousse la porte, et là, sans aucune transition, je suis propulsée au milieu du chaos.

L'ambiance est beaucoup plus agitée et plus bruyante que dans les coulisses. Devant d'énormes amplis, les filles hurlent en se pressant contre les barrières qui les séparent de la scène et de Noah. Elles tendent les bras vers lui, désespérées de le toucher, voire de lui arracher ses vêtements. Je n'ai pas l'impression de voir des individus – plutôt une entité compacte et débordante d'excitation sauvage. Avant le spectacle, les haut-parleurs ont précisé qu'il était interdit de jeter des objets sur la scène, mais certaines filles sont déjà en train de lancer des ours en peluche, des fleurs – et même un soutien-gorge – aux pieds de Noah.

La fièvre est contagieuse, et je sens des vagues d'adrénaline me traverser. Pourtant, je sens aussi l'angoisse qui monte. Les agents de sécurité me poussent – je n'ai pas le droit de rester près de la porte des coulisses –, et je m'enfonce un peu plus dans la foule. Je lève les yeux vers le balcon et j'aperçois Elliot et Alex serrés contre la rambarde. Ils écoutent *Elements*, les yeux dans les yeux, en se tenant par les épaules. Ils sont tellement touchants, et c'est si rare de les voir enlacés en public, que je me sens fondre.

Quand ils s'embrassent, je sors mon téléphone portable (en regrettant amèrement d'avoir oublié mon appareil photo dans la loge) et je les prends. Le cliché est sombre, mais plein de poésie, et j'ai hâte de le montrer à Elliot. Ça fait des siècles qu'il me réclame une belle photo d'eux. Chaque fois que j'essaie d'en prendre une, Alex fait des chichis et se dérobe. Il n'a pas encore fait son coming out ; sa famille et la plupart de ses amis ne savent pas qu'il sort avec Elliot, alors il évite les témoignages d'affection en public. Elliot le comprend et fait preuve de beaucoup de patience (il est bien placé pour savoir qu'il doit laisser le temps à Alex), mais le secret lui pèse. C'est comme une ombre à leur tableau. La seule, mais elle leur cause quand même des soucis.

Quelqu'un me bouscule et fait tomber mon téléphone par terre.

— Eh ! je crie, mais la fille qui m'a heurtée ne m'a même pas vue : elle est bien trop occupée à chanter avec Noah, tout en sautant dans tous les sens.

Je baisse les yeux. Mon téléphone est là, juste sous ses pieds.

Je plonge pour l'attraper, mais la fille shoote dedans et l'envoie un peu plus loin.

— Oh, pardon ! me crie-t-elle en finissant par me voir.

— Pas de problème.

J'ai beau avoir l'air désinvolte, j'ai la gorge et l'estomac noués. Je dois absolument récupérer mon téléphone. Je replonge et j'essaie de suivre sa trace, mais chaque fois que je crois le saisir, il m'échappe, poussé par quelqu'un d'autre.

On me marche sur les doigts. Je crie en serrant les dents et je ferme les yeux. Malheureusement, cette toute petite seconde d'inattention suffit pour que je perde mon téléphone de vue. Heureusement, je parviens à le repérer dans une minuscule clairière au milieu de cette forêt de jambes agitées. Je replonge, mais une fois de plus, un coup de pied l'envoie valser ailleurs. Je l'ai sous les yeux lorsqu'une main le ramasse.

— Eh, c'est à moi !

Personne, bien sûr, ne m'entend crier.

Au bord du désespoir, et au risque de me faire piétiner, je me faufile à quatre pattes au milieu de la foule déchaînée.

— Eh, qu'est-ce que tu fiches ?

— Non mais, ça ne va pas la tête !

J'ignore les protestations pour franchir une nouvelle ligne de mollets. Inutilement. Mon téléphone s'est bel et bien envolé.

Je me redresse avant d'être écrasée et scrute frénétiquement la foule à la recherche de mon voleur. Tous les visages se ressemblent, et tous les yeux, écarquillés, sont braqués sur la scène. Sur Noah – *mon* amoureux – que je suis la seule à ne *pas* regarder.

On me bouscule. Je tombe sur une fille qui me hurle dessus. Les cris et la musique m'empêchent d'entendre ce qu'elle dit ; je comprends seulement que ce ne sont pas des gentillesses. Je veux m'excuser, mais je me sens si oppressée que je n'arrive pas à prononcer un mot. Je ne peux pas faire le moindre geste, encore moins respirer.

Soudain, j'aperçois un panneau EXIT en lettres lumineuses rouges au-dessus d'une tête et j'essaie de m'en approcher. J'ai l'impression de nager à contre-courant, d'être prise dans un tourbillon qui ne cherche qu'à m'engloutir. J'entends Noah parler au public entre deux chansons, mais il me semble à des millions de kilomètres.

Puis, tout à coup, on me tape sur l'épaule.

— Eh, tu n'es pas la fille du blog ? La petite copine de Noah ? me demande une fille aux cheveux blonds ramassés en une tresse nouée sur le côté.

— Heu…

— Mais si, c'est toi ! Ça alors ! Eh, les filles, regardez, c'est la petite copine de Noah !

— Qui ? La fille du blog ?

— Où ça ?

— Tu peux donner ça à Noah de ma part ?

En moins d'une seconde, je suis cernée par la fille à la natte et toutes ses copines. Elles ne sont pas les seules à m'avoir repérée : d'autres jouent des coudes dans ma direction, à moins qu'elles ne profitent du mouvement pour s'approcher un peu plus de la scène.

— S'il vous plaît, je dois partir.

Ma voix n'est plus qu'un murmure : je suis en train de vivre le pire de mes cauchemars. J'ai l'impression qu'un million de mains m'agrippent et me tirent dans tous les sens. J'ai de plus en plus de mal à respirer. Je ne vois aucune issue, aucun moyen de me dégager – où que je me tourne, je bute sur la même foule compacte, les mêmes regards braqués sur moi. Ma tête va exploser, le vacarme est si assourdissant que je n'arrive même plus à entendre la voix de Noah.

— Penny, c'est toi ? hurle alors une voix.

Une fille me prend la main et me tire.

— Suis-moi. Par là.

Je me sens ridicule de m'abandonner à cette inconnue – tout ce que je vois d'elle, c'est une cascade de longs cheveux brun foncé – mais elle arrive à fendre la foule, et je n'éprouve plus que de la reconnaissance.

Chapitre 8

Quand nous débouchons enfin dans l'allée principale, près de la sortie, ma sauveuse me lâche enfin la main. Je prends une énorme goulée d'air en m'appuyant sur les genoux et je lève la tête, les idées un peu plus claires.

Megan ! C'est Megan !

Son regard, sincèrement inquiet, scrute le mien.

— Eh, ça va ? Tu avais l'air plutôt dépassée, là-bas.

Elle pose la main sur mon dos.

Je m'efforce de sourire.

— C'est la foule. Je ne supporte pas. Et là, c'était le délire. J'ai fait tomber mon téléphone, je voulais le récupérer et tout à coup, je me suis retrouvée cernée, tout le monde m'est tombé dessus...

— Tu as pleuré ? Ton mascara dégouline.

J'ai complètement oublié l'émotion qui m'a prise en écoutant Noah, tout à l'heure. Je m'essuie rapidement les joues. Après la crise d'angoisse que je viens de vivre, ce moment dans les coulisses me paraît à des années-lumière. Chaque fois, c'est la même chose : dès que je commence à flipper, tout disparaît. Le seul mot qui me vient à l'esprit, c'est *panique, panique, panique.* Plus rien n'existe. J'ai beau savoir que je ne vais pas mourir, mon corps refuse d'écouter. Comme si j'étais scindée en deux, ma tête d'un côté, mes émotions de l'autre, et au milieu, une montagne d'angoisse infranchissable.

— Ce n'est pas à cause de la foule. Je pleurais de bonheur.

Megan sourit.

— Tu veux que je t'accompagne jusqu'à ta place ?

— Je veux bien. C'est en haut, mais… je ne sais pas où exactement.

Je m'aperçois, tout à coup, que je n'ai même pas mon billet avec moi. J'ai dû le laisser dans la loge, avec mon appareil photo, ma veste, mon sac et mon laissez-passer pour les coulisses. Tandis que j'explique la situation à Megan, je me sens de plus en plus agacée. Je n'arrive pas à croire que j'aie tout oublié. Quelle imbécile !

— Ne t'inquiète pas, me dit-elle. On va arranger ça.

Elle file vers le premier vigile et, en repoussant savamment ses longs cheveux bruns derrière son dos, elle lui explique :

— Voici Penny Porter, la petite amie de Noah Flynn. Elle a besoin de retourner dans les coulisses, parce qu'elle a oublié son billet et toutes ses affaires dans sa loge.

Le vigile nous toise d'un regard blasé.

— C'est ça, et moi, je suis le prince Harry.

— Monsieur, s'il vous plaît, dis-je en arrivant à mon tour, je viens juste de sortir des coulisses par la porte à côté de la scène, et…

— Écoutez, les filles, retournez à vos places et faites comme tout le monde : profitez du concert. Vos petits jeux n'amusent personne.

— Ce n'est pas un jeu, proteste Megan.

Elle réussit à garder son calme, mais moi, je me sens craquer.

— Allez prévenir quelqu'un de l'entourage de Noah, poursuit-elle. Il reconnaîtra Penny, *lui*.

L'homme croise les bras sur son torse. Campé sur ses deux jambes, il n'a aucune intention de bouger.

— Si vous ne retournez pas à vos places tout de suite, je vous fais jeter dehors.

— C'est scandaleux ! s'exclame Megan, outrée. Attendez que Noah Flynn l'apprenne, vous serez viré !

Je me dépêche de l'entraîner loin du vigile ; je ne sais pas ce qu'elle risque, mais je ne veux pas la voir avec des menottes ou victime de n'importe quelles représailles que ce type patibulaire pourrait exercer. Tandis qu'on s'éloigne, je sens son regard peser sur nous.

— Merci de vouloir m'aider, Megan, j'apprécie, vraiment. Mais… je crois que je préfère rentrer chez moi.

— Tu es sûre ? Et Noah ?

Elle passe un bras réconfortant autour de mes épaules.

— Il sait que c'est là qu'il me retrouvera.

— Bon, comme tu veux.

Elle n'a pas besoin d'insister. On n'est peut-être plus amies, mais elle me connaît encore très bien.

— Je te raccompagne, pour être sûre que tu rentres sans problème.

— Tu n'es pas obligée, Megan. Je peux très bien…

J'allais dire « appeler Tom », mais je ne peux pas, puisque je n'ai plus mon téléphone et que je ne connais pas son nouveau numéro par cœur.

— J'habite pas loin, Megan. Et tu vas rater les Sketch, tu avais tellement envie de les voir.

Elle glisse son bras sous le mien.

— Je crois que tu as plus besoin de moi que moi de voir les Sketch. Et puis j'ai envie de prendre l'air. On étouffe, là-dedans.

Je suis étonnée et un peu mal à l'aise de voir Megan aussi gentille avec moi, mais je ne perçois aucune mauvaise intention de sa part, ni dans son regard ni dans sa voix. Alors nous continuons d'avancer.

Dehors, la pluie battante a fait place à une bruine légère. La brise du large qui me caresse les cheveux dissipe un peu ce qui me reste d'angoisse. Je ne respire pas encore parfaitement, et j'ai toujours les mains moites, mais Megan retient mon bras comme si elle avait peur de me voir m'effondrer. Je ne pourrais pas lui être plus reconnaissante.

— Tu veux acheter une barbe à papa sur la jetée ? propose-t-elle. Le sucre te fera du bien.

— Bonne idée.

Nous franchissons l'entrée super éclairée du centre d'attractions et, entre les planches du ponton, j'aperçois les vagues s'écraser sur les galets. Nous choisissons le plus beau stand de barbes à papa et optons pour un seul nuage de sucre blanc et rose pour deux. J'en prends un gros morceau que je laisse fondre et pétiller lentement sur ma langue.

— Humm, j'adore.

Puis je baisse les yeux et je continue :

— Merci, Megan. Tu m'as sauvée, tout à l'heure. Je ne sais pas ce que je serais devenue.

La brise soulève ses cheveux qui volent autour de son visage. Elle me sourit et les rassemble en un gros chignon qu'elle coince négligemment au sommet de son crâne. Elle fait cela sans y penser, et le résultat est super cool.

— Pas de problème, Pen. Tu veux mon téléphone pour appeler ton opérateur et dire qu'on t'a volé le tien ?

— Merci, c'est gentil. Heureusement que j'ai un mot de passe et qu'il ne me reste que cinq minutes de crédit. J'espère quand même que celui qui l'a ramassé va le rapporter à l'accueil. J'adore ce téléphone.

Et tout ce qu'il contient. Des photos de Noah et moi. Nos textos. Même la coque est spéciale : un soir, Noah s'est amusé à la couvrir de petites étoiles au feutre noir.

Mon coup de fil passé, je rends son appareil à Megan.

— Voilà, il est bloqué.

— Super.

Elle me dévisage et soupire.

— Écoute, Penny… Je voulais te parler depuis longtemps, mais je n'ai jamais trouvé le bon moment.

— Qu'est-ce que tu voulais me dire ?

— Je voulais m'excuser. Vraiment. Pour tout ce qui s'est passé au début de l'année. C'était… Je ne sais pas ce qui m'a pris. Je suis désolée d'avoir dit à tout le monde qui était Girl Online. Je me sens d'autant plus stupide que j'adorais tes posts. J'étais jalouse de ton succès, jalouse de te voir sortir avec une star. J'avais l'impression que tu avais tout, Ollie, le voyage incroyable à New York, où je rêve d'habiter, puis Noah. Je ne parle même pas de ton talent de photographe *et* d'écrivain. Tout le monde répète tout le temps que tu es tellement brillante et s'extasie sur la carrière géniale qui t'attend… Tout ce que j'avais, moi, c'était une pub minable pour de la colle et le rêve de devenir star de cinéma. Quoi qu'il en soit, je n'avais aucune raison de me venger sur toi comme je l'ai fait.

Megan, jalouse de *moi*?… Si je n'avais pas la bouche pleine de barbe à papa, ma mâchoire se serait décrochée.

— Est-ce que tu peux me pardonner? reprend-elle face à mon silence.

Je n'en reviens pas.

— Je… J'ai toujours eu l'impression que c'était *toi* qui avais tout ce que tu voulais, Megan. Tu es tellement belle et tu es une actrice géniale. Mais j'ai vraiment souffert après ce qui s'est passé…

— Je sais.

Elle baisse les yeux.

— J'ai mal agi et j'ai eu tort. Qu'est-ce qui nous est arrivé, Penny? On était les meilleures amies du monde.

— On s'est éloignées, c'est tout.

— J'aimerais, si c'est possible, qu'on soit toujours amies, vraiment…

Nous nous dévisageons. Elle finit par sourire, et son sourire est tellement chaleureux que je cède.

— Moi aussi, Megan.

J'esquisse un sourire et baisse les yeux sur nos robes.

— On doit nous prendre pour des jumelles dans cet accoutrement.

— Qu'est-ce que tu veux, le bon goût, ça ne s'invente pas! s'exclame-t-elle. Allez, viens.

Elle me reprend le bras.

— Tout le monde doit se demander où tu es passée. Il est temps de te ramener chez toi.

Chapitre 9

Quand nous arrivons chez moi, les rideaux sont tirés et l'intérieur est plongé dans le noir. Je me demande, un peu déconcertée, si mes parents sont sortis, lorsque j'entends des voix au salon – ils regardent un film. Je fais signe à Megan de me suivre. J'ouvre la porte et je passe la tête par l'entrebâillement.

— Maman ?

Je ne m'attends pas à la voir bondir sur ses pieds en criant :

— Oh, mon Dieu, Penny ! Tu m'as fait une de ces peurs ! Ton père a encore mis un de ces films d'horreur que je déteste.

Elle lui lance un regard noir, très bien rodé, qu'il balaie en riant. Il sait aussi bien que moi que maman adore regarder un bon thriller – tout ça, c'est du cinéma !

D'ailleurs, sa petite saynète terminée, elle m'observe très sérieusement. Sa mine inquiète, pour le coup, n'a rien d'artificiel.

— Mais… qu'est-ce que tu fais là, chérie ? Nous ne t'attendions pas avant des heures.

Je la vois retenir la question qui lui brûle les lèvres : *Et que diable fait Megan ici, en ta compagnie, après ce qui s'est passé ?*

Je commence à raconter, mais à peine ai-je évoqué ma crise de claustrophobie et l'attaque de panique qui m'a prise au milieu de la foule que ma voix se met à trembler. Ma gorge se noue et, dans un hoquet, je fonds en sanglots. Megan prend le relais et raconte la suite. Quand elle a terminé, mon père, qui a rallumé les lumières, va préparer une tasse de thé.

Je me sens mieux maintenant, et c'est un autre sentiment qui prend le dessus : la culpabilité. Noah va être fou d'inquiétude en s'apercevant de ma disparition. Je n'ai plus mon téléphone portable et aucun moyen de lui transmettre un message, je n'aurais jamais dû partir comme ça.

Je me lève précipitamment.

— Je monte dans ma chambre. Il faut que je prévienne Noah que je suis rentrée à la maison !

Maman secoue la tête et se tourne vers Megan en souriant.

— Comment vont tes parents, chérie ? Quel plaisir de te revoir…

Je les laisse se mettre à jour et je file dans l'escalier.

Dès que j'ai laissé un message à Noah, certaine qu'il ira sur Twitter avant de regarder ses mails, j'ouvre mon blog. Le changement de comportement de Megan me trotte dans la tête, et je sais à qui je veux en parler.

25 juin

Peut-on pardonner et oublier?

Je sais que c'est mon deuxième post de la journée, mais avec tout ce qui s'est passé, j'ai l'impression d'avoir vécu le plus long jour de ma vie!

Vous vous souvenez que j'ai évoqué, il y a longtemps, l'éloignement d'avec une amie? Et que l'« amie » en question s'est révélée être celle qui m'a trahie dans les médias? (Je sais, avec des amis pareils, on n'a pas besoin d'ennemi.)

Eh bien voilà: elle vient de s'excuser.

Hallucinant, non? Je n'aurais jamais cru que ça arriverait un jour.

Elle est venue à mon secours quand j'avais l'impression de me noyer, et elle a été vraiment gentille avec moi. J'ai guetté l'instant où elle me révélerait sa motivation cachée, mais il n'est pas venu.

Elle était juste sympa.

Je retrouvais ma bonne vieille amie d'avant.

J'étais contente qu'elle soit là et de pouvoir lui parler. C'est bizarre, non? Est-il seulement possible de pardonner un truc aussi énorme? Pourrai-je jamais oublier ce qu'elle m'a fait?

Elle m'a même dit qu'elle était, à cette époque, jalouse de moi. Incroyable! J'imagine qu'on ne sait jamais ce que pensent vraiment les autres, et qu'ils ne sont pas toujours aussi sûrs d'eux qu'ils en ont l'air.

Wiki, je sais que tu vas détester la suite.

Mais je crois que je veux lui pardonner. Je ne peux pas rayer si facilement de ma vie autant d'années d'amitié...

Quoi qu'il en soit, je vous tiendrai au courant.

GIRL OFFLINE... et plus jamais online xxx

J'enlève ma robe pour enfiler mon pyjama le plus confortable et je retourne au salon. Comme mes parents remettent leur film, Megan et moi nous asseyons sur le canapé pour regarder la fin avec eux.

Il ne se passe pas longtemps avant que des coups frénétiques résonnent à la porte. Papa va ouvrir, et Noah déboule dans la pièce.

— Penny! Ouf! s'exclame-t-il, blanc comme un linge.

Le voir dans cet état me serre le cœur. Il se précipite vers moi et me prend dans ses bras.

— Qu'est-ce qui s'est passé? Je suis allé te rejoindre en sortant de scène, et là, Elliot m'a dit qu'il ne t'avait pas vue. Quand j'ai trouvé toutes tes affaires dans ma loge, j'étais mort d'inquiétude. Je t'ai appelée un milliard de fois...

— Je suis désolée, Noah. Je ne t'ai même pas vu jouer. J'étais tellement pressée de rejoindre ma place en te quittant que je n'ai même pas pensé à vérifier que j'avais mon billet sur moi. Puis on m'a bousculée dans la foule, j'ai perdu mon téléphone, et là, ça m'a dépassée. Heureusement que Megan était là pour m'aider.

— J'aurais préféré que ce soit moi. Si j'avais su ce qui se passait…

— Tu aurais quitté la scène ? je lui demande en riant. Tu ne pouvais rien faire, Noah, et tout va bien maintenant.

Il a rapporté mes affaires et je les récupère avec soulagement. Sauf mon téléphone, bien sûr.

— Eh, Noah ?

Je lève les yeux et je suis surprise de découvrir Blake à la porte.

— Maintenant que tu l'as retrouvée, je rentre à l'hôtel.

— OK, vieux. Merci de ton aide. Préviens Dean que tout va bien. Et demande-lui de voir avec les vigiles si quelqu'un a rapporté le téléphone de Penny. Il a une coque rose, couverte de gribouillis au feutre noir.

— Penny, intervient Megan en se levant, je crois que je vais y aller, moi aussi.

Elle me fait un petit signe de la main, mais toute son attention – alors que c'est la première fois qu'elle voit Noah – est concentrée sur Blake. Dans l'encadrement de la porte, négligemment adossé au chambranle, il dégage une aura plus sombre, plus nerveuse que celle de Noah. Il possède cette assurance des rock-stars, à la fois puissante et désinvolte, que procure le passage sur scène devant un public déchaîné. L'air de rien, Megan détache son chignon et, d'un mouvement de tête aérien, fait voler ses cheveux sur ses épaules. Du coin de l'œil, je constate que Blake la dévore des yeux.

— Merci pour le thé, Dahlia.

— De rien, répond ma mère. Merci d'avoir été là pour Penny. Je suis contente de vous revoir ensemble.

— Pas de problème, enchaîne Megan. À bientôt, Penny.

Elle me fait un immense sourire, tout en repoussant ses cheveux et ses épaules pour mieux montrer sa robe – qui n'a pas du tout la même allure sur moi. Je suis rassurée sur un point : cette Megan-là est bien celle que je connais.

— Oui, au revoir, Megan. Et… merci. Beaucoup.

Elle secoue la tête et disparaît dans le couloir, Blake sur ses talons.

— Qu'est-ce que *tu* fais là ? s'écrie au même moment une voix stridente dans l'entrée.

Elliot, qui vient de croiser Megan sur le perron de la maison, fait la grimace. Tu parles d'une coïncidence.

— J'aidais mon amie, rétorque-t-elle. On ne peut pas en dire autant de toi.

Je laisse échapper un drôle de bruit, entre le miaulement d'un chat qu'on étrangle et le couinement d'une belette détraquée, puis je saute sur mes pieds pour me précipiter dans le couloir. Je n'ai pas du tout envie, là, tout de suite, d'une scène entre Elliot et Megan.

— Elliot !

Je compte sur mon regard pour lui transmettre le message suivant : « *Tout va bien. Ce n'est que Megan. Qui a l'air de s'être rachetée. Mais je n'en suis pas très sûre.* » Je doute qu'un seul regard puisse contenir autant de choses, mais (comme seuls les meilleurs amis savent le faire) il a l'air de comprendre.

— À la prochaine, Megan, lâche-t-il entre ses dents serrées.

— Salut, réplique-t-elle avant de partir, entraînant Blake dans son sillage.

— Et n'oublie pas de défaire tes lacets en arrivant chez toi, t'as les chevilles qui enflent ! crie-t-il à la porte refermée.

Puis il se tourne vers moi et, d'un regard, comprend l'ampleur du désastre. J'ai enfilé mon vieux pyjama préféré, mes cheveux sont en bataille et mes yeux encore gonflés de larmes.

Nous nous retrouvons tous au salon.

— Princesse Penny, me demande alors Elliot, qu'est-ce qui t'est arrivé ?

J'opte pour la version courte de l'histoire – j'aurai le temps plus tard (et en privé) de lui raconter les détails. Ce n'est pas seulement mon amour-propre que je veux préserver – c'est surtout ma mère, dont le front se plisse d'inquiétude dès que j'évoque ma crise de panique. Je n'ai pas l'habitude de la voir aussi inquiète ; d'habitude, elle surmonte les problèmes sans sourciller.

Ce soir, je sens mon départ avec Noah me glisser entre les doigts. Si maman pense que je ne suis pas capable d'assurer…

Papa remplit ma tasse de thé – un mug à l'effigie de Piglet, mon personnage Disney préféré. Je le serre contre moi et, un peu réconfortée par sa chaleur, je me niche dans les bras de Noah.

Elliot s'assoit par terre et mes parents s'installent dans les fauteuils en face de nous. J'ai l'impression qu'on est bons pour un interrogatoire en règle. Mon père et ma mère échangent un long regard, avant de se tourner vers nous.

— Je crois qu'il vient de se passer exactement ce que nous craignions, commence mon père d'une voix grave.

— Ton père a raison, Penny. Il est hors de question que nous te laissions partir en Europe dans ces conditions.

Chapitre 10

— Quoi, maman ? Non !

Je refuse d'y croire, mais ma mère se tourne vers Noah et, la voix chargée d'une colère inattendue, elle enchaîne :

— Pas dans ces conditions, Noah. Penny ne pourra pas rentrer chez elle en plein concert à Berlin ou à Paris ! Tu nous as promis qu'elle serait entourée, qu'on veillerait sur elle. Si ça se passe de cette façon à Brighton, comment va-t-elle s'en sortir en Europe ?

— C'était la première fois, maman. La prochaine fois, je serai préparée et...

Le regard qu'elle me lance m'oblige à me taire. Après ce qui s'est passé ce soir, je vais avoir du mal à les convaincre que je suis prête à partir ; je viens même de leur prouver le contraire.

Noah enlève le bras qu'il a passé autour de moi pour se pencher vers mes parents.

— Je vous promets que cela ne se reproduira pas. Penny n'aura aucune raison d'aller dans les salles de concert. Ce soir, elle allait rejoindre ses amis. Je m'engage aussi à ce que chaque vigile puisse la reconnaître. Elle a déjà rencontré Larry, mon garde du corps, et vous pouvez compter sur moi pour qu'il ne la quitte pas des yeux.

— Larry est super gentil, je précise.

— Et vous voyez ça ? continue Noah en me prenant la main pour la serrer fermement dans la sienne. Je ne risque pas de la lâcher.

— Sauf pour aller aux toilettes, quand même ! j'ajoute avec un léger sourire.

Noah éclate de rire.

— Oui, sauf pour ça ! Quoi qu'il en soit, reprend-il avec sérieux en revenant à mes parents, c'est ma copine et je veillerai sur elle.

— Je ne sais pas, dit ma mère en se mordillant la lèvre. Je ne suis toujours pas sûre que ce soit une bonne idée. Tu as encore le choix, chérie. Es-tu certaine de vouloir faire ce voyage ?

— Absolument. Je veux y aller. J'ai paniqué, ce soir, parce que j'ai fait une erreur. Je ne recommencerai pas.

— Ça ne peut pas être pire que ton voyage scolaire à Amsterdam, intervient Elliot. Quand toute ta classe a cru à un bombardement aérien et s'est éparpillée en hurlant dans le Vondelpark !

Il a raison – M. Beaconsfield nous avait crié de nous cacher sous les bancs, ce que nous avons fait, jusqu'à ce qu'un couple de Hollandais charmants nous explique que là-bas, les sirènes se déclenchent chaque premier lundi du mois, à midi pile.

Je serai mieux accompagnée et entourée pendant la tournée de Noah. De toute façon, il faudra bien qu'un jour, j'arrive à dominer mes peurs.

— Maman, papa, s'il vous plaît ! Tout va bien se passer.

Je leur adresse un sourire rassurant malgré mes yeux encore gonflés.

— J'achèterai une nouvelle carte SIM avant de prendre l'avion, et je pourrai vous appeler tous les jours avec le vieux téléphone de Tom.

Mes parents se regardent dans un silence tendu.

— Bon, dit enfin ma mère. D'accord, tu peux partir.

Je saute sur mes pieds et je vais la serrer dans mes bras.

— Merci ! Merci ! Vous pouvez me faire confiance, je ne vous décevrai pas.

— Tu ne nous as jamais déçus, Penny, intervient mon père. Nous nous faisons seulement du souci pour toi.

— Et tes valises ! s'exclame ma mère. Elles sont prêtes ? Ne crois pas que je n'ai pas vu l'état de ta chambre.

— Je m'en occupe !

Elliot sourit.

— Maintenant que cette affaire est réglée, je rentre chez moi. J'ai besoin de ma dose de sommeil. Figurez-vous qu'Alex m'oblige à utiliser l'abonnement pour la saison de rugby que mon père m'a offert à Noël. Autrement dit, je suis de match *demain*. Qu'est-ce qu'on ne ferait pas par amour, je vous jure ! Heureusement que les rugbymen sont *regardables*. Si Alex acceptait de rencontrer mon père, je suis sûr qu'ils s'entendraient très bien...

Il s'interrompt subitement, comme s'il venait de comprendre ce qu'il était en train de raconter. Je dresse un sourcil intrigué, mais il me renvoie un regard *laisse tomber* et se tourne vers Noah.

— Ton concert était génial, lui dit-il. Si tu veux mon avis, c'était toi la vedette. Les Sketch peuvent aller se rhabiller, ils ne t'arrivent pas à la cheville !

Noah le serre fort dans ses bras.

— Je regrette que tu ne puisses pas venir avec nous, Elliot !

— Et faire de l'ombre à Princesse Penny ? Pas question !

— La prochaine fois, alors.

— Ça marche !

Elliot se tourne vers moi.

— Je n'arrive pas à me dire que tu pars demain matin aux aurores ! Je ne vais pas te voir pendant des siècles ! Tu vas me manquer, Penny Chou.

C'est à mon tour de l'écraser dans mes bras.

— Toi aussi tu vas me manquer.

— Promets-moi de m'écrire tous les jours.

— Et de t'envoyer des textos !

— Et de me téléphoner !

— Bon, ça suffit, tous les deux, nous interrompt ma mère. Penny ne part tout de même pas pour Mars. Elle revient dans deux semaines.

— *Énormément* de choses peuvent se passer en deux semaines, rétorque Elliot. Je compte sur toi pour tout me raconter, Penny. Absolument tout. Surtout Paris. Je veux tout savoir sur Paris.

— Pas de problème ! Et je compte sur toi pour me faire le récit détaillé de ton stage !

Nous nous lâchons enfin et j'accompagne Elliot jusqu'à l'entrée. Il file chez lui, la maison voisine, et m'envoie un baiser avant de disparaître.

— Je ferais bien d'y aller, moi aussi, dit Noah dans mon dos.

— Tu viens juste d'arriver, dis-je en me serrant contre lui.

— Je sais, mais on se retrouve dans quelques heures pour deux semaines complètes ensemble. En attendant, je dois rentrer à l'hôtel m'assurer que tout est prêt pour Berlin. Et moi aussi, je suis claqué. Je serai revenu avant que tu ne t'aperçoives de mon départ – à cinq heures, demain matin.

Il repousse une mèche de cheveux de mon visage pour la placer derrière mon oreille.

— Tu es sûre que ça va ? Je te promets qu'il ne t'arrivera plus jamais une chose pareille.

— Je sais.

Je me dresse sur la pointe des pieds et je l'embrasse sur les lèvres.

— J'ai hâte d'être à demain. Ça va être génial.

— On s'offrira une Journée Magique et Merveilleuse à chaque étape ! Objectif : dénicher la meilleure pâtisserie locale. En Allemagne ! En Italie !

— En France ! J'adore les macarons. C'est mon gâteau préféré. Tu me promets qu'on aura toutes ces Journées Magiques et Merveilleuses ?

— Promis juré.

Son regard sombre et chaleureux est plongé dans le mien.

— Je t'aime, Penny. Ne me fais plus jamais une peur pareille.

— C'est promis.

Je suis sincère. Demain, nous partons en tournée, et je ne laisserai rien ni personne gâcher notre merveilleux voyage.

Chapitre 11

Dans ma chambre, je finis de remplir ma valise et la ferme d'un coup sec. Tant que j'ai mon appareil photo, mon ordinateur, le vieux gilet de ma mère et une culotte de rechange, le reste est superflu.

Il s'est remis à pleuvoir, et les gouttes d'eau martèlent les vitres. Je prends mon ordinateur et m'installe près de la fenêtre. J'imagine que chaque goutte est un petit bout de mon angoisse qui glisse sur la vitre, puis dans la rue, pour finir emportée vers la mer. Je n'ai aucune raison d'avoir peur.

Je me dépêche d'ouvrir le commentaire de Miss Pégase à mon dernier post.

Salut Penny !
Super d'avoir de tes nouvelles ! C'était comment, le concert ?
À propos de ton amie, je sais EXACTEMENT ce que tu ressens. Je vis la même chose. Une amie m'a fait un vrai sale coup, et je ne sais pas si je serai capable de lui pardonner un jour. Mais je crois que tout le monde a droit

à une deuxième chance. Vous ne redeviendrez peut-être pas les meilleures amies du monde, parce que tu es plus vieille, plus sage, et que tu ne feras pas deux fois la même erreur, mais mieux vaut avoir une amie qu'une ennemie. Et puis tu n'as pas besoin de ce genre de trucs négatifs ! Accepte ses excuses, mais accepte aussi que vous ne serez plus aussi proches que vous l'avez été.

MISS PÉGASE xx

Je lui réponds tout de suite.

Merci de tes sages et précieux conseils ;)

Comment décrire le concert ? C'était... un désastre. J'ai eu une crise de panique en plein milieu de la salle (bondée de monde) et j'ai dû partir avant la fin du passage de Brooklyn Boy.

Le bon côté des choses, c'est que mon amie a eu l'occasion de s'excuser. Je ne suis pas sûre de pouvoir lui refaire confiance un jour, mais ne plus passer mon temps à me demander quel mauvais coup elle me réserve me soulage.

Il faut que j'aille dormir, maintenant, parce que demain... je prends l'avion pour Berlin ! Je suis aussi flippée qu'excitée. Je me sers toujours des vieux trucs de Wiki pour combattre l'anxiété : Océane la Battante sera avec moi dans l'avion ! J'emporte aussi le vieux cardigan de ma mère pour m'emmitoufler dedans.

Je te tiens au courant de la suite !

GO xx

Je vais me déconnecter quand un bip me signale l'arrivée d'un mail que j'ouvre aussitôt.

De : LaVéritéVraie
À : Penny Porter
Objet : Profites-en tant que ça dure...
Pièce jointe : image_1051.jpg

Il n'y a pas de texte, seulement la miniature de l'image en pièce jointe. Je double-clique sur le fichier, et une photo de Noah et moi apparaît sur l'écran.

D'où vient-elle ? D'un paparazzi ? D'un fan de Noah ?

Quand je m'aperçois que c'est le selfie que j'ai pris dans la voiture avant le concert, j'ai l'impression de recevoir un coup de poing dans l'estomac.

La photo vient de *mon* téléphone.

Chapitre 12

J'ai les oreilles qui bourdonnent, mais je prends une grande inspiration pour dominer la panique qui me saisit. Je ne vais pas me laisser intimider par un vulgaire voleur de téléphone. Je sais exactement vers qui me tourner dans ce genre de situation. Je prends mon ordinateur sous le bras et je dévale l'escalier qui descend de ma jolie chambre sous les combles à celle de Tom.

Je tambourine à sa porte.

— Ouais ?

À cause du martèlement électro qui s'échappe de sa chambre (il adore le dubstep), je suis surprise qu'il m'entende. Mais il est très sensible à tout ce qui peut perturber son intimité.

— C'est moi, Tom ! dis-je en entrant.

Mon frère est assis devant son ordinateur. Il y passe tellement de temps que je suis étonnée que son fauteuil ne soit pas troué.

— Tout va bien, Pen-Pen ? me demande-t-il en ôtant ses écouteurs.

Je lui montre la photo sur l'écran de mon ordi.

— Elle vient de mon téléphone, celui qu'on m'a volé au concert. Regarde l'objet du mail. C'est une menace, non ?

Il passe aussitôt du mode « relax » au mode « alerte », comme s'il se préparait pour une bataille.

— Je vois. D'abord, as-tu appelé ton opérateur ? Ils peuvent bloquer ton téléphone à distance.

— Je m'en suis occupée dix minutes après l'avoir perdu. Mais je ne suis pas allée plus loin... j'espérais encore que quelqu'un allait me le rendre.

Il prend son téléphone et compose un numéro.

— OK, c'est déjà quelque chose. Est-ce qu'il contient des trucs vraiment compromettants ? Parce que si ton voleur a récupéré cette photo, il peut très bien en avoir chargé d'autres, ou avoir copié tes contacts. Tu n'avais pas de mot de passe ?

— Si, j'en avais un... La date anniversaire de Noah, dis-je avec une grimace. C'est stupide, je sais. Et j'avais conservé des textos, et la plupart de mes échanges avec Noah sont sur WhatsApp.

— Bon, on va changer tous tes mots de passe à distance et faire en sorte de bloquer tous tes accès à Internet. Tu ferais bien de prévenir Noah que quelqu'un a sans doute son numéro.

Cette possibilité ravive mon angoisse. Heureusement, Tom me rappelle que ce n'est qu'un numéro de téléphone, pas les détails d'un passeport ou d'un dossier médical.

— C'était un accident, Pen-Pen. Noah ne t'en voudra pas.

Au bout d'une heure, il a réussi à bloquer complètement mon téléphone et à changer tous mes codes d'accès à toutes mes applis. Celui ou celle qui se cache derrière « LaVéritéVraie » ne peut plus s'en prendre à moi et je me sens beaucoup mieux. J'ai tellement peur d'être à nouveau la proie de ceux qui se croient autorisés à violer mes sentiments et ma vie privée.

Je me lève et je serre Tom dans mes bras.

— Merci, frangin. Je t'aime.

Il me tapote le bras.

— Pas de quoi, Penny, et bravo. Tu as gardé ton calme, je suis fier de toi.

Il fait pivoter son siège.

— Sois prudente, en Europe. Et s'il t'arrive quoi que ce soit, je prends le premier vol.

— Je sais.

En quittant sa chambre, je respire profondément. Cette fois, je comprends que je vais vraiment partir. Et je suis impatiente.

Quand Noah vient me chercher, le lendemain matin, je suis encore sous le choc du message de la veille. Je lui raconte fébrilement – la photo piratée, l'intitulé du message –, mais même le pseudo de l'envoyeur, LaVérité-Vraie, le laisse de marbre. Il me prend la main.

— N'oublie pas ce que je t'ai dit, Penny, je suis là pour toi. Tu as fait ce qu'il fallait avec Tom, mais si ce taré recommence, il aura affaire à nous deux. Unis contre l'adversité, OK ?

— OK.

Cette fois, je me sens beaucoup plus légère. Quelles que soient les intentions de celui qui cherche à… me faire chanter ? m'intimider ? jouer avec mes peurs ? je ne suis pas seule pour l'affronter. Contre toute attente, cette histoire s'avère même être un excellent dérivatif à ma phobie de l'avion. Nous en discutons pendant toute la durée du vol et nous atterrissons sans que je m'en rende compte !

Après que nous avons débarqué, Noah me conduit à travers l'aéroport jusqu'au parking où nous attend le bus de la tournée.

Il est exactement tel que je l'ai imaginé : gigantesque, noir et brillant comme un sou neuf, avec d'immenses vitres teintées. La classe. Noah se tourne vers moi, radieux, et me serre la main si fort que je sens mes os craquer.

— Le rêve devient réalité, Penny ! Regarde comme il est beau !

Il court se placer devant pour faire un selfie – et ne parvient évidemment qu'à prendre son visage en gros plan avec un tout petit peu de noir derrière.

— Laisse-moi faire !

Je saisis son téléphone et prends une belle photo de lui, bras écartés devant le véhicule.

La tête de Larry émerge par la portière, et il nous fait signe de monter.

— En voiture !

Nous grimpons et je découvre… un vrai paradis pour garçons, avec miniréfrigérateurs, consoles de jeu et écrans télé partout. Le reste du groupe monte derrière nous et, curieusement, je ne me sens pas claustrophobe. L'intérieur est spacieux : il y a deux coins salon avec des canapés, une petite cuisine, une cabine de douche équipée de toilettes, et, à l'arrière, derrière un rideau, quelques couchettes.

Je sens une main glisser sur mon dos et une voix rauque murmure à mon oreille :

— Tu veux jouer ?

Blake me montre la Xbox.

— Oh, je ne suis pas franchement douée !

En réalité, c'est de la pure modestie : je suis imbattable à *Sonic* et *Mario Kart*. C'est l'avantage d'avoir un grand frère. D'ailleurs, les meilleurs souvenirs de mon enfance avec Tom sont ceux des jours entiers que nous avons passés à jouer ensemble, puisant dans des bols de céréales pour nous nourrir et ne quittant la chambre que pour aller aux toilettes.

Je me demande ce qu'il est en train de faire, en ce moment. La réponse est évidente : il est probablement devant son ordinateur, en train de jouer à *Halo 5*. Et je parie que maman fait le ménage en chaussons dans la cuisine en chantant des tubes des années quatre-vingts. Quant à mon père, il doit être aux prises avec une partie de solitaire sur son ordinateur, ou faire semblant de ré-soudre une grille de mots-croisés. Il ne les remplit jamais correctement ; au lieu de chercher les mots justes, il se creuse la tête pour trouver les plus absurdes avant d'aban-donner pour aller surprendre ma mère en pleine fête du ménage. Ils partent alors dans un fou rire incontrôlable et finissent généralement par s'écrouler sur le canapé, où ils se bécotent comme des ados.

Le rire de Noah me sort de ma rêverie.

— C'est faux, Penny ! Tu m'as battu à plate couture à *Mario Kart*, la dernière fois que je suis venu.

— Ah ah ! Je le savais, s'exclame Blake. Pas d'excuse !

Il me fourre une manette dans les mains et se laisse tomber dans le canapé devant un écran. Après avoir posé une bouteille de bière sur la table et lâché un rot du coin de la bouche, il lance une partie de *Forza Motorsport*.

— Tu l'auras voulu, lui dis-je en m'asseyant à côté de lui avec un air supérieur.

— Prépare-toi à perdre, réplique-t-il du tac au tac avec un drôle de sourire.

Il avale une gorgée de bière et continue de me fixer, jusqu'au moment où, mal à l'aise, je détourne les yeux vers l'écran pour choisir ma voiture.

Blake s'enfonce dans le canapé, une jambe étendue sur la table basse, et la partie commence. Il jure contre sa voiture. Si ça continue comme ça, je vais vite le battre ! Derrière nous, j'entends les autres rigoler et Noah improviser une chanson entière sur les cornichons.

— Dis donc, c'est quelqu'un, ta copine Megan, lâche Blake sans détourner les yeux de l'écran.

— Hein ?

Je suis tellement surprise que je manque de lâcher ma manette, et ma voiture s'écrase contre le décor.

Blake en profite pour me dépasser et lève les poings en l'air après avoir franchi la ligne d'arrivée.

— Oh yeah ! Je savais que cette gamine ne pouvait pas me battre. Tu auras peut-être plus de chance la prochaine fois.

Je me fiche d'avoir perdu ; pas de ce que je viens d'apprendre.

— Megan et toi avez parlé, alors ?

Blake me fait un clin d'œil.

— Pourquoi, tu es jalouse ?

— Lâche-la, vieux, intervient Noah.

Blake est de nouveau concentré sur l'écran. C'est vraiment un drôle de personnage ; je n'ai aucun ami qui lui ressemble, personne à qui le comparer. Il est si différent de Noah que j'ai du mal croire qu'ils soient amis depuis si longtemps. Noah est attentionné, doux et drôle, tandis que lui semble complètement indifférent aux autres et insensible. Je n'arrive pas à comprendre ce que c'est, mais quelque chose me met mal à l'aise chez lui. Ce dont je suis sûre, en revanche, c'est que Noah ne boirait jamais de bière à deux heures de l'après-midi en injuriant une voiture de jeu vidéo.

Je voudrais en apprendre un peu plus sur Blake et Megan, mais je ne sais pas comment m'y prendre. Et puis le bus démarre et Blake lève les bras en hurlant :

— Ça y est ! On PART !

L'excitation qui envahit le véhicule chasse aussitôt Megan de mes pensées.

Chapitre 13

Larry sort de la cabine avant, drapé dans un immense drapeau allemand.

— Écoutez-moi, bande de fêtards ! On devrait arriver en ville d'ici une quarantaine de minutes. À partir de maintenant, considérez ce bus comme votre base. L'équipe y aura accès aussi, mais je veux que vous vous sentiez libres d'y revenir pour vous reposer ou jouer contre moi à la Xbox. Toi comprise, Penny !

Il m'adresse un clin d'œil avant d'enchaîner :

— Le programme est simple : on passe la nuit à l'hôtel et le voyage continue, soit en bus soit en avion, jusqu'à la ville ou le pays suivant.

— Dis-moi Larry, on te paie combien pour nous servir de guide ? crie Noah.

Tout le monde éclate de rire.

— Rien du tout, radin ! rétorque Larry en lui lançant le drapeau.

Noah l'attrape et le passe autour de ses épaules.

Je suis heureuse de le voir dans son élément, rire et chahuter avec ses amis. Son bonheur le rend encore plus attirant et j'ai envie de me jeter sur lui pour l'embrasser.

La voix de Blake me ramène sur terre.

— Quarante minutes de plus pour t'écraser à la course, alors, me glisse-t-il à l'oreille.

— Si tu le dis, je réponds en retenant un soupir.

Je prends le vieux téléphone que m'a donné Tom avant de partir et j'envoie un texto à Elliot.

Penny : On a atterri à Berlin et je joue à *Forza Motorsport* avec Blake, le batteur de Noah qui sent un mélange de transpiration, d'after-shave et de tabac froid. Je t'ai dit qu'il en était à sa troisième bière, alors qu'il n'est que quatorze heures ?! Oh, s'il te plaît, rappelle-moi pourquoi je suis partie... xx

Il me répond dans la seconde.

Elliot : Très impressionné que tu aies survécu à l'avion, mais pas par l'aveuglement coupable qui te pousse à jouer à des âneries, les yeux vissés sur un écran, alors que tu te trouves dans une ville magnifique. S'il te plaît, ne reviens pas avec des scores ahurissants à la Xbox et un manque total de connaissances culturelles. Cela briserait mon cœur ET mon encyclopédique conscience. Pense à toutes les photos que tu peux prendre, pense à l'aventure, à l'Histoire. Et, si ça ne suffit pas, pense à la gastronomie. LA GASTRONOMIE, PENNY ! Tes Journées Magiques et Merveilleuses vont être absolument démentielles. Tu peux aller voir le mur de Berlin (ce qu'il en reste), la porte de Brandebourg, le Reichstag. As-tu déjà vu la Fernsehturm ? x

Penny: Tu oublies que je me trouve dans un bus et que, pour l'instant, je n'ai rien vu d'autre que ses vitres teintées et le profil de Blake. Je ne sais pas non plus ce qu'est la Fernsehturm, parce que je ne suis pas une encyclopédie sur pattes. Les seules choses dont j'ai vraiment hâte, ce sont les JMM. Ça va être si romantique de visiter toutes ces villes avec Noah, de flâner main dans la main, de goûter aux plus délectables des... pâtisseries xx

Elliot: Beeindruckend, impressionnant, impressionante, fantastico! x

Penny: Elliot, en anglais, stp xx

Elliot: Génial, tous ces mots veulent dire génial, Pen. Tu risques d'avoir besoin de ces traductions lors de tes escales. P.-S.: la Fernsehturm est une tour émettrice (signaux télé) de 368 m de haut, le plus haut édifice d'Allemagne.

Elliot: Si je n'étais pas actuellement chez Browns, attablé devant un déjeuner somptueux (gracieusement offert par Alex), je me taperais la tête contre les murs. Tu n'as fait aucune recherche, avant de partir, sur les villes que tu allais voir ?!? Je t'aime, Penny, vraiment, mais tu dois élargir tes horizons. Mon stage commence demain. SOUHAITE-MOI BONNE CHANCE. Bisous, ton gay préféré x

Je m'apprête à répondre en souriant quand Blake m'arrache le téléphone des mains pour le poser sur la table.

— Comment veux-tu que je te batte si tu ne prends même pas la peine de jouer? Laisse tomber ça.

— Non, mais ! je proteste. Tu te prends pour qui ?

Je reprends mon téléphone et le glisse dans ma poche.

— Pour rien. C'est toi qui décides de te sentir vexée.

Il me tend une manette en souriant. Au même moment, Noah se lève et s'étire en bâillant.

— Après le concert d'hier et le réveil à l'aube, je suis claqué. Je vais faire une petite sieste à l'arrière. Ça ne te gêne pas, Penny ?

— Non, pas du tout.

Mais en même temps, je lève la tête et l'implore en silence : « Oh, non, par pitié ! Ne me laisse pas seule avec l'énergumène qui te sert d'ami. » Hélas ! Noah n'est pas aussi bon qu'Elliot en langage des yeux : il me sourit et disparaît à l'arrière du bus.

Je me résigne et, dans l'espoir de mettre à profit la demi-heure qui suit, j'interroge Blake sur la tournée, Noah, le groupe, la batterie… Les grognements et marmonnements qu'il m'adresse en réponse ne sont guère passionnants ni amusants, mais le voyage passe un peu plus vite, et, comme il n'est pas complètement concentré sur le jeu, j'arrive à le battre plusieurs fois.

— Alors, ça fait combien de temps que tu sors avec Noah ? me demande-t-il subitement.

— Oh… un peu plus de six mois. Ça passe tellement vite.

— Autant dire une éternité ! Cette tournée est super importante pour Noah, tu sais. C'est son rêve qui se réalise.

Je ne suis pas sûre du sens de son commentaire sur « l'éternité », mais j'ai réussi à adoucir Blake le Grincheux et avoir avec lui un véritable échange. Il n'est pas

102

aussi désagréable qu'il en a l'air ; il a seulement besoin de se dégeler.

Je lui réponds dans un soupir :

— Je sais. Je regrette presque de ne pas l'avoir connu avant qu'il ait autant de succès. Je parie qu'il n'a jamais imaginé que ça décollerait comme ça. Mais sa musique est géniale, c'est un super auteur-compositeur. Enfin, je n'y connais pas grand-chose, mais…

— C'est ça le problème, me coupe Blake. Tu ne connais *rien* à la musique.

Son intonation a changé et, tout à coup, je sens ma gorge se nouer et mon visage me brûler. Blake continue à jouer comme si de rien n'était.

— Je suis sûr que tu es super cool, Penny, reprend-il. En tout cas, c'est l'avis de Noah. Seulement, je ne suis pas sûr qu'il ait bien réfléchi. S'encombrer d'une petite copine au moment où sa carrière démarre peut avoir des conséquences.

Il pose sa manette et sort un paquet de tabac. Puis, un filtre coincé entre les lèvres, il se roule une cigarette. Je le regarde faire, tandis que l'horreur de ses paroles déferle sur moi comme un raz de marée. J'attends, muette, qu'il dise quelque chose – n'importe quoi qui rachèterait ses propos.

— Mais la tournée va être sympa, enchaîne-t-il. Chaque nuit dans une ville différente, la tournée des bars, les boîtes… Plein de filles en perspective.

Il parle sans lâcher le filtre collé à ses lèvres et continue de rouler tranquillement sa cigarette.

— Je ne suis pas sûre de comprendre ce que tu veux me dire, Blake.

Je le regarde du coin de l'œil, en essayant de rester détendue.

— C'est marrant la façon dont les Anglaises disent mon prénom…

Il glisse sa cigarette derrière son oreille et se lève pour aller chercher une autre bière dans le réfrigérateur. Puis il se rassoit si près de moi que ses jambes frôlent les miennes.

— Ce que je veux dire, reprend-il tranquillement, c'est qu'au milieu du rêve qu'est cette tournée, il y a *une* chose qu'aucun de nous n'a jamais voulu voir dans ce bus.

Je suis estomaquée. Je voudrais lui clouer le bec, trouver une réplique bien sentie, mais ma bouche ne répond pas. Mark, le bassiste, en profite pour ramasser la manette qui m'est tombée des mains.

— Ça te gêne si je prends le relais ?

— Fais-toi plaisir, dis-je d'une voix blanche.

Je me lève et rejoins l'arrière du bus. Juste avant d'entrer dans la cabine, je jette un regard vers Blake, de nouveau absorbé par l'écran.

Ce n'est qu'en posant la main sur l'encadrement de la porte pour me stabiliser que je m'aperçois à quel point je tremble. Mais je me ressaisis et, imaginant le remède tout proche, je parviens à sourire.

Chapitre 14

Je tire le rideau de séparation et Noah, clignant des yeux à cause de la lumière, se tourne vers moi.

— Salut, toi !

— Oh, je te réveille ?

Je m'assois sur le bord de la couchette.

— Non, je n'arrive pas à dormir. Je suis trop excité.

Il s'assoit et pose la main sur la mienne.

— Ça va ? Tu es toute pâle.

Je secoue la tête en me mordillant les lèvres.

— Oui, ça va…

Je voudrais lui parler de Blake, mais je ne sais pas comment m'y prendre. Il risque de croire que je n'arrive pas à m'intégrer à sa bande. Je sais aussi que Blake est son meilleur ami, et je ne veux surtout pas que Noah se sente obligé, d'une manière ou d'une autre, de choisir entre lui et moi.

— Depuis quand connais-tu Blake ?

— Depuis qu'on est gosses. On a quasiment grandi ensemble. Mes parents m'ont offert ma première guitare l'année où les siens lui ont acheté sa première batterie. On faisait des bœufs dans son sous-sol. Notre premier groupe s'appelait…

Comme il hésite, je le pousse du coude en riant.

— Allez, dis-moi !

— Bon, si tu y tiens… On s'appelait Les Apprentis Sorciers. On était fans d'Harry Potter à cette époque.

Il fait la grimace, et j'éclate de rire.

— Excellent !

— Ouais. Blake disait même que ses baguettes de batterie étaient des baguettes magiques et nos chansons des sortilèges !

— Sérieux ?

J'ai beaucoup de mal à faire le lien entre le garçon désagréable qui se trouve de l'autre côté du rideau et le doux rêveur qui jouait de la batterie dans son sous-sol en inventant des formules magiques.

— Tu n'as sans doute pas entendu la chanson *Un peu d'amour pour la maison elfique*, mais elle était censée faire un tabac !

Il rit, puis son visage se rembrunit un peu.

— Quand les choses ont commencé à vraiment démarrer pour moi – quand Dean m'a découvert sur YouTube, qu'il m'a fait signer avec la maison de disques et tout ça – on s'est un peu embrouillés, Blake et moi. Il s'est mis à traîner avec des gens que je n'aimais pas trop, et on a eu de sacrées disputes. C'est une des raisons pour lesquelles je me suis complètement retiré, l'an dernier. Coupé du monde. J'étais prêt à jeter l'éponge et à tout laisser tomber. Si le succès, tout ça – il désigne le bus autour de nous –, devait me couper de mes meilleurs amis, cela ne valait pas le coup. Et puis je t'ai rencontrée. Mon événement perturbateur.

Il m'embrasse la main avant de continuer :

— Tu m'as montré que je pouvais tout concilier, le succès, l'amour et l'amitié. Tu m'as donné le courage d'aller voir Blake et de lui parler. On a renoué. L'emmener sur la tournée, c'est ce qui pouvait m'arriver de mieux – après toi, bien sûr ! Il est un peu cynique, bouffon, mais depuis le début, il a toujours été là pour moi. Je suis sûr que, quand tu le connaîtras mieux, vous allez parfaitement vous entendre.

Je me sens rougir – à cause du compliment, bien sûr, mais pas seulement : j'étais sur le point de lui dire du mal de son meilleur ami. Heureusement que j'ai pris le temps de réfléchir ! Je n'avais aucune idée de ce que Blake représente pour Noah, ni de tout ce qu'ils ont vécu ensemble. Blake ne cherche peut-être qu'à me titiller, finalement. Et si je veux être acceptée par le groupe, j'ai intérêt à être moins susceptible.

— Au fait, reprend Noah, j'ai quelque chose pour toi. J'avais l'intention d'attendre notre arrivée à l'hôtel, mais je ne peux pas !

Il se penche pour attraper son sac de voyage sous la couchette et en sort un petit paquet enveloppé dans du papier doré.

— C'est pour toi. Vas-y, ouvre !

Je défais le papier, ouvre la boîte et… je pousse un cri. C'est un smartphone tout neuf ! Un de ceux que je n'aurais jamais pu m'offrir toute seule.

— Waouh, Noah…

— Comme on t'a volé le tien à mon concert, c'est bien la moindre des choses. Et tant qu'à faire, vu la

107

vieillerie que t'a donnée Tom, autant choisir le top. Celui-ci fait des photos de folie.

Il a raison : le téléphone de Tom est une antiquité. Mais je préférais *mon* vieux téléphone couvert des gribouillis de Noah. Ce petit bijou est magnifique, mais il ne remplacera jamais l'autre. Ce qui ne m'empêche pas de m'exclamer :

— Tu es fou, Noah ! C'est… beaucoup trop.

— Pas du tout, Penny, je t'assure. Quel intérêt d'être une rock-star si je ne peux pas jeter l'argent par les fenêtres pour toi ?

— Peut-être parce que je suis incapable d'en faire autant ?

— Ne raconte pas de bêtises.

Il m'embrasse sur la joue.

— Depuis hier, tu es mon coach « état d'urgence » officiel, tu te rappelles ? Ça vaut des *milliards* ! Allez, viens, on va rejoindre les autres.

Il saute de la couchette et me tend la main. J'y pose la mienne en souriant.

Il m'a redonné confiance en moi. Blake ne doit pas être aussi méchant, puisque Noah l'aime tellement. À moi de lui donner sa chance.

Nous avons à peine soulevé le rideau qu'un concert d'acclamations et de sifflements nous accueille. Noah lève les mains et secoue la tête en riant.

— OK, les gars, on se calme.

Je me sens rougir comme une pivoine – pourquoi les garçons ont-ils l'esprit aussi mal tourné ? J'aimerais ne pas être la seule fille. Je me sens un peu seule au milieu de ce flot de testostérone.

Blake est de nouveau devant le réfrigérateur.

— Tu veux une bière, mec?

Il tend une bouteille à Noah qui me regarde avant de répondre:

— Il est trop tôt, vieux. Tu en as déjà bu combien? Tu empestes comme s'il était trois heures du matin et que tu sortais de boîte.

— Oh, ça va, Noah, lâche-toi un peu. On est là pour s'éclater, non? J'ai l'impression d'entendre Dean.

Noah prend finalement la bouteille et la décapsule sur le coin de la table.

— À nous!

Blake trinque avec Noah et me sourit.

— Tu veux un Coca, Penny? me demande Noah en sortant une cannette.

— Avec plaisir.

Je tourne les yeux vers la fenêtre et j'aperçois une arche gigantesque surmontée d'un attelage de quatre chevaux. Immense et majestueuse, elle correspond exactement à l'image que je me fais de Berlin.

— Waouh! Regardez ça! Vous croyez que c'est la porte de Brandebourg?

Alors que tout le monde se presse contre la fenêtre pour admirer le monument, je baisse la voix pour que seul Noah m'entende.

— J'ai tellement hâte de notre Journée Magique et Merveilleuse!

— Moi aussi, répond-il en me serrant la main.

— Elliot m'a envoyé un texto avec une liste des endroits à ne pas rater. Il paraît qu'il y a une tour de trois cent cinquante mètres de haut et...

Blake m'interrompt en ricanant.

— Une journée quoi ? C'est quoi cette blague ?

Il nous dévisage d'un air narquois, mais Noah prend notre défense :

— Laisse tomber, vieux… Tu ne connais rien au romantisme. Même s'il te mordait le cul, tu ne t'en rendrais pas compte !

Aussitôt, dans le plus pur style cow-boy (et soi-disant viril), Blake menace de nous montrer ses fesses. La tension tombe, mais pas le danger.

Il va passer à l'acte quand – heureusement – la voix de Larry, depuis la cabine avant, nous crie qu'on arrive. Ouf ! Dean frappe dans ses mains et tout le monde se tourne vers lui.

— Les gars, j'ai une nouvelle géniale !

Ses yeux brillent comme s'il venait de gagner au loto.

— Vous ne devinerez jamais qui vient rejoindre les Sketch sur scène, ce soir.

Il se tait pour ménager son effet avant de lâcher :

— Leah Brown !

Autour de moi, c'est l'explosion. Tout le monde hurle et bondit en se tapant dans les mains.

— Pour l'instant, c'est un secret absolu, reprend Dean, mais le public va être déchaîné ! C'est pas génial ?

Si, c'est énorme ! Pour Noah et la tournée, les retombées médiatiques vont crever le plafond. Mais quand je regrettais la compagnie d'une fille tout à l'heure, je ne pensais pas franchement à l'ex-vraie-fausse-petite-amie de Noah. Mes soucis avec Blake me paraissent ridicules, maintenant. Je suis presque sûre que l'arrivée de Leah Brown me réserve bien pire.

Chapitre 15

La salle de spectacle prévue pour le concert de Berlin est deux fois plus grande que celle du *Brighton Centre*. Noah se prépare pour la balance et nos pas résonnent sur la scène. Comme nous sommes venus directement de l'aéroport, avec une brève escale à l'hôtel, je n'ai pas l'impression d'avoir vu la ville. On pourrait être n'importe où. Les seules preuves que nous sommes bien en Allemagne sont les signaux lumineux qui indiquent la sortie en lettres rouges : Ausgang à la place d'Exit.

J'avance jusqu'au bord de la scène et observe avec un frisson les sièges inoccupés où vont bientôt déferler les fans déchaînés.

Cette fois, je ne me laisserai pas engloutir par la foule. J'ai mon sésame pour les coulisses autour du cou et je ne cesse d'y porter la main pour vérifier qu'il est toujours là. Noah se moque de moi ; il dit que je devrais dormir avec.

Je lève mon appareil et prends une photo. En combinant, ou même en superposant, une photo des sièges vides avec celle de la salle comble, je pourrais peut-être exprimer quelque chose, une sorte de réflexion sur la nature des liens entre les artistes et leur public… *Peut-on parler de représentation s'il n'y a personne pour regarder ?* Je me le demande. En tout cas, c'est une piste pour le projet « perspectives alternatives » de Mlle Mills. Elle devrait apprécier.

Alors que je quitte le devant de la scène pour retourner dans l'ombre, Noah est au milieu de la scène, debout dans un îlot de lumière. Vêtu d'un sweat-shirt à capuche bordeaux et d'un jean noir, il chante les premières paroles d'*Elements*. Je le prends aussi en photo : l'artiste *avant* la représentation, pour évoquer les heures et les heures de répétition et de travail auxquelles les fans n'assistent jamais. En fait, la tournée est un sujet idéal pour mon projet !

Je suis absorbée par l'image de Noah dans mon viseur lorsque Blake, juste derrière moi, pulvérise les cymbales de sa batterie. Je fais un bond en arrière et trébuche sur un tas de câbles. J'ai tellement peur de lâcher mon appareil photo qu'au lieu d'écarter les bras pour éviter de tomber, je m'y agrippe et m'écroule sur une pile d'enceintes. La plus petite, au sommet, vacille dangereusement.

Je m'adresse aux dieux de la maladresse – *Pitié, oh par pitié, faites qu'elle ne tombe pas.*

Hélas ! ils ne m'écoutent pas et l'enceinte s'écrase par terre dans un fracas qui me donne aussitôt la nausée.

— Penny ! s'écrie Noah en se précipitant vers moi. Ça va ?

Je me relève en vitesse. J'essaie de sourire mais la douleur à mon épaule m'arrache plutôt une grimace.

— Oui, Noah. Je t'assure. S'il te plaît, retourne répéter…

Mes yeux tombent sur l'enceinte, ou ce qu'il en reste.

— Je pourrai rembourser…

— Arrête, ce n'est pas le problème !

Il se tourne vers Blake.

— Qu'est-ce qui t'a pris, vieux ?

Blake me regarde et hausse les épaules.

— Eh, c'est pas de ma faute si ta copine est une godiche.

— Il a raison, Noah. J'aurais… dû… faire attention.

Je bredouille et Noah fronce les sourcils.

— Oui, eh bien, tu es *ma* godiche, Penny, et je ne veux pas que tu te fasses mal. Ces enceintes sont super lourdes, tu aurais pu te blesser.

Pour cacher la honte qui me monte aux joues, je me baisse et ramasse des morceaux de l'enceinte éparpillés en me promettant de ne plus jamais monter sur scène.

— Steve va s'occuper du ménage, dit Noah en montrant un technicien qui arrive déjà armé d'une pelle et d'un balai.

Je me rappelle vaguement l'avoir vu en arrivant, mais j'avais complètement oublié son nom. Noah, lui, appelle déjà tout le monde par son prénom, même ceux qu'il n'a croisés qu'une fois ; cette attention aux autres n'est qu'une des qualités qui le rendent si particulier.

— On peut avoir une autre enceinte, n'est-ce pas ?

— Pas de souci, réplique Steve.

— Tu vois ? me rassure Noah. C'est réglé. Ne fais pas attention à Blake. Je te retrouve après la répétition.

— Ça marche.

Je suis soulagée, mais toujours contrariée. *Pourquoi suis-je une telle catastrophe ?* J'espère que les coulisses sont plus sûres.

Je sors mon téléphone et envoie un texto à Elliot.

Penny : Même pas une journée complète à Berlin, et je suis déjà un désastre.

Il me répond presque aussitôt.

Elliot : Qu'est-ce qui s'est passé ?

Penny : Disons que je ne suis pas faite pour la scène.

Elliot : Ne me dis pas que tu as réitéré l'épisode de la culotte à licornes multicolores ?

Penny : PIRE : j'ai cassé sans doute plusieurs centaines de livres de matériel...

Elliot : Bah, je suis sûr que les Sketch n'ont pas de problèmes d'argent. Tu as vu d'autres célébrités ?

Je suis sur le point de lui répondre « non », quand tout à coup ce n'est plus vrai : Leah Brown débarque dans les coulisses !

Ses cheveux sont remontés en queue-de-cheval et elle ne porte aucun maquillage. La seule chose qui la distingue des autres et montre qu'elle est bien la star, c'est la douzaine d'assistants qui trottent dans son sillage pour rester à la hauteur de ses longues jambes. Elle baisse les yeux sur la tablette que lui tend un de ses sbires.

— Berk ! Je déteste. Il n'y a pas de meilleures photos que celle-là ? Dis à Frankie P de prévoir un nouveau shoot, s'il n'a pas mieux à me montrer.

Je voudrais disparaître. Si je n'avais pas les yeux braqués sur elle, j'aurais peut-être une chance de passer
inaperçue. Mais je suis incapable de ne *pas* la dévisager.
Même coiffée à la hâte et sans maquillage, elle est d'une
beauté magnétique. En sa présence, l'atmosphère semble
se charger d'électricité. C'est sans doute à cela qu'on
reconnaît les véritables stars.

Elliot parlerait d'*un certain je-ne-sais-quoi*.

Megan serait jalouse.

Ollie baverait d'envie.

Et moi, j'ai des frissons.

Je ne comprends pas comment Noah a pu avoir une
vraie *fausse* liaison avec cette fille. Comment un garçon
(qui n'est pas gay) peut-il l'approcher sans tomber amoureux d'elle ?

Leah et sa cour passent devant moi sans s'arrêter
– ouf ! –, à l'exception de la fille chargée de contacter
« Frankie P » que j'entends murmurer à une autre :

— Elle me demande de dire à François-Pierre Nouveau de *refaire son shooting* ? Comment veut-elle que je
m'y prenne ?

Son visage est d'une pâleur inquiétante ; elle a l'air
complètement paniquée.

Comme tout le monde, j'ai entendu parler de François-
Pierre Nouveau, un photographe de renommée mon-
diale. J'ai peine à croire qu'on puisse *rejeter* son travail et
l'appeler *Frankie P*.

— Tu vas devoir te débrouiller, lui répond l'autre fille.
On parle de la photo du prochain album de Leah. Si elle
n'est pas contente…

— … je suis morte, c'est sûr.

Cette fois, elles m'aperçoivent et me lancent des regards noirs. Je bredouille quelques excuses et bats en retraite, quand j'entends mon prénom.

— Penny ?

Je me retourne à contrecœur.

Leah aussi a fait demi-tour.

Et elle me fait face, une main sur la hanche. Derrière elle, le reste du groupe me regarde comme si j'avais deux têtes.

— Salut…

Quand elle avance, j'ai davantage l'impression de voir fondre un prédateur sur sa proie qu'une fille qui vient en saluer une autre.

— Alors c'est *toi*, Penny Porter ?

Je ne sais pas quoi répondre.

— C'est toi qui m'as posé tant de problèmes l'an dernier ? continue-t-elle de son accent traînant de Los Angeles.

Elle me scrute de la tête aux pieds et je sens les autres juger ma tenue. On ne peut pas dire que j'ai fait des efforts. Pour le voyage, j'ai choisi mon vieux jean préféré et un sweat-shirt zippé. Je croise les bras sur ma poitrine et veille à rester droite.

— Bien, lâche-t-elle. J'imagine que je dois te remercier de m'avoir inspiré cette chanson.

Au moment de sa prétendue rupture avec Noah, Leah a profité du déchaînement médiatique qui déferlait sur elle pour sortir son nouveau single, *Bad Boy*. Elle écrit la plupart de ses chansons elle-même et celle-ci était prête à sortir au moment de sa rupture avec Noah. Je suis sûre qu'elle en avait prévu de bien plus romantiques, au cas où leur « liaison » aurait tranquillement suivi son cours.

— Sympa ton appareil photo, me lance-t-elle en s'éloignant. À plus tard.

Je suis si soulagée de la voir partir que je pourrais m'écrouler par terre. J'ai besoin de parler à Elliot. Tout de suite.

Chapitre 16

De : Elliot Wentworth
À : Penny Porter
Objet : RAPPORT ELLIOT

Ma Penny Chou chérie, alias Océane la Battante,

Tu n'es partie que depuis 24 heures et j'ai déjà l'impression d'être à la dérive. COMMENT vais-je survivre aux deux prochaines semaines sans toi ? Les choses vont de mal en pis dans notre petite cité balnéaire. Je ne t'ai pas envoyé de texto pour te le dire, mais mon père est revenu. Il insiste pour m'emmener dîner. Un truc que son psy lui a conseillé de faire pour « accepter » ma « sexualité ». Il habite à la maison, avec la permission de ma mère, et ils se hurlent dessus à la moindre occasion. La maison a connu plus d'émotions en un seul jour (hier) que ces seize années dernières.

Bref, ma mère a décidé qu'elle ne voulait plus le voir et elle préfère faire des heures sup au boulot (comme si elle n'en faisait pas déjà assez). Parfois, je me demande même si elle veut me voir, moi. J'ai ma dose de drames familiaux. Je préférais quand mes parents se contentaient de m'ignorer et me laissaient vivre ma vie.

En parlant de vie, mon stage chez *CHIC* a commencé PLUS TÔT ! Ils me voulaient tout de suite, bien qu'on soit vendredi – ARGH. Mais c'était tellement génial ! La styliste avec laquelle j'ai travaillé m'a félicité pour mon blazer – tu sais, celui sur lequel j'ai cousu ces boutons démentiels ? OK, mon job consiste surtout à livrer des cafés et à démêler des millions de colliers enchevêtrés en un seul fichu nœud, mais c'est un VRAI travail DANS LA MODE.

Assez parlé de moi et de ma soporifique existence. Comment ça se passe, pour toi ?

À quoi ressemble ton hôtel ?

As-tu vu le mur de Berlin ?

As-tu mangé de la saucisse au curry ?

Et surtout, le plus important... AS-TU CROISÉ LEAH BROWN ?

Tu me manques trop, Penny P.

Elliot xx

De : Penny Porter
À : Elliot Wentworth
Objet : RE : RAPPORT ELLIOT

Mon cher si cher cher Elliot,

Oui ! J'ai croisé Leah !

En train de refuser les photos de François-Pierre Nouveau. TU TE RENDS COMPTE ? C'est comme dire d'un Van Gogh : « Ouais, c'est pas mal comme peinture, mais pas assez beau pour mon salon. »

Elle est encore plus intimidante de près.

Comment suis-je censée rivaliser avec elle? Bizarrement, elle a été plutôt sympa avec moi. Mais je suis sûre que c'est une comédie qu'elle a jouée devant Noah.

Et non, je n'ai encore rien vu de Berlin. Mais notre Journée Magique et Merveilleuse est demain. Je te raconterai absolument TOUT ce que j'aurai vu.

Ça craint, pour ton père. Grave. Mais c'est génial pour le stage. Je savais que tu assurerais! Évidemment qu'ils ont adoré ton style – tu es Elliot! le garçon le plus branché de Brighton!

Tu es sûr de ne pas vouloir faire un aller-retour à Berlin pour me rejoindre?

P. xxx

De: Elliot Wentworth
À: Penny Porter
Objet: RE: Re: RAPPORT ELLIOT

Chère Penny Chou,
J'aimerais.
Elliot x
P-S: En fait, Vincent Van Gogh a longtemps été méprisé. Il n'a vendu qu'une seule toile de son vivant et n'a connu la gloire qu'après sa mort.

De: Penny Porter
À: Elliot Wentworth
Objet: RE: Re: Re: RAPPORT ELLIOT

Cher Wiki,
OK, monsieur Je-sais-tout.

Penny x

Chapitre 17

Cela ne fait aucun doute : mon petit copain *déchire* – et il a autant de fans en Allemagne qu'en Angleterre. Le public, ici, l'acclame avec la même vigueur qu'à Brighton. Je ne sais pas pourquoi je suis tellement surprise, mais j'ai l'impression, en même temps que je constate la célébrité toujours croissante de Noah, de rester sur la touche. Je suis très impressionnée par son talent. Il n'a que deux ans de plus que moi et il a déjà réussi tant de choses.

Je dois me souvenir que Noah n'est pas comme tout le monde, et que j'ai encore le temps de choisir mon avenir. Être « la petite amie de Noah Flynn » n'est qu'une partie de cet avenir.

Après les derniers réglages son, et avant le concert, c'est l'heure des interviews et des photos. Une longue file de journalistes s'étire devant la loge de Noah, où ils entrent et sortent les uns après les autres. De mon côté, assise discrètement dans un coin de la pièce, je prends quelques photos. Mais la plupart du temps, je me contente d'écouter. Noah répond comme un pro – j'imagine qu'on le devient vite, à force de répondre toujours aux mêmes questions. Je suis surprise qu'aucun journaliste ne lui demande rien de vraiment intéressant. C'est peut-être dû à la présence imposante de Dean, debout derrière lui, les bras croisés sur la poitrine, prêt à intervenir au cas où une question aborderait un sujet délicat.

Quelques journalistes me reconnaissent, mais Noah veille à ne pas trop parler de nous.

Le moment le plus intéressant, en ce qui me concerne, arrive quand une petite brune, auteur d'un blog de musique ultra populaire en Allemagne, l'interroge sur Leah Brown.

— Alors, Noah, lui demande-t-elle, qu'est-ce que cela fait de retrouver Leah Brown après la… polémique de l'an dernier ?

Noah lui adresse son plus charmant sourire.

— Leah et moi sommes excellents amis, et je respecte son talent musical. Je pense qu'elle a eu sa revanche avec *Bad Boy*.

Mettant tout son charme au service de la situation, il lui adresse un petit clin d'œil.

— Penny ne voit pas en elle une rivale ? continue la blogueuse sans se laisser démonter.

Dean esquisse un geste, mais Noah l'arrête d'un léger mouvement de tête. Puis il hausse les épaules et répond :

— Bien sûr que non. Penny n'a aucune raison de s'inquiéter.

Une onde de chaleur me traverse de la tête aux pieds. J'espère que la blogueuse transcrira fidèlement ses paroles. Mais ce qui compte, c'est que Noah les ait prononcées et que je les aie entendues. Dommage que Blake n'ait pas été là, ça l'aurait calmé.

Dean frappe dans ses mains.

— Bon, merci Ruby, l'interview est terminée. C'est l'heure du concert !

À cette annonce, la loge, déjà animée comme une ruche, entre en ébullition.

Noah, serein, me prend la main. Il m'assure que tout va bien se passer, et je le crois.

— Tu as ton nouveau téléphone ? me demande-t-il.

Je le sors de ma poche pour le lui montrer.

Il me le prend et compose rapidement un numéro. Après quelques sonneries, l'écran s'allume sur deux des visages que j'aime le plus au monde : ceux de Sadie Lee et Bella.

— PENNY ! s'exclame Bella en sautant sur place.

Je suis stupéfaite de voir comme elle a grandi ! Elle ressemble plus à une petite jeune fille qu'à la fillette turbulente de quatre ans que j'ai rencontrée à Noël.

— Bella ! Comme tu es belle ! Coucou, Sadie Lee !

Celle-ci oblige gentiment sa petite-fille à reculer et apparaît à l'écran.

— Tu vois, trésor, lui dit-elle avec son accent du Sud un peu traînant, Noah et Penny nous voient beaucoup mieux quand on est assises tranquillement.

Elle tourne alors vers nous son regard pétillant, si caractéristique des Flynn.

— Alors, comment ça se passe à Berlin, mes deux étoiles ?

— Je m'apprête à monter sur scène, Mam' !

— Magnifique, Noah !

Elle rit et me fixe avec une légère inquiétude.

— Noah m'a raconté ce qui s'était passé à Brighton, Penny. Es-tu sous bonne garde, maintenant ?

Je rougis en secouant vigoureusement la tête. Noah m'attire et me serre fort contre lui.

— Penny va s'installer derrière le rideau, au bord de la scène. Elle vous transmettra le concert en direct. Comme ça, mes trois nanas préférées seront aux premières loges.

Sadie Lee éclate de rire.

— Il y a au moins trente ans qu'on ne m'a pas traitée de nana, Noah !

Il se mord la lèvre, penaud.

— Tu vois ce que je veux dire, Mam'.

Puis il se détourne, parce que Dean l'appelle, et me passe le téléphone. Il envoie plusieurs baisers à sa grand-mère et à sa sœur, m'embrasse sur la joue et file en courant rejoindre son groupe.

— Est-ce que tu as emporté Princesse d'Automne avec toi ? me demande Bella.

— Non, Bella, elle a dû rester à la maison. Je ne voulais pas la prendre et risquer de la perdre !

— Tu as bien fait, reconnaît Bella avec sagesse. Elle n'aurait pas aimé partir en tournée. C'est beaucoup trop agité pour une princesse.

— Je vois très bien ce que tu veux dire, lui dis-je avec un soupir plus lourd que prévu.

Bella sourit et disparaît pour aller chercher un jouet qu'elle veut me montrer. Sadie Lee me regarde avec des yeux tellement insistants que je me sens obligée d'expliquer :

— J'ai seulement peur d'être un boulet pour Noah, Dean et tous les autres…

Elle hoche lentement la tête.

— Écoute-moi bien, trésor. Je sais quelque chose de très important dont tu n'as peut-être pas conscience : Noah a besoin de toi sur cette tournée, autant que tu as besoin de lui. Fais-moi confiance. Et je suis heureuse que tu sois là pour veiller sur lui – pas l'inverse.

— Mais Dean…

— Ne t'inquiète pas pour lui, chérie. Dean travaille pour *vous deux*, et s'il fait mal son job, il aura des comptes à me rendre.

— Merci, Sadie Lee.

J'entends le public rugir et saute sur mes pieds. Je suis survoltée, tout à coup. J'ai tellement hâte de voir Noah sur scène et d'oublier ma précédente – et catastrophique – expérience.

— Mesdames, dis-je à l'écran, c'est parti !

Je cours vers le côté de la scène, où Noah attend de faire son entrée en sautant d'un pied sur l'autre, comme un sportif avant une compétition. Dès qu'il me voit, son visage s'illumine. Je dirige le téléphone sur lui pour que Sadie Lee et Bella n'en perdent pas une miette.

— J'ai demandé à Jake d'empiler ces flycases, pour que tu puisses t'asseoir dessus.

Il me soulève et m'installe sur les boîtes juste au moment où les lumières déclinent, annonçant son entrée imminente sur scène.

— Bonne chance, je lui glisse à l'oreille.

Il fait un petit signe à Sadie Lee et Bella, puis il prend une profonde inspiration et se dirige vers son public.

Chapitre 18

Heureusement que j'ai la responsabilité de transmettre le concert à Sadie Lee et Bella. Cela m'empêche de m'écrouler par terre, victime de l'émotion (énorme) qui me transporte et de la faiblesse de mon système nerveux. Je connais toutes les chansons par cœur, mais entendre le public chanter avec Noah est quelque chose d'incroyable.

— Maintenant, dit-il à la foule après quarante-cinq minutes de spectacle énergique, voici ma dernière chanson.

Il est obligé de s'interrompre, tellement le public crie, mais il rit dans le micro.

— Certains d'entre vous le savent déjà, c'est ma chanson fétiche. Elle fait de moi le plus veinard et le plus heureux des gars du monde. Et la fille qui me l'a inspirée est assise juste ici.

Il se tourne vers moi et me regarde. Il est en nage, ses cheveux sont en bataille, mais il est toujours incroyablement beau et, quand il me regarde comme ça, ses yeux plongés dans les miens, rien d'autre n'existe. C'est alors que j'entends la foule scander en hurlant : « *Autumn Girl !* *Autumn Girl !* » Je m'aperçois qu'ils m'appellent et ça fait drôlement bizarre.

Noah secoue la tête.

— Elle est un peu timide, alors elle va rester dans les coulisses. Penny chérie, cette chanson est pour toi.

Il entonne les premiers accords d'*Autumn Girl* sur sa guitare, et je suis aussitôt transportée à l'instant où je l'ai écoutée pour la première fois. C'était un enregistrement qu'il avait fait pour moi, et j'étais sur mon lit, à Brighton. Je veux dire à Sadie Lee à quel point l'ambiance est magique et me rends compte que, dans l'émotion, j'ai complètement oublié le téléphone. Sadie et Bella ne voient plus que la boîte sur laquelle je suis perchée. Tu parles d'un spectacle ! Je me redresse en vitesse et je pointe l'objectif vers Noah en bredouillant mes excuses.

Noah termine sa chanson dans un tonnerre d'applaudissements, puis il court vers moi pour se jeter dans mes bras. Nous retournons dans la loge serrés l'un contre l'autre, accompagnés par le tumulte de la salle qui nous porte comme une vague d'amour et d'encouragement.

— Tu étais génial, Noah ! Je suis tellement fière de toi.

— C'était dingue ! s'exclame-t-il.

Il n'arrive pas à contenir l'immense sourire qui lui fend le visage, et mon expression reflète la sienne. Nous sommes sur un nuage.

Si seulement l'abruti qui se cache derrière LaVérité-Vraie pouvait nous voir, il comprendrait à quel point ses menaces sont ridicules. Peut-être que la vie de rock-star a du bon, après tout.

— Mam', Bella, qu'est-ce que vous en pensez ?

Sur l'écran, Sadie Lee essuie les larmes qui roulent sur ses joues.

— Je n'ai pas de mot, Noah. Tu as été sublime.

— Merci, Mam'. Je t'adore.

— Allez vous amuser, maintenant, les enfants. Il va me falloir au moins une heure pour calmer celle-ci.

Bella court partout dans la pièce, en chantant les textes de Noah à tue-tête.

— Bonne nuit! nous exclamons-nous de concert en faisant au revoir de la main à l'image émue et souriante de Sadie Lee.

Quand j'éteins le téléphone, la batterie est dans le rouge. Je fouille la loge à la recherche du câble quand le reste du groupe déboule comme une tornade dans la pièce. Même Blake, radieux comme un imbécile heureux, est aux anges. Il me sourit et je lui rends son sourire. Je l'ai peut-être mal jugé.

— C'était *génial*, me dit-il en passant devant moi. Tu reviens à l'hôtel avec nous, Penny?

— Non, vieux, répond Noah à ma place. J'ai prévu quelque chose pour nous deux.

Il tend sa guitare à un technicien, enfile son blouson de cuir, et commence à fouiller dans son sac de marin.

— Comme tu voudras, lâche Blake avant de sauter, en deux bonds, sur le dos de Ryan.

Il dresse un poing en l'air et se met à hurler comme un cow-boy.

J'éclate de rire et me tourne vers Noah.

— On va où?

Il me tend un petit bonnet rouge et en enfile un gris.

— J'ai pensé que le rouge irait bien avec tes cheveux.

— Si tu le dis, je réponds en mettant le bonnet.

— Maintenant, ça.

Il me donne une paire de lunettes sans verres et en chausse une autre, un peu de travers.

Je tends la main pour les redresser.

— Si c'est un déguisement, je ne suis pas sûre que ça marche. Tu es toujours aussi beau. Difficile à cacher.

— On n'a pas besoin d'un *vrai* déguisement, seulement ce qu'il faut pour ne pas attirer l'attention. Et puis, là où on va, personne ne s'attend à me voir.

Il me prend la main et m'entraîne avec lui.

— Mais *où* va-t-on, Noah ?

— À ton avis ? Voir le groupe le plus sensationnel du monde, évidemment !

Je pâlis et je m'arrête net. Il se retourne quand ma main lâche la sienne.

— Que se passe-t-il, Penny ?

Je déglutis en fermant les yeux, je n'arrive pas à croire qu'il me propose un truc pareil.

— Tu veux dire qu'on va *dans* la salle, au milieu de la *foule* ? je lui demande en espérant me tromper.

— Ben oui. Tu n'as pas pu les voir, la dernière fois, et ils sont vraiment super. Je serai avec toi. Tout le temps.

Je dois avoir l'air vraiment sceptique, parce que tout d'un coup, il s'agenouille devant moi et me déclare :

— Je jure, Penny Porter, de ne pas te quitter une seule seconde !

— Tu es fou ! Relève-toi tout de suite !

J'ai quasiment hurlé, paniquée à l'idée que quelqu'un prenne une photo et la publie, en prétendant qu'il me demande en mariage – pour le coup, ce serait une bombe.

Mais il ne bouge pas le petit doigt. Je suis obligée de céder.

— C'est bon, je viens.

Noah sourit et se relève.

— Bien. Et si tu te sens mal, ou si ça ne te plaît pas, dis-le-moi, on s'en ira tout de suite.

— D'accord. Oh… et mon appareil photo?

— Prends-le, tu pourras faire de belles images depuis la salle.

Chapitre 19

L'obscurité nous engloutit et je sens mon cœur palpiter dans ma gorge. Le noir est presque absolu, et l'impatience du public qui guette l'apparition des Sketch est palpable. L'ambiance, en dépit des milliers de personnes qui nous entourent, est incroyablement sereine. Cela ne m'empêche pas de m'agripper à la main de Noah. Il avait raison : personne ne s'attend à le voir ici, alors personne ne fait attention à nous − sauf pour râler lorsque nous nous enfonçons dans la foule.

Nous avançons jusqu'aux premiers rangs. Sentir les gens se presser contre nous et nous marcher sur les pieds me rappelle le concert à Brighton, mais cette fois j'ai le bras rassurant de Noah autour de mes épaules.

Puis les lumières s'allument et les Sketch bondissent sur la scène, provoquant un déferlement de cris hystériques. L'excitation est contagieuse, et je hurle avec les autres. Même Noah est de la partie.

Les Sketch dégagent une énergie incroyable ; ils enchaînent tube sur tube. Ce sont d'incroyables musiciens ;

ils ne ratent pas une note et leurs riffs de guitare sont hypnotiques.

Quand Leah Brown fait son apparition, les hurlements redoublent d'intensité. Son arrivée est spectaculaire : suspendue à un harnais, elle descend des cintres en joignant sa voix à celles des Sketch. Elle porte une robe à paillettes argentées ultracourte, et ses cheveux sont comme soulevés derrière elle par un courant d'air. N'importe qui, dans cet accoutrement, aurait l'air ridicule ; pas Leah Brown. Malgré ma fascination, j'arrive à prendre quelques photos.

Dès qu'elle pose le pied sur scène, le rythme du concert change complètement. Les lumières s'éteignent, nous plongeant dans le noir, et tout le monde retient son souffle. Puis, lentement, de tout petits points lumineux apparaissent au-dessus de nous, pour créer l'illusion d'une voûte étoilée. C'est magnifique ! Noah me serre dans ses bras et je me laisse aller contre lui.

Deux faisceaux lumineux trouent la scène pour éclairer Leah et Hayden, le chanteur des Sketch, assis sur deux tabourets hauts. Leah porte à présent une robe noire, avec quelques sequins pour attraper la lumière, et ses cheveux maintenant lisses encadrent son visage comme un rideau de velours.

— Salut Berlin ! lance Hayden.

Un hurlement trépidant lui répond.

— Nous avons quelque chose d'un peu différent pour vous, ce soir, reprend-il. Une chanson que personne n'a encore entendue. Nous espérons qu'elle vous plaira.

Il commence à chanter *a cappella* et sa voix s'élève, claire et forte, au-dessus du public. Leah prend le relais, et, tous les deux, dans un duo envoûtant, chantent la complainte magnifique d'amoureux séparés par la vie.

Les larmes me montent aux yeux et je ne suis pas la seule à pleurer. L'émotion du public est palpable, intense, comme si la musique nous unissait. Je comprends ce qui motive Noah à écrire ses chansons. C'est cela qu'il veut créer : une chaîne de mots et de notes capable d'unir des milliers de personnes dans un instant magique.

— Je t'aime, Penny, murmure-t-il à mon oreille.

Je serre les mains sur ses bras qui m'entourent.

Quand la chanson s'achève, un rugissement s'élève dans la salle. Leah et les Sketch enchaînent sur un autre tube. Le public, complètement sous le charme, pourrait les suivre au bout du monde. Les lumières reviennent, aveuglantes après l'obscurité, et le concert continue.

Nous dansons comme des fous avec les autres sans nous soucier une seule seconde d'avoir l'air ridicules.

À la fin du dernier rappel, quand le public se résigne à partir, je me sens plus heureuse que je ne l'ai jamais été.

Chapitre 20

Nous arrivons à l'hôtel sur un petit nuage et remontons le couloir qui conduit à ma chambre en chantant les tubes des Sketch. Devant ma porte, Noah s'arrête.

— C'est ici que je te laisse, Penny, comme un vrai gentleman, me dit-il avec grâce.

Il ouvre et, d'un geste du bras parfaitement stylé, il m'invite à entrer en s'inclinant.

Puis, après avoir enlevé son bonnet pour le jeter dans la chambre, il me regarde. Ses yeux brillent et un sourire danse au coin de ses lèvres, révélant ses fossettes. Je fonds. Complètement. Je ne crois pas avoir été plus amoureuse de Noah Flynn qu'en cette seconde.

— Tu ne veux pas rester un peu ? La soirée était géniale, mais on n'a pas eu une seule seconde pour nous deux.

Je tente un sourire aguicheur.

Le gloussement amusé de Noah m'indique qu'il a au moins saisi mon intention, mais il répond :

— Désolé, Penny, je dois retourner à la salle de spectacle et vérifier que tout est bon pour demain. Dean adore les débriefings. Même tardifs.

Je dois être meilleure en mine déconfite qu'en œillade affriolante, car il se précipite vers moi avec un adorable sourire.

— On aura une Journée Magique et Merveilleuse demain, Penny. Un jour entier, rien que toi et moi. Je te promets qu'on va s'éclater et faire le tour de toutes les pâtisseries de la ville.

Il m'embrasse sur la bouche avant que je ne puisse répondre.

— Tu as intérêt à tenir tes promesses, dis-je quand je retrouve mon souffle.

Comment fait-il pour être aussi charmant *et* aussi désirable ? Je n'en ai aucune idée. Ce qui est sûr, c'est que je vais finir terrassée.

Je le suis déjà, d'ailleurs : ma mâchoire se décroche dans un bâillement irrépressible et tellement gigantesque que je pourrais l'avaler d'un coup. Je suis super gênée, mais Noah me serre contre lui en éclatant de rire.

— Tu as l'air aussi claquée que je lui suis ! dit-il avant de reprendre, plus sérieux : Tu sais combien je rêve de rester ici avec toi, Penny, mais tu dois te reposer... Tu auras besoin de toutes tes forces, demain.

Puis il fait demi-tour pour s'éloigner dans le couloir.

— Bonne nuit, beauté ! crie-t-il juste avant de disparaître.

Je ferme la porte de ma chambre et je me jette sur mon lit en riant comme une gamine. Je déborde de bonheur. J'en lâche un peu dans un gros soupir et roule sur le dos pour enlever mes Converse. Ensuite, j'attrape mon ordi pour écrire à Elliot.

De: Penny Porter
À: Elliot Wentworth
Objet: RE: Re: Re: Re: RAPPORT ELLIOT

Wiki, Wiki, Wa-Wa,

Je suis au septième ciel et j'espère bien ne jamais redescendre! Je viens de passer la meilleure soirée de ma vie avec Noah. D'abord, je l'ai regardé jouer et chanter en concert. Il était génial, comme d'habitude. Ensuite, il m'a entraînée dans la salle, au milieu d'une foule hystérique, pour voir les Sketch se produire avec Leah Brown. Elle est vraiment incroyable! On a dansé en chantant aussi fort qu'on pouvait jusqu'au dernier rappel, et JE N'AI PAS EU DE CRISE D'ANGOISSE! C'est dingue, non?

Je suis obligée de me pincer tellement j'ai l'impression de rêver: Noah est parfait! J'ai tellement de chance d'être ici avec lui, de pouvoir l'encourager, de voir son succès grandir sous mes yeux, et d'être celle qu'il a choisie pour partager ces moments avec lui. Tu trouves peut-être ça dégoulinant de sentiments (merci de garder tes grimaces pour toi), mais je suis SI heureuse en ce moment. Tu seras aussi ravi d'apprendre que demain, nous partons explorer Berlin pour une JMM mémorable.

Je te raconterai tout dès que je serai revenue.

Tu me manques beaucoup, mais je me régale aussi!

Pen xxx

26 juin

Comment survivre à une tournée rock d'enfer

Bon, je sais que vous mourez d'envie de connaître tous les détails, mais d'abord, incroyable, j'ai survécu à mon premier jour de tournée! Et ce n'est pas tout. En fait, j'ai... adoré! Après son passage sur scène, Brooklyn Boy m'a emmenée dans la salle pour voir la suite du concert, nous avons dansé comme des malades. C'était génial!

Ce n'est que le premier jour, mais j'ai l'impression d'avoir déjà appris un tas de choses. Voilà ma première liste des trucs à savoir quand on part en tournée:

1. Sandwichs et grignotage sont vos meilleurs alliés.

Comment prendre un vrai repas quand on saute du bus à l'hôtel, puis de l'hôtel à la salle de spectacle, et retour sur les rotules au milieu de la nuit? Je vais me remplir les poches de barres de céréales contre les petits creux.

2. Les coulisses GROUILLENT de monde.

J'ignorais qu'un spectacle mobilisait une telle armada. Il y a, en plus du manager de Brooklyn Boy et de son groupe: son garde du corps, l'attaché de presse, les photographes, les maquilleurs, les coiffeurs, le régisseur, l'assistant régisseur, l'assistant de l'assistant régisseur, plus un million de techniciens, qui ont tous l'air de savoir *exactement* ce qu'ils doivent faire.

3. Dormir où on peut et dès qu'on le peut.

C'est ce que tout le monde semble faire. Pas plus tard que tout à l'heure, j'ai vu quelqu'un s'endormir sur une des enceintes en plein concert ! Le déchaînement des basses n'avait pas l'air de le déranger. Je sens que c'est un avant-goût du manque de sommeil qui m'attend...

4. N'espérez pas faire beaucoup de tourisme.

Demain, Brooklyn Boy m'emmène visiter Berlin, mais son emploi du temps est tellement chargé que je me demande encore comment il a pu réserver sa journée !

C'est démentiel (et complètement effarant !), mais je vais tout faire pour tenir ce blog à jour.

GIRL OFFLINE... et plus jamais online xxx

Chapitre 21

Le lendemain matin, mon réveil sonne à huit heures et je saute du lit sans perdre une seconde. Noah m'a envoyé un texto hier soir, juste après son départ. Nous avons rendez-vous à neuf heures, dans la salle du petit-déjeuner, pour démarrer notre Journée Magique et Merveilleuse. Je me mets en quête d'une tenue adaptée : confortable, mais aussi cool et chic. J'opte pour un ample tee-shirt blanc glissé dans une jupe noire plissée, et je n'oublie pas mon bijou préféré : une délicate chaîne en or avec les mots FILLE D'AUTOMNE en lettres cursives, le cadeau qu'il m'a fait pour la Saint-Valentin. J'attrape ensuite mon appareil photo et prends l'ascenseur jusqu'à la réception.

Elliot classerait l'hôtel dans la catégorie ultramoderne : mobilier du hall tout en surfaces noires, lisses et brillantes, tandis que les murs sont entièrement blancs. La seule touche de couleur est apportée par un immense graffiti bariolé accroché derrière l'accueil. Il y a beaucoup de monde. En passant devant la file des touristes qui viennent d'arriver, je me demande à quelles aventures ils se préparent. *Voyagent-ils seuls ? Prévoient-ils une escapade romantique en Europe ?*

Je m'installe, côté salon, dans un confortable canapé de velours, et mon regard tombe sur de magnifiques orchidées. Je prends mon appareil photo et je commence à les mitrailler. C'est plus fort que moi : j'adore les orchidées, surtout les blanches. Elliot m'en a offert de magnifiques pour un de mes anniversaires ; elles n'ont malheureusement pas duré car je les ai trop arrosées. L'année suivante, Elliot s'est rabattu sur un cactus – il était tout mignon – et m'a prévenue : si je n'étais pas capable de le garder en vie, il ne m'offrirait jamais une autre plante ! Mais le cactus a tenu bon et il est toujours là, suspendu dans un coin de ma chambre, résistant vaillamment à mon manque de soin.

Au bout d'un moment, je consulte mon téléphone. Il est neuf heures vingt. Je lève les yeux et je scrute le hall à la recherche de Noah. En vain. Je me dis qu'il n'a pas fini de se préparer. Ou qu'il a peut-être prévu une surprise qui demande un peu d'organisation.

Je me cale plus confortablement dans le sofa moelleux et, me laissant distraire par les allées et venues matinales, j'attends dix minutes de plus.

— Penny ?

Je sursaute, surprise dans ma rêverie, et découvre Dean qui m'observe par-dessus la monture dorée de ses Ray Ban, l'air un peu défait et l'œil injecté de sang.

— Qu'est-ce que tu fais là ? J'espère que tu as déjà pris ton petit-déjeuner, parce qu'ils arrêtent de servir à dix heures. Si tu veux un croissant, tu ferais mieux de te dépêcher. Ils disparaissent plutôt vite dans les hôtels !

Son rire, déjà rauque, se transforme en toux sévère. Il a vraiment l'air mal en point.

— J'attends Noah, lui dis-je. On prend notre petit-déjeuner ensemble avant d'aller se balader en ville.

Dean éclate d'un rire tonitruant et lâche, encore hilare :

— Tu ne risques pas de le voir avant midi ! Les garçons sont sortis jusqu'à quatre heures du matin. Peut-être plus. Moi, j'ai renoncé à trois heures et demie.

Il se laisse tomber à côté de moi.

— Je dois dire que ça commençait à prendre des proportions qui ne seront bientôt plus de mon âge ! D'où ces lunettes de soleil. J'ai sérieusement besoin d'un café ! Et je ne dirais pas non à quelques bonnes saucisses bien grasses.

Je fais de mon mieux pour garder l'air dégagé.

— Oh, mais bien sûr ! Quelle idiote, j'avais complète-ment oublié ! Noah m'a dit qu'on se verrait plus tard…

Je bredouille, à la recherche d'un prétexte qui me donnerait l'air moins stupide, mais je n'en trouve pas.

— Tu viens manger un morceau avec moi ? me pro-pose Dean. Je n'ai pas le charme de Noah, mais je joue un peu de guitare !

Il se lève et tente de m'entraîner vers la salle à manger.

— Non. Je vais remonter dans ma chambre. Je vais en profiter pour appeler mes parents. Tu sais comment sont les parents, Dean… Ils oublient que tu n'as plus dix ans. Et les miens, s'ils n'ont pas de mes nouvelles, risquent d'envoyer la police, la cavalerie… ou juste mon frère, Tom. Mais je t'en prie, va soigner ta gueule de bois. À plus tard !

Je saute sur mes pieds et file à toute allure vers l'ascenseur. Dès que les portes se referment, je m'écroule contre la paroi, le front sur le miroir glacé. Je ne sais pas ce qui est le plus dur à encaisser : le fait que Noah ne m'ait pas dit qu'il avait l'intention de sortir, celui qu'il ne m'ait pas proposé de l'accompagner, ou celui qu'il soit sorti *et* qu'il ne m'ait pas rejointe à l'heure prévue. Je consulte mon téléphone pour voir s'il a essayé de m'appeler ou si j'ai reçu un texto, mais je sais déjà que je ne trouverai rien.

En quittant l'ascenseur, au lieu d'aller directement dans ma chambre, je me dirige vers celle de Noah. Pourtant, au moment de frapper, je me ravise et je fais demi-tour. D'abord, Noah ne m'a jamais donné la moindre raison de m'inquiéter. Ensuite, je ne veux pas qu'il me prenne pour un de ces pots de colle hystériques qui piquent une crise chaque fois que leur petit copain ose s'amuser sans elles. Noah n'est pas obligé de me raconter *tout* ce qu'il fait. Si ça se trouve, il est encore en train de se préparer. Il ne m'a peut-être pas invitée, hier soir, mais je suis prête à parier que Blake est mêlé à tout ça et que Noah n'a pas eu le choix.

Quand il sera prêt, il viendra me chercher. Rien ne va gâcher notre Journée Magique et Merveilleuse.

Chapitre 22

À midi, je suis obligée de me rendre à l'évidence : Noah n'est pas en train de se préparer et il n'a rien prévu de spécial pour notre journée. Je me suis déjà verni les ongles – des mains *et* des pieds, avec un rose corail que je gardais spécialement pour le voyage – ; je suis allée sur Instagram et WhatsApp un million de fois ; j'ai mis à jour mon compte Snapchat avec des clips et des photos de ma chambre d'hôtel, et j'ai, d'une manière générale, épuisé tout ce que je pouvais imaginer pour me distraire *sans sortir* de ma chambre, au cas où Noah arriverait.

Je lui envoie un nouveau texto pour lui demander où il est, mais il ne répond pas. Alors je l'appelle... L'heure tourne, et il sera bientôt temps d'aller à la salle de concerts pour la balance et les dernières répétitions. Autrement dit, mes chances de passer une Journée Magique et Merveilleuse s'amenuisent. Mais il ne répond pas... Ce n'est pas le genre de Noah, pourtant, de négliger son téléphone – ni d'être négligent tout court.

J'essaie de ne pas trop m'inquiéter, mais chaque fois que je crois être zen, une nouvelle question m'assaille. *Et s'il lui était arrivé quelque chose ? S'il était blessé ? Ou s'il avait un problème ?* Je me raisonne en me disant qu'on me préviendrait, mais plus le temps passe, plus ces questions m'angoissent. Elles vont finir par me rendre folle si je reste cloîtrée dans cette chambre sans aucune distraction. Je ne peux même pas envoyer de texto à Elliot. Il a rendez-vous avec Alex et je ne veux pas gâcher *leur* journée avec mes jérémiades flippées. Je dois réussir à me rassurer toute seule.

Je serre les dents et je m'applique à faire exploser, comme autant de bulles de savon, toutes mes pensées négatives. Ce nettoyage salutaire terminé, je prends mon sac, mon appareil photo et décide, au lieu de rester enfermée ici à me morfondre, d'aller à la salle de spectacle. Il y aura des techniciens, quelques membres de l'équipe, et je pourrai, avant l'arrivée de Noah, prendre au moins les préparatifs du concert en photo pour mon projet. J'essaie de joindre Noah une dernière fois avant de partir, mais je tombe encore sur sa messagerie.

À la salle de concerts, Dean m'accueille à bras ouverts. Il a l'air en bien meilleur état que ce matin — apparemment, son petit-déjeuner l'a réconcilié avec la vie.

— Penny ! Qu'est-ce qui t'amène si tôt ici ? J'imagine que ton amoureux est encore dans les bras de Morphée, hein ?

— Ouais. Je me suis dit qu'au lieu d'attendre bêtement dans ma chambre, je pourrais prendre quelques photos et commencer à les classer. J'ai un projet photographique pour la rentrée, ma prof ne sera pas contente si je n'ai rien à lui montrer.

— Oh, mais c'est une très bonne idée, ça, Penny! Si tu as besoin de quoi que ce soit, je suis là. Larry ne va pas tarder à amener les garçons pour leur répète.

— Super.

Dans la loge, je transfère mes images sur mon ordi. Les premières, prises à l'aéroport, nous représentent, Noah et moi. Elles sont un peu ridicules, mais elles me font sourire. Suivent celles de Noah devant le bus de la tournée, puis celles, beaucoup plus nombreuses, que j'ai faites pendant le concert. Une image de Leah au moment de son arrivée sur scène m'arrête. Je dois dire que l'effet est saisissant — elle a vraiment l'air de flotter dans les airs. Je l'ouvre dans Photoshop et commence à retravailler l'exposition et les couleurs.

J'adore faire des photos depuis le jour où mes parents m'ont offert mon premier appareil — un modèle jetable que j'ai épuisé en dix minutes dans la cour de récré. J'aime saisir les gens au naturel et j'ai toujours un appareil à portée de main. Je n'ai découvert Photoshop que l'an dernier, mais je commence à maîtriser la technique et les possibilités de retouches quasi infinies. Je peux rester des heures devant mon ordinateur à jouer sur des détails infimes. Pour la plupart des gens, Photoshop sert à gommer un défaut sur un visage ; pour moi, c'est bien plus que ça : le logiciel permet d'ajouter des filtres, d'ajuster les couleurs, d'améliorer une exposition et de rendre ainsi une photo plus expressive. Mlle Mills m'a appris qu'en matière de retouches, moins on en fait, mieux c'est. Je suis d'accord, quoique j'adore m'amuser.

— Waouh! Elle est top, cette photo!

Leah, dans l'encadrement de la porte, a les yeux fixés

sur mon écran. Je tends instantanément la main vers mon ordinateur pour le fermer.

— Non, attends, me coupe-t-elle. Sincèrement, elle est très belle. Je peux la revoir ?

Sa question est de pure forme : sans attendre ma réponse, elle entre et vient s'asseoir à côté de moi.

— Tu aimes la photo, hein ?

— Je, heu… Oui, j'adore. J'ai assisté au concert, hier soir. C'était vraiment génial. Ta chanson *a cappella* avec Hayden était incroyable.

C'est bizarre de faire un compliment à Leah Brown. Je me sens aussi très intimidée. Sur scène, elle est fabuleuse – je veux dire *réellement* fabuleuse. On dirait une créature parfaite venue d'une autre planète, une sorte de déesse à la beauté surnaturelle. Elle est toujours impressionnante, assise à côté de moi, mais je l'entends respirer et ce détail me rappelle qu'elle est comme moi. Et que je ne sais rien d'elle (à part, évidemment, qu'elle est chanteuse).

— Oh, merci, me dit-elle. C'est gentil. Hayden est adorable. Tu l'as déjà rencontré ?

Je fais non de la tête.

— Oui, évidemment ! s'exclame-t-elle. Les Sketch sont sous bonne garde, tu peux me croire. Leur manager est le meilleur de tout le métier. Tu ne les verras jamais se soûler un jour de spectacle.

Elle me fait un clin d'œil et je sens mon estomac se serrer en songeant à la folle nuit de Noah.

Leah poursuit sans voir ma gêne :

— Tu sais que tu as beaucoup de talent ? J'ai travaillé avec pas mal de photographes connus qui ne font pas de photos pareilles. Tu permets ?

Elle fait défiler mes photos jusqu'à celles de l'aéroport.

— Oh, vous êtes trop mignons tous les deux !

Elle éclate de rire et reprend, plus sérieuse :

— Je suis contente que tout soit arrangé et que ça marche entre vous, Penny. Vraiment.

Elle pose chaleureusement la main sur la mienne et je sens aussitôt sa sympathie me gagner. La Leah Brown que je croyais connaître serait-elle en train de se désintégrer sous mes yeux ?

— Merci, je réponds. On a l'air un peu débiles sur ces photos, mais c'est vrai, je suis contente que ça marche !

— J'imagine que je devrais être jalouse !

Elle me sourit. Pas un petit sourire méprisant et sarcastique ; un vrai, grand sourire.

— C'est tellement dur de trouver quelqu'un de bien dans ce métier. Et crois-moi, ce n'était pas drôle de faire semblant de sortir avec un mec auquel, en réalité, je ne plaisais pas !

Je m'aperçois, tout à coup, que je n'ai jamais regardé les choses de son point de vue. Elle a raison : cette mascarade n'a pas dû être facile à vivre. Quand le tourbillon médiatique s'est déchaîné, Noah s'est coupé du monde. Réfugié chez sa grand-mère à Brooklyn, il a laissé Leah se débrouiller seule avec les rumeurs et les médias… Au fond, elle s'est montrée professionnelle, quand lui, incapable de faire face à la pression, a fui comme un amateur.

— Quand même, lui dis-je, je n'imaginais pas que tu devais faire semblant. Tu dois avoir des tonnes de soupirants !

Elle éclate de rire.

— Peut-être, mais ce ne sont pas toujours ceux dont je rêve ! Quoi qu'il en soit, je ne ferai plus jamais semblant. Tu sais que j'ai viré mon manager après cette histoire ? J'espère que Noah sait la chance qu'il a de t'avoir rencontrée. C'est tellement facile de se laisser influencer, dans ce milieu, et d'oublier la réalité.

— C'est surtout moi qui ai de la chance qu'il ait voulu que je l'accompagne ! Disons qu'on se soutient mutuellement. Enfin, tu vois ce que je veux dire !

— Oui, très bien ! Vous êtes tellement mignons tous les deux qu'il est difficile de vous en vouloir. Oh, flûte, je me suis cassé un ongle !

Elle saute sur ses pieds et appelle son assistante :

— CLAIRE, JE ME SUIS CASSÉ UN ONGLE ! TU PEUX M'ENVOYER QUELQU'UN TOUT DE SUITE, S'IL TE PLAÎT ?

Elle se tourne vers moi.

— Je dois filer, Penny. Mais revoyons-nous avant la fin de la tournée. C'est sympa d'avoir un peu de compagnie féminine. Toute cette énergie virile est parfois un peu fatigante !

Je suis parfaitement d'accord avec elle. La présence de Leah Brown est peut-être une bonne nouvelle, après tout.

— Bien sûr, Leah, quand tu veux.

— Cool.

Elle m'envoie un baiser de la main et disparaît.

J'écoute le bruit de ses talons s'éloigner dans le couloir, quand j'entends quelqu'un la saluer en passant. Je reconnaîtrais cette voix entre toutes : c'est celle de Noah.

Il arrive, essoufflé et l'air penaud.

— Pardon, Penny. Je suis hyper désolé.

Il s'assoit à côté de moi et me prend la main.

— Blake avait entendu parler de ce bar et il m'a quasiment forcé à l'accompagner. L'heure a tourné, je n'ai pas fait attention, et nous sommes rentrés à quatre heures du matin. J'ai mis une alarme pour me réveiller à huit heures ; j'ai dû l'éteindre dans mon sommeil ! J'ai complètement gâché cette journée qui aurait dû être parfaite.

À ce moment-là, Blake arrive, la capuche de son sweat sur la tête, les yeux cernés et le pas traînant. Dans son sillage, je sens les effluves d'un mélange de bière et de tabac froid.

— Sérieux, Penny, lâche-t-il, c'était une nuit d'enfer ! Je me suis fait brancher par une nana, après le concert hier, un vrai canon ! On est sortis avec elle et ses copines. Dean dansait sur les tables ; Noah était *complètement* bourré. Je ne l'ai jamais vu dans cet état. On a dû le porter jusqu'à l'hôtel !

Alors qu'il continue son récit, Noah m'implore du regard. Je ne sais pas s'il veut que le sol s'ouvre sous ses pieds pour l'engloutir… ou pour engloutir Blake. Puis il me serre la main.

— On passera une super journée dans la prochaine ville, je te le promets, Penny. On visitera toutes les pâtisseries et tous les endroits que tu voudras.

Il a baissé la voix pour que je sois seule à l'entendre, mais certains mots n'ont pas échappé à son copain.

— DES PÂTISSERIES ? DES VISITES ? Non mais, tu rigoles, Noah ? Tu es en tournée, mec, pas en voyage scolaire ! Tu crains !

— Blake, ferme-la un peu s'il te plaît, d'accord ?

Noah a l'air fatigué.

— Pourquoi ? T'as la gueule de bois ?

149

Blake éclate de rire et quitte la loge. Noah le regarde partir en levant les yeux au ciel, puis il se tourne vers moi. Nous sommes seuls, maintenant.

— Penny, s'il te plaît, dis quelque chose ! Je suis désolé, vraiment. Je me suis laissé entraîner, je ne recommencerai pas.

Durant toute la scène, je pense aux paroles de Leah sur la facilité avec laquelle, dans ce milieu, on se laisse influencer. Je ne peux pas arrêter Noah ; de toute manière, je n'en ai pas envie. Je ne veux pas être ce genre de petite copine, prise de tête et rabat-joie. Il a dix-huit ans, il réalise son rêve et il s'amuse. Je dois être heureuse pour lui, ou je le perdrai.

— Ne dis pas de bêtises, Noah. J'ai de quoi m'occuper et je passe quand même une journée formidable. Je suis contente que tu te sois amusé.

Je lui souris et l'embrasse légèrement sur les lèvres avant de lui ébouriffer les cheveux.

— Mais je ne vais pas te mentir… tu pues !

Son visage se décompose.

— Je n'ai pas eu le temps de me doucher. Larry m'a tiré du lit et je suis venu directement.

Je lui jette une serviette.

Il l'attrape et m'embrasse avant d'aller vers la douche en enlevant son tee-shirt.

Je ne peux m'empêcher d'admirer son dos musclé par les bonds qu'il enchaîne sur scène et par les heures de sport.

Il fait volte-face et, avec un sourire espiègle, m'envoie son tee-shirt dans la figure.

Je râle, parce qu'il me bouche la vue, mais je souris, parce qu'il porte son odeur.

Chapitre 23

Nous rentrons tard à l'hôtel après le concert. Noah, cependant, est encore survolté. Nous commandons des hamburgers au room service et sommes à peine assis sur mon lit lorsqu'on frappe à la porte.

— Ils sont rapides ici, dis-je à Noah qui va ouvrir.

Mais ce n'est pas le garçon d'étage. C'est Dean.

— Ah, vous êtes là! Salut, Penny. J'ai quelque chose pour toi, Noah. Je crois qu'il y a tout.

Il laisse tomber au sol le gros sac-poubelle qu'il porte sur l'épaule et je dévisage Noah, un peu interloquée. Pour quelle raison bizarre Dean lui apporte-t-il des ordures?

— Oh, waouh! Merci, Dean!

Je comprends quand Noah ouvre le sac, rempli de lettres et de cadeaux de ses fans.

— C'est fou! s'exclame-t-il en riant. C'est arrivé ce soir?

— Tu parles, ça n'arrête pas depuis ce matin! Je me suis dit que tu aimerais y jeter un œil avant d'en avoir trop. Tu m'as assez répété que tu voulais suivre ce genre de trucs. Je crois même avoir vu quelques enveloppes avec ton nom, Penny.

— Des messages pour *moi*?

J'observe le sac énorme avec méfiance, comme s'il était radioactif. Qui diable voudrait m'écrire?

Noah vide le sac sur mon lit. La couette disparaît sous un amoncellement de feuilles, d'enveloppes et de paquets-cadeaux. Je saisis un portrait de Noah réalisé au stylo-bille bleu foncé. Il est si incroyablement détaillé et tellement ressemblant que je suis scotchée. Et un peu déstabilisée.

— Waouh, tes fans sont ultra doués!

— Eh, regarde, dit Noah, il y a quelque chose pour toi!

Il glisse vers moi une grande enveloppe jaune pâle.

Je l'attrape et je passe un doigt hésitant sous le rabat, déjà fébrile à l'idée de ce que je vais découvrir. Quel *fan* peut m'envoyer un courrier?

Je secoue l'enveloppe au-dessus du lit et quelques feuillets glissent sur la couette. Ce sont des pages extraites de mon blog Girl Online, avec des annotations dans les marges, et une lettre manuscrite.

Chère Penny,

Je voulais juste te dire à quel point tu m'as aidée quand tu écrivais ton blog. J'ai particulièrement adoré quand tu as commencé à sortir avec Brooklyn Boy. J'ai commencé à croire au véritable amour et à me dire que ça pouvait m'arriver, à moi aussi! Je t'ai trouvée super courageuse au début de l'année... Je suis aussi super super triste que tu aies dû fermer ton blog.

Grâce à toi, j'ai commencé à écrire le mien. Ce n'est pas aussi bien que GIRL ONLINE, mais si tu veux te faire une idée, je te laisse le lien ci-dessous.

Avec toute mon amitié,

Annabelle

Je serre la lettre contre mon cœur. Je n'arrive pas à croire qu'on m'ait écrit ! Je vais chérir cette lettre jusqu'à ma mort.

— Bon, les enfants, je vais me coucher, déclare Dean. Et n'oubliez pas : on se lève tôt, demain. Pas question de rater le bus.

Je ne m'étais même pas rendu compte qu'il était encore là.

— Ça marche, Dean Amo ! répond Noah.

Le manager répond à son surnom par une grimace, puis il nous fait un petit salut de la main et disparaît.

Quand je me tourne vers Noah, il est silencieux, le front plissé, perdu dans ses pensées. Je sais qu'il se sent un peu dépassé par toutes ces attentions. Je me demande même s'il s'y habituera jamais. D'une certaine façon, j'espère que non. Autant d'admiration ne peut pas devenir *banal* !

Je regarde la pile de lettres entassées sur mon lit. J'y passe la main et suis surprise d'y découvrir une autre enveloppe à mon nom. Celle-ci a l'air un peu spongieuse. Je l'attrape en me demandant ce qu'elle contient et l'ouvre avec impatience.

C'est une lettre. Mais ma hâte, alors que je la lis, se transforme vite en horreur. Je jette la feuille de papier, comme si elle était vénéneuse, aussi loin que possible.

— Qu'est-ce que c'était ? s'exclame aussitôt Noah en me fixant avec inquiétude.

Je secoue la tête en lui montrant la lettre du doigt.

Il va la ramasser et commence à la lire. C'est la reproduction d'une partie de nos échanges par textos. Plusieurs mots ont été entourés en rouge et, mis ensemble, cela donne : *dégage, Penny, ou tu vas le regretter.*

Et en bas, c'est signé : *La Vérité Vraie.*

Je commence à trembler. C'est exactement le genre de messages que je redoutais. Je croyais que le premier serait le seul, mais de toute évidence, je me suis trompée. *Est-ce que ça veut dire que « La Vérité Vraie » est à Berlin ?*

Une boule se forme dans ma gorge mais, contre toute attente, Noah ne semble pas même contrarié. Au contraire : il a l'air soulagé. Il revient vers moi et m'attire à lui.

D'abord, je suis réticente – pourquoi n'est-il pas plus perturbé que ça ? –, puis je me laisse aller. Rien ne m'aidera plus que sentir ses bras autour de moi.

Il m'embrasse le front.

— Cette nouvelle lettre ne fait que prouver ce que je pensais, dit-il. On a affaire à un taré, rien de plus. Il ne peut pas t'atteindre, Penny, fais-moi confiance. Je vais prévenir Larry qui va ouvrir l'œil. Ça fait partie de son job.

Je me serre un peu plus contre lui. C'est ça, la réalité ; *nous* sommes réels. Cette lettre est le fruit d'une imagination détraquée.

— Tu crois vraiment qu'un de tes fans veut que je m'en aille ?

Il me regarde d'un drôle d'air et tout d'un coup, je comprends ma bêtise : *évidemment* qu'il a des fans qui préféreraient ne pas me voir dans les parages ! J'étais bien placée, à Brighton, pour voir l'adoration que suscite Noah, surtout auprès des filles. Une adoration qui frise parfois l'hystérie. Combien d'entre elles rêvent d'être à ma place ? Et, parmi elles, combien s'imaginent pouvoir vraiment y être ?

— S'il te plaît, reste avec moi, cette nuit. Je ne suis pas sûre de pouvoir dormir si je reste toute seule.

Je sais que Noah ne veut pas trahir le contrat qu'il a passé avec mes parents (à savoir : ne rien faire qui puisse « heurter » mes « sentiments » – la formule avait beau être édulcorée, j'étais hyper mal à l'aise quand ils ont abordé le sujet). Mais je suis certaine qu'il ne profitera pas de la situation pour obtenir ce que je ne serais pas prête à lui donner. Je lui fais confiance.

À mon plus grand soulagement, il accepte.

— Je vais ranger tout ce bazar, dit-il en montrant les lettres. J'aurai tout le temps de les lire dans le bus. Ensuite, on dormira un peu.

Je file dans la salle de bains me débarbouiller. Ça me fait du bien de me savonner le visage. La réapparition de LaVéritéVraie, même s'il ne s'agit que des élucubrations d'un taré, me donne l'impression d'être sale. Je me brosse les dents et, tandis que j'enfile mon pyjama, je songe à toutes les filles qui rêvent d'être à ma place. Pourtant, au lieu de me réjouir, je me sens un peu triste. Seraient-elles aussi pressées de me remplacer si elles savaient combien c'est difficile ?

— Tu sais que tu es la plus belle fille du monde ? me dit Noah quand je reviens dans la chambre. C'est grâce à toi si, au milieu de cette folie, j'arrive à garder les pieds sur terre.

Il désigne le gros tas de lettres poussé dans un coin.

Je m'allonge à côté de lui.

— Je suis désolé que ça t'arrive, poursuit-il. Je te promets qu'après ces deux semaines de tournée délirante, on passera du temps tous les deux. Plus de lettres flippantes, de chambres d'hôtel anonymes et de voyage non-stop. Tu pourras enfin découvrir New York en été ! Tu verras, c'est aussi magique qu'à Noël, sinon plus !

— J'adorerais.

Je commence à m'endormir, bercée par la caresse de sa main dans mes cheveux.

— N'oublie pas, Penny, quoi qu'il arrive, c'est toi et moi envers et contre tout.

Chapitre 24

Quand je me réveille, le lendemain matin, il est encore tôt. Mes bras et mes jambes sont emmêlés à ceux de Noah comme les pièces d'un casse-tête géant. Je soulève doucement son bras étalé en travers de ma taille, et, en me dégageant lentement, je glisse au bord du lit.

J'attrape mon téléphone et je fais défiler toutes les notifications de la nuit. Sur Instagram, je découvre une photo de Kira sur la plage de Brighton, les pieds dans l'eau. J'imagine les vagues, le souffle du vent dans mes cheveux, le cri des mouettes... J'ai du mal à croire que ce rivage de galets me manque autant.

Sur WhatsApp, je reprends le fil des conversations. Megan nous fait partager, minute par minute, le compte rendu de son dernier rendez-vous amoureux avec un ancien terminale prénommé Andrew, qui l'a amenée à l'aquarium de Brighton. Une série de selfies les montre tous les deux devant un poisson multicolore ; leurs visages éclairés par une lumière bleutée sont presque irréels. J'éprouve une sensation bizarre en songeant que

Megan adorerait être à ma place, en tournée avec une rock-star, alors que moi, je regrette parfois que Noah et moi ne puissions avoir de rendez-vous normaux, dans des endroits quelconques, comme un couple ordinaire.

Je reçois un message d'Elliot.

Elliot : Tu es réveillée ?

Je lui réponds aussitôt.

Penny : Oui ! À l'instant. Tu es matinal, dis donc !

Elliot : On commence tôt au journal. Comment vas-tu par cette belle matinée ?

Penny : Je n'ai pas très bien dormi. J'ai reçu un autre message de LaVéritéVraie, dans le courrier des fans. Noah est convaincu que c'est juste un détraqué, alors j'espère que ça va s'arrêter.

Elliot : La jalousie est la rançon de la gloire, ma belle ! Ça fait partie du jeu. Fais quand même attention. J'imagine que ce n'est pas le moment de te citer tous les cas de harcèlements célèbres que je connais ?

Penny : NON ! Je suis assez flippée comme ça ! Je dois te laisser... Noah vient juste de se réveiller.

Elliot : Quoi ? Il est là ? Vous avez...

Penny : Non !!!

Elliot : Relax, c'était pour rire ! Vous êtes trop mignons, tous les deux. Embrasse N pour moi.

— Tout va bien ? me demande Noah en se redressant pour m'embrasser sur l'épaule.

— Oui, c'est juste Elliot qui me pose des questions indiscrètes ! dis-je dans un rire. Et qui me terrorise avec les monomaniaques persécuteurs de célébrités…

Noah hoche la tête.

— Ne laisse pas ce taré te prendre la tête, Penny. Nous sommes tous les deux. Toi et moi envers et contre tout, tu te souviens ?

Je lui rends son sourire.

— Oui, je me souviens.

— Bon. Maintenant, on ferait mieux de se préparer, ou le bus va partir sans nous !

Sur le trajet entre Berlin et Munich, nous passons devant une tonne d'occasions de faire des photos géniales, mais nous n'avons pas le temps de nous arrêter. Je me contente de regarder défiler les sites, monuments ou paysages, de l'autre côté de la vitre, dans un fondu enchaîné duquel je ne retiens pas grand-chose, sinon que les champs sont pleins de fleurs et que chaque ville que nous traversons regorge d'adorables vieux bâtiments – même les petits cafés du bord de la route ont l'air pittoresques.

Le reste du groupe dort sur les couchettes à l'arrière ; Noah et moi sommes installés devant un marathon de films Disney pour passer le temps. Au beau milieu d'*Aladdin*, je me rends compte que je suis la seule à regarder l'écran : Noah s'est endormi, la tête posée sur mon épaule. C'est tellement agréable d'être avec lui, d'écouter sa respiration tranquille tandis que nous traversons l'Allemagne. Ses cheveux sentent bon et je perçois de temps à autre l'odeur de son after-shave. Je sors mon appareil et je prends quelques photos de nous.

— Penny ?

Je lève les yeux sur Dean qui s'assoit à côté de moi.

— Noah m'a parlé de la lettre dans le courrier d'hier.
Je suis désolé. On essaie de faire le tri au maximum, mais
ce n'est pas toujours facile en tournée. Je peux faire
quelque chose pour te rassurer ?

— Non, merci, Dean. Je dois sans doute me faire à
l'idée et prendre du recul.

— Bon. N'oublie pas que je suis là autant pour toi
que pour Noah.

Il regarde Noah, profondément endormi, avant de
reprendre à voix basse :

— Je peux organiser ton retour à la maison, si c'est
trop dur pour toi...

Sa suggestion, au lieu de m'agacer, me soulage. Je suis
rassurée de savoir que j'ai une issue de secours – même
si, pour l'instant, je n'en ai pas besoin.

— Merci, Dean. C'est très gentil, mais ça ira. Je me
sens déjà nettement mieux.

— Pas de quoi, Penny. Je sais que c'est dur à encaisser,
tout ça. Et je sais aussi, même si je me doute que tu n'as
pas envie de l'entendre encore une fois, que tu es très
jeune... J'ai parlé à tes parents, n'oublie pas, et je me sens
responsable !

J'éclate de rire.

— Ça ira, Dean, je t'assure ! Mais toi, comment
supportes-tu ce rythme ? Tu ne trouves pas que c'est
dingue ?

— Tu plaisantes ? C'est toute ma vie ! Et Noah est
mon étoile montante. Il est déjà incontournable. J'ai
compris son potentiel à l'instant où je l'ai vu sur You-
Tube. C'était... Il y a presque deux ans ? Je me souviens

exactement de ce que j'étais en train de faire lorsque je l'ai entendu pour la première fois. Je faisais des recherches sur une chanson de Fleetwood Mac et Noah en avait fait une reprise…

— Oh, oui, *Landslide* ? Il m'a montré sa vidéo.

Dean claque des doigts.

— Exactement ! Je suis tombé sur lui par hasard, mais c'était magique. J'étais tellement fasciné que je n'arrivais pas à détacher les yeux de l'écran. Je n'arrêtais pas de me répéter : *ce gosse a vraiment quelque chose de spécial.* Oui, je sais, des tas de managers et des tas de dénicheurs de talents se disent la même chose, mais moi, j'ai eu de la chance. C'était vrai. De manager de groupes pour soirées de mariage, je suis passé dans la grande cour.

— Noah a de la chance de t'avoir.

Il glousse.

— En tout cas, je suis prêt à tout pour assurer son succès et son bonheur. Ce garçon représente tout pour moi.

— Je me sens ridicule de m'en faire pour deux ou trois messages stupides quand Noah joue sa carrière. Et puis, ce n'est pas comme si j'étais la seule à devoir faire des concessions.

— Qu'est-ce que tu veux dire ?

— Tout le monde a des problèmes à surmonter. Mon meilleur ami, par exemple, Elliot. Il a un petit copain absolument génial, sauf que celui-ci n'a pas encore fait son coming out, alors ils doivent ruser, se cacher, faire semblant. Elliot en souffre, évidemment. Et ça, ne pas pouvoir vivre son amour au grand jour, c'est un problème. Un vrai. Les miens sont ridicules en comparaison.

Dean hausse les épaules.

— Ils sont jeunes, je suis sûr qu'ils vont s'en sortir. Mais j'ai l'impression qu'Elliot peut sacrément te faire confiance, lui aussi. Tu serais surprise de découvrir à quel point la loyauté est rare, parfois.

— J'espère que mon amitié l'aide. Je voudrais tellement qu'il soit heureux. Elliot est la personne qui compte le plus pour moi. Après Noah, bien sûr !

Dean éclate de rire.

— Eh bien, secoue un peu ton paresseux de copain, parce qu'on arrive bientôt, et il a du travail.

Chapitre 25

— C'est bon, c'est bon, je suis réveillé, marmonne Noah en se redressant. Waouh ! Munich a l'air géniale.

Je me tourne pour suivre son regard vers la fenêtre. L'ambiance est plus pittoresque que celle qui règne à Berlin, plus cool et moderne. J'ai l'impression d'être dans la version réelle, grandeur nature, des imitations des villes allemandes qui poussent dans le centre de Brighton au moment des marchés de Noël. Mes parents nous y traînent, Tom et moi, chaque année, pour boire du *Glühwein* (enfin, du chocolat chaud pour moi !), manger des *Bratwürste* à la moutarde et plonger nos mains dans des tas de neige artificielle. Cette *véritable* ville allemande ferait un décor parfait pour un conte de fées, et je me demande à quoi elle ressemble en hiver, sous une épaisse couche de neige.

Quand on arrive à la salle de concerts, les techniciens sont déjà au travail pour le spectacle de ce soir. Noah m'entraîne dans les coulisses et s'arrête devant la loge.

— Au fait, on a une grosse réunion sur un truc technique. Tu peux venir, bien sûr, mais tu risques de t'ennuyer. Si tu préfères, tu peux rejoindre les familles des Sketch. Ils se retrouvent dans une pièce à côté. J'en ai pour une heure.

— OK. Pas de problème.

Je ne dois pas avoir l'air convaincue car Larry passe un bras robuste autour de mes épaules.

— Viens, Penny, je t'accompagne !

— Oh, merci, Larry !

J'embrasse Noah et le laisse à sa réunion pour suivre Larry dans un grand open space juste derrière la scène.

Il y a plein de monde. Des gens se détendent, assis sur des gros poufs colorés ; d'autres boivent des cafés dans des petits gobelets de carton. Je repère deux membres des Sketch qui se prélassent tranquillement. L'envie me démange de les photographier pour mes amis restés à Brighton. Mais je me retiens. Ce serait déplacé, et je ne veux pas passer pour une bolosse !

Larry me pousse vers la table où se trouvent les boissons et de quoi grignoter.

— Va te servir et puis présente-toi, me dit-il.

— Oh, je suis nulle pour les mondanités…

— Bien sûr que non. Propose une tasse de thé à quelqu'un. Ils vont tellement adorer ton accent qu'ils ne te lâcheront plus !

Il me donne une petite tape sur l'épaule et s'éloigne pour se laisser tomber sur un pouf.

Le gros siège l'avale presque entièrement, et je glousse en le voyant se débattre pour revenir à la surface. Il n'a pas l'air très digne, pour un garde du corps. C'est encore plus drôle quand, une fois calé, il sort un livre de sa poche – un livre à la couverture rose avec la photo d'un couple qui s'embrasse! Qui aurait cru que Larry était un amateur de roman sentimental?

Prenant exemple sur son air détaché, je suis son conseil et approche du buffet. Celui-ci regorge de nourriture et de boissons, dont tous les thés possibles et imaginables, du classique Breakfast anglais aux infusions de camomille et de menthe. Il y a aussi d'immenses Thermos de café que j'évite soigneusement, connaissant l'effet de ce breuvage sur mes nerfs. Les cupcakes, en revanche, sont drôlement bien décorés et très appétissants.

— Ceux-là sont *vraiment* délicieux! s'exclame une voix à côté de moi.

Une très belle fille aux cheveux très longs, très raides et bruns, me tend la main.

— Salut! Je m'appelle Kendra. Je suis la petite amie d'Hayden. Tu es Penny, n'est-ce pas?

Je lui serre la main en souriant.

— Salut! Oui, je suis Penny. Je ne savais pas qu'Hayden avait une copine.

Alors que je prononce ces mots, l'absurdité de mon commentaire me saute aux yeux. Je porte mes deux mains sur ma stupide bouche avec un air effaré.

Heureusement, Kendra ne prend pas la mouche. Elle éclate même de rire, ses yeux bleus tout pétillant de gaieté.

— Oui, je sais, me dit-elle. Au contraire de toi, je suis une GUC certifiée.

— Une GUC?

— Oui, une *Girlfriend Under Cover*, me répond-elle avec un clin d'œil. Officiellement, les Sketch sont célibataires. C'est mieux pour leur image. Mais, tu peux me croire, Hayden ne tiendrait pas un jour sans moi pour le maintenir sur les rails ! Cela dit, ça ne me gêne pas de rester dans l'ombre. Je travaille sur la tournée comme maquilleuse. Ça me donne une bonne excuse pour traîner dans les parages. Et manger des cupcakes !

Elle en prend un.

— Tu peux venir avec nous, si tu veux.

Elle me montre une table autour de laquelle sont assises d'autres filles aussi classe et aussi jolies qu'elle.

— Oh, merci.

Je la suis, un cupcake à la main, soudain trop consciente de ne porter qu'un vieux jean informe et un tee-shirt tout simple, alors que Kendra est si cool dans son skinny noir stylé – savamment déchiré aux genoux – et son haut blanc vaporeux à l'encolure ajourée. Nous sortons directement du bus et je n'ai pas franchement eu le temps de réfléchir à ma tenue.

— J'adore ton haut, dis-je à Kendra quand on s'assoit.

— Merci, c'est un Chanel, me répond-elle en souriant. La carte de crédit d'Hayden travaille dur pour que je sois toujours au top !

— Noah ne t'a pas encore habillée ? me demande une des filles, que Kendra me présente sous le nom de Selene.

Son eye-liner doré souligne magnifiquement ses yeux et la couleur sombre de sa peau.

— Je, heu…

Je suis sur le point de lui dire que j'achète moi-même tous mes vêtements dans les friperies de Brighton, mais tout à coup, cela ne me semble plus aussi cool.

— Quoi ? se défend Selene sous le regard d'avertissement que lui lance Kendra. Il l'a balancée sur cette tournée ; il pourrait au moins l'habiller.

Elles continuent de parler de moi comme si je n'étais pas là.

— Tout le monde sait qu'elle existe. Moi, en tout cas, je n'aimerais pas voir ma photo dans les magazines sans un minimum de préparation. Mais j'imagine qu'on a de la chance.

Selene et Kendra jettent un rapide coup d'œil à Pete, un des membres des Sketch.

— Qu'est-ce que tu veux dire ? je demande, un peu perdue.

— Nous au moins, on est là, m'explique Selene. Mais prends Anna… Elle sort avec Pete depuis deux ans, mais ils ne se voient quasiment jamais. La dernière fois qu'il l'a serrée dans ses bras remonte à trois mois, et ils vont devoir attendre trois mois de plus avant de se revoir.

Kendra soupire et regarde ses ongles.

— La route, toujours la route.

Elles enchaînent sur la deuxième partie de la tournée, qui doit les conduire à Dubaï, à Singapour et en Australie. De mon côté, je serai depuis longtemps rentrée chez moi, et je traînerai avec mes amis.

Je pense à la carte du monde que Kira a épinglée sur le mur de sa chambre. Chaque fois qu'elle revient de voyage, elle met une petite pastille sur les pays qu'elle a visités. Elle rêve de faire le tour du monde, et on s'est souvent amusées à évoquer les endroits fantastiques où on aimerait aller, si on le pouvait. Mes doutes sur ma capacité de passer à l'acte (à cause de ma phobie de l'avion) gâchaient un peu le plaisir, mais c'était quand même super de rêver avec elle. Dire qu'une partie de ce rêve se réalise pour moi aujourd'hui, et de la façon la plus incroyable qui soit… J'ai du mal à y croire.

La voix de Selene me tire de ma rêverie.

— Alors, Penny, ça te plaît, la vie en tournée ?

C'est la question qui tue, et je ne sais franchement pas où me mettre.

— Oh, tu sais… Il faut savoir s'adapter !

— Tu l'as dit ! s'exclame Kendra. Nous, on n'arrête pas de bouger depuis un an. Tu finiras par t'habituer, tu verras.

Je lui rends son sourire chaleureux avec reconnaissance.

— Tu tenais un blog, non ? reprend Selene.

— Oui, mais je l'ai fermé à la fin de l'année dernière.

— Tant mieux. Parce que si tu l'avais encore, tu ne serais pas ici à bavarder avec nous. Manquerait plus que tout ce qu'on se raconte se retrouve sur le Net ! Les managers des Sketch et de Noah te feraient une de ces guerres !

— Je sais, mais je ne suis plus Girl Online. Je suis juste Penny.

Tout à coup, je sens un picotement dans la nuque. L'annonce d'une crise d'angoisse. Je dois m'en aller très vite, si je ne veux pas que les choses empirent.

— Heu, excusez-moi, je dois aller… aux toilettes, je bafouille en me levant. C'était sympa de vous rencontrer.

— Toi aussi, Penny ! Reviens quand tu veux. Tu feras officiellement partie des WAGs de la tournée !

Je secoue la tête en souriant et file en direction des toilettes.

La lourde porte fermée sur moi, je m'appuie contre un mur. Je sais pourquoi je suis angoissée : plus je passe de temps avec les gens de ce milieu, plus je sens qu'il n'est pas fait pour moi. Ou que je ne suis pas faite pour lui : je n'ai aucune compétence qui justifie ma présence dans l'entourage professionnel de Noah, et je n'aime pas assez la mode ou la musique pour me sentir à l'aise avec ces filles. J'aime ma maison, mon lit, et être entourée de ma famille.

Mais j'aime aussi Noah.

Je me regarde dans le miroir. Le souvenir des instants qui viennent de s'écouler me remplit d'un sentiment de décalage absolu. Je ne me sens pas à ma place au milieu de ces filles. Mes longs cheveux roux bouclés ne ressemblent à rien. J'en écarte une mèche et pose les doigts sur mes taches de rousseur. Elles sont bien plus visibles en été... Mes yeux me renvoient un regard désemparé. Je leur tire la langue en faisant la grimace.

Si seulement je savais mieux me maquiller, au moins les yeux, comme Selene. Les miens sont probablement ce que j'ai de mieux, surtout leur couleur. Ce genre de vert me permettrait sans doute de postuler pour un rôle de vampire dans les séries télé. En plus, il change de teinte selon la lumière. Mon père dit que j'ai des yeux « verre de mer », comme ces petits morceaux de bouteille polis par les vagues qu'on trouve sur la plage. D'ailleurs, pour mes seize ans, mes parents m'ont offert un collier en verre de mer parfaitement assorti à mes iris.

Je repense à la nuit dernière. J'étais à l'aise dans mon vieux pyjama avec Noah. Alors pourquoi me soucier de ce que les autres peuvent penser ? Noah m'aime comme je suis, bien maquillée ou pas. Je regarde ma montre et je suis surprise de voir que l'heure est presque écoulée. La réunion de Noah est peut-être finie ?

Je retourne vers la loge. La porte s'ouvre toute seule quand je frappe, et je découvre un spectacle particulièrement déplaisant : les fesses de Blake, toutes nues.

Chapitre 26

Blake se promène dans la loge, complètement nu, avec la guitare de Noah autour du cou. Les autres sont morts de rire et moi, je ne sais pas où poser les yeux.

Je me racle la gorge et crie :

— HÉ, JE SUIS LÀ !

Mais ça ne change rien.

Je repère Noah et, les yeux baissés, je file me serrer à côté lui sur le canapé. Il a pratiquement les larmes aux yeux tellement il rit.

— Oh, salut, Penny !

Il m'attire contre lui et m'embrasse le bout du nez.

— Oh, Noah, pitié ! s'exclame Blake d'un ton railleur. Épargne-nous les étalages publics.

— Tu peux parler ! je rétorque du tac au tac.

Noah redouble d'hilarité tandis que Blake me dévisage d'un air stupéfait. Je me sens rougir, mais je suis surtout très fière de lui avoir cloué le bec.

Quand Noah se calme, il dit :

— Bon, tout le monde dehors, les gars. Je veux passer un peu de temps avec Penny avant le concert.

— Tu rigoles, mec ? proteste Blake. Laisse-moi au moins mettre un caleçon.

— Pas question, répond Noah. Tu l'as cherché, maintenant assume ! Allez, tiens…

Il pêche, en fronçant le nez, le caleçon de Blake au bout d'une baguette de batterie et le lui lance à travers la pièce. Blake le rattrape au vol et s'en va vers la porte d'un pas traînant, le reste de ses vêtements roulé en boule contre lui.

— Qu'est-ce que c'était ? je demande à Noah quand ils sont tous partis.

— Du Blake tout craché. Il prétendait qu'il allait jouer complètement nu, ce soir.

Il rit doucement.

— Je ne sais pas pour le concert, mais là, il ne faisait pas semblant.

— Pardon, Penny.

Il me soulève le menton et me sourit.

— Pardon pourquoi ?

— De ne pas passer plus de temps avec toi. Je croyais que je serais plus disponible. Mais cette tournée est beaucoup plus intense et plus prenante que je ne l'avais prévu.

Il me lâche le menton pour glisser la main dans ses cheveux.

— La presse s'intéresse de plus en plus à moi, les demandes d'interview n'arrêtent pas de pleuvoir, et je veux que cette tournée soit mémorable pour tout le monde, moi compris. Les critiques sont très bonnes, tu sais, mais elles doivent le rester, et pour ça, je suis prêt à répéter vingt-quatre heures sur vingt-quatre. Résultat, quand je ne répète pas, ou que je ne fais pas la promo, je dors. Je me sens déjà crevé alors qu'on n'a pas fait la moitié des dates.

— Je sais…

Je veux lui dire que je comprends ce qu'il ressent, mais il continue de parler, comme si une digue s'était rompue.

— En plus de ça, c'est une période tellement bizarre pour moi. Je suis en train de réaliser *le* truc dont je rêve depuis que je suis petit, et je le fais sans que mes parents puissent me voir. Contrairement à Blake ou aux autres, je ne reçois aucun texto de mon père ou de ma mère pour m'encourager. Je n'ai pas de parents à qui skyper tous les jours, des parents qui se soucient de moi, comme les tiens. Sadie Lee se consacre presque exclusivement à Bella. C'est normal, j'ai dix-huit ans. J'ai moins besoin d'elle que ma petite sœur. Je suis seul. Je ne peux compter que sur moi-même.

Il s'enfonce dans le canapé et effleure la note de musique tatouée sur son poignet.

— Mais ce soir… Ce soir, Penny, je te promets de t'emmener au restaurant après le concert. Je te le dois.

— Tu ne me dois rien du tout, Noah. Je t'aime ! Et tu n'es pas tout seul, je suis là ! Dis-moi ce que je peux faire. Je veux te rendre les choses plus faciles. Je veux que tu sois heureux.

— Je suis heureux, Penny. Bien plus que je ne l'ai été depuis longtemps. Seulement, en même temps, je suis triste. Tu comprends ?

Je le prends dans mes bras et je le serre contre moi. Bien sûr que je comprends. Mais comment ai-je pu ignorer qu'il n'allait pas très bien ? Et toute cette pression à laquelle il est confronté ?

— Laisse-moi t'aider. Qu'est-ce que je peux faire pour toi ?

Je me lève et je regarde autour de moi.

— Tu n'as rien à faire, Penny. Ta présence me suffit.

— Non, je suis sûre que je peux trouver un truc. Laisse-moi chercher… Même un petit truc…

J'aperçois le miniréfrigérateur et me précipite dessus. J'en sors un smoothie aux fruits et cours chercher un verre. Je le remplis et plante une framboise sur le rebord – un bon petit smoothie bien frais, décoré d'une belle petite framboise, n'est-ce pas ce qu'on sert dans les bars des hôtels chics ?

— *Et voilà* ! dis-je en lui montrant mon œuvre.

Mais je trébuche et, tout à coup, le sol de la loge s'approche à toute vitesse de mon visage. Tandis que je m'étale par terre, le smoothie vole dans les airs en direction de Noah. J'ai le temps de voir ses yeux s'écarquiller d'horreur devant le liquide rose qui se répand sur son torse.

— NON ! Oh, non, Noah, JE SUIS DÉSOLÉE !

Je me relève d'un bond et j'essaie, avec les mains, de ramasser la pulpe dégoulinante sur son tee-shirt.

Il a l'air très contrarié jusqu'au moment où… il éclate de rire.

— Mais, oui ! Tu veux un câlin, excellente idée ! Attends, je me lève tout de suite !

Il écarte grands les bras et se lève, le torse bombé, et plein de smoothie, vers moi.

Je recule en poussant un cri d'horreur, et je fuis à l'autre bout de la pièce.

Commence alors une course-poursuite à travers la loge, qui s'achève quand il me coince entre le canapé et une pile d'étuis à guitare vides. Cette fois, je ne peux pas lui échapper. Il me prend dans ses bras et m'écrase contre lui en riant. Je sens, avec une petite grimace, le liquide s'étaler entre nous.

Noah m'embrasse les cheveux.

— Heureusement que j'ai toute une collection de tee-shirts, hein ? Celui-là est bon pour un lavage.

Il me fait un clin d'œil en le passant au-dessus de sa tête et va en prendre un autre dans son sac.

Je n'arrive pas à le croire : j'ai beau être la plus stupide et la plus maladroite de toutes les empotées de la terre, Noah m'aime *quand même*. C'est fou.

Dans son nouveau tee-shirt tout propre – à croire que l'accident ne s'est jamais produit – Noah revient vers moi, m'embrasse rapidement, et file pour son entrée en scène.

Quelques secondes plus tard, j'entends le rugissement du public, transporté de bonheur. Noah est dans son élément, et pour moi, c'est tout ce qui compte.

Chapitre 27

Une fois présentable, je vais assister au début du concert en compagnie de Kendra et Selene, depuis un balcon sur le côté de la scène. Mais je me débrouille pour revenir dans la loge avant le retour de Noah. J'espère que nous pourrons partir dîner tout de suite.

Mon cœur fait un bond en le voyant arriver. Il est en nage et il a les joues rouges, mais son sourire est gigantesque. Dean arrive sur ses talons, en compagnie d'une femme et d'un homme que je n'ai jamais vus. Ils ne sont pas habillés pour un concert de rock. Leurs costumes gris assortis et leurs chemises blanches bien repassées sont plus adaptés à une réunion de conseil d'administration qu'aux coulisses d'une salle de spectacle.

— C'est ici que je me détends avant et après le concert, leur explique Noah.

Bizarrement, il a l'air nerveux. D'habitude, il déborde d'assurance après un concert. Je me demande bien qui sont ces gens.

— Sensas, c'est sensas! répète l'homme comme un coucou.

La femme essaie de ne pas montrer qu'elle fronce le nez. Son air pincé me fait glousser et le bruit attire son attention sur moi.

— Qui est-ce? demande-t-elle en me regardant.

Il est clair que, pour elle, je détonne dans le paysage.

— Auriez-vous gagné un concours pour être ici, jeune fille?

— Heu, non. C'est Penny, ma…

— Une amie, intervient Dean.

D'un geste adroit, le manager rassemble son petit monde autour de lui en un cercle duquel je suis exclue. Les trois autres me tournent le dos, mais je vois le visage de Noah qui évite soigneusement mon regard.

Je ne comprends pas ce qui se passe, mais ça n'augure rien de bon.

— Donc, Noah, reprend Dean, Alicia et Patrick nous proposent, si ça te convient, de dîner avec eux pour faire le point sur quelques clauses contractuelles avec Sony.

Il a la voix douce comme du miel et je comprends mieux, maintenant: ces inconnus sont des huiles de la maison de disques.

Noah finit par me regarder – brièvement, les yeux pleins de culpabilité –, puis revient à Dean, Alicia et Patrick.

S'il te plaît, refuse. Mais je peux prier tant que je veux, je sais que c'est une cause perdue.

— Oui, bien sûr, c'est parfait! réplique Noah.

Il parvient même à sourire.

— Je suis flatté que vous soyez venus jusqu'ici juste pour me voir. Vous devez être débordés!

Mon cœur se serre. C'est moi, maintenant, qui évite son regard. Pourquoi n'a-t-il pas repris Dean et précisé que je suis sa copine ? Non seulement j'ai l'impression d'être invisible, mais je n'ai jamais été aussi mal à l'aise de ma vie. Je ne lève même pas les yeux quand ils quittent la pièce.

Je frissonne et me frotte les bras, quand je sens le canapé s'enfoncer à côté de moi. À ma grande surprise, c'est Noah. Il est resté en arrière.

Il me prend la main.

— Je suis désolé, Pen…

Je ne le laisse pas finir sa phrase.

— Ça va, Noah. Vraiment. Fais ce que tu as à faire. C'est super qu'ils soient venus te voir.

J'espère que mon sourire n'a pas l'air trop forcé.

Il me dévisage, à la recherche d'une fissure dans ma façade, mais je tiens bon. Jusqu'au moment où il s'en va. Alors, je sens les larmes me piquer les yeux. Je les repousse et je ramasse mon appareil photo et mon portable pour rentrer à l'hôtel.

Chapitre 28

De retour dans ma chambre d'hôtel, je skype à Elliot immédiatement. À l'instant où il répond, une vague de soulagement m'envahit.

— Tu as de la chance, Penny, j'étais sur le point de me lancer dans mon rituel du soir, à commencer par le limage de ces affreuses griffes !

Son image légèrement pixélisée apparaît sur mon écran, les deux mains tournées vers moi.

— Elliot, c'est une urgence !

— Tu as fait du tourisme, finalement ?

— Non…

Je soupire et je laisse tomber mon menton dans mes mains.

— Waouh, Lady Penelope. Qu'est-ce qui t'arrive ?

Je me mords les lèvres. Par où commencer ?

— Je t'ai dit qu'on n'a encore rien fait ensemble, Noah et moi ? Qu'il est soit endormi, soit en répète, soit sur scène, soit en vadrouille avec son groupe ? On était censés dîner au restaurant tous les deux, ce soir, sauf que deux pontes de sa maison de disques ont débarqué de Los Angeles et qu'il est parti dîner avec eux.

— S'ils ont fait le déplacement, c'est un gros truc…

— Ce n'est pas ça, Elliot. Je comprends qu'il doive voir ces gens. C'est son label, et ils ont fait le voyage spécialement pour lui. Seulement c'était… tellement bizarre. J'étais dans la même pièce qu'eux, et Noah n'a même pas dit que j'étais sa petite amie. J'imagine que je suis une GUC certifiée, maintenant.

— Une GUC ? demande Elliot.

— Une Girlfriend Under Cover. C'était comme s'il était gêné ou qu'il avait honte de moi.

Elliot fronce les sourcils.

— Ce n'est pas son genre, Penny. Et ce n'est pas cool du tout. À ta place, je serais allé au restaurant et j'aurais pris une chaise, rien que pour enfoncer le clou.

Je ne peux m'empêcher de glousser. Elliot l'aurait vraiment fait, à ma place. Il ne connaît aucune honte.

Hélas ! même rire avec lui me rend triste. Ça me rappelle combien il est loin, alors que je rêve d'être à Brighton avec lui et de parler de tout et de rien dans ma chambre, comme d'habitude.

Je remonte les genoux sous mon menton et je les serre contre moi.

— Peut-être qu'il était seulement épuisé. Ou peut-être qu'il était choqué de les voir débarquer comme ça. De toute façon il ne pouvait pas refuser de dîner avec eux, hein ? Je dois arrêter de me prendre la tête avec ça.

Je regarde mon ami qui pousse un long soupir.

— Ça fait beaucoup de peut-être, Penny. Tu n'as rien fait de mal. C'est *lui* qui t'a invitée à venir sur la tournée, tu te rappelles ? Il t'a promis une Journée Magique et

Merveilleuse dans chaque ville. Il t'a assuré que ce ne serait pas stressant, parce que c'est sa première tournée et qu'il a une équipe formidable. C'est lui qui voulait que tu sois là, pas l'inverse. C'est normal que tu sois déçue.

— C'est vrai, mais il ne pouvait pas savoir que la presse s'emballerait et qu'il aurait tant d'interviews… Et ce n'est pas sa faute si ces gens ont débarqué pour dîner. Ça ne doit pas être facile pour lui, tout ça.

Je secoue la tête.

— J'ai l'impression de le gêner. Je me dis que je pourrais aussi bien ne pas être là…

— Je n'en suis pas sûr, Penny, et si tu veux mon avis, tu exagères. Quoi qu'il en soit, n'oublie pas que je t'aime, moi. D'ailleurs, aucun homme ne t'aimera jamais autant que moi !

Il m'envoie un baiser et éclate de rire.

— Je t'aime aussi, Elliot, mais ce n'est pas exactement réconfortant.

— C'est bien ma veine ! Allez, Penny, du nerf, ma vieille ! Tu ne vas quand même pas te laisser abattre ! Fonce et fais ce que tu voulais faire. SORS, BOUGE ! Et prends ton appareil photo avec toi.

Il a raison. Noah est occupé et je ne peux rien y faire. Au lieu de me lamenter sur Skype, ou de me morfondre dans ma chambre d'hôtel, je devrais sortir et explorer cette ville merveilleuse.

— Bien dit, Elliot. Je vais me faire une Journée Magique et Merveilleuse toute seule !

— Bravo ! s'exclame Elliot.

Pourtant, il n'a pas l'air si enthousiaste que ça.

Je le regarde, un peu désemparée, jusqu'au moment où je comprends. Je porte si vite la main sur ma joue que je me gifle presque (je ne l'aurais pas volé) : je suis, une fois de plus, si nombriliste que je ne lui ai même pas demandé comment *il* allait.

Après m'être confondue en excuses et dûment rachetée, Elliot rayonne.

— Tout va à merveille. Mon stage est génial, même si je dois faire l'aller-retour à Londres tous les jours ! J'ai hâte d'habiter là-bas. Je suis fait pour les lumières de la grande ville, c'est sûr !

Il est tellement heureux qu'il se tortille sur sa chaise – mais imaginer qu'il va quitter Brighton un jour me serre le cœur. Un signe de plus que la vie, quel que soit mon désir que tout reste en place, ne va pas tarder à changer.

Je fais de mon mieux pour masquer ma tristesse.

— C'est super, Wiki !

— Et tout se passe aussi merveilleusement avec Alex. Je suis allé voir ce match de rugby avec lui et j'ai... adoré !

— Incroyable ! Je suis si heureuse pour toi, Elliot. Tu vas devenir un vrai sportif, si ça continue !

Il fait la grimace.

— Ça m'étonnerait. Au fait, on a vu le concert de Noah à Berlin, sur YouTube. C'était tellement mignon quand il t'a dédicacé *Autumn Girl* avant de la chanter ! J'aimerais tellement faire une déclaration publique à mon amoureux. C'est tellement romantique.

— Elliot...

— Je sais, je sais. Je ne me plains pas ! Je ne lui demande pas de me présenter à la terre entière, ni de faire son coming out *maintenant*. Je veux qu'il attende de se sentir vraiment à l'aise. Seulement, je regrette de ne pas lui apporter la confiance dont il a besoin. C'est bête, je sais.

Je voudrais le serrer dans mes bras et lui dire que tout finira par s'arranger. Ils sont tellement parfaits tous les deux ! Il est évident qu'ils sont faits l'un pour l'autre. Mais il reprend avant moi :

— Alors, c'est quoi ta prochaine destination, globe-trotter ? D'autres interminables heures de route dans le bus d'enfer ?

— Rome ! Et pas de bus : on prend l'avion, cette fois.

— Quelle veinarde, *signorina* !

On se regarde en silence. La couleur violette de ses lunettes met ses yeux verts en valeur – ses yeux qui commencent à s'embuer.

— Tu me manques, me dit-il, la gorge nouée.

Les mêmes larmes me montent aux yeux.

— Tu me manques aussi.

On s'accroche à nos écrans et, après avoir compté ensemble jusqu'à trois, on coupe la connexion en même temps.

Chapitre 29

Le vol de Munich à Rome, en fin d'après-midi, est étonnamment agréable. Blake et les autres sont assis plusieurs rangées derrière nous, ce qui nous laisse, à Noah et moi, un peu d'intimité. Enveloppée dans le vieux cardigan de ma mère et serrée contre Noah, j'arrive à maîtriser ma phobie de l'avion – je m'accroche quand même à sa main, tout le temps du décollage. Pendant le vol, nous discutons de l'industrie musicale et nous nous chamaillons sur le meilleur groupe de rock de tous les temps. Je ne crois pas que Noah comprenne très bien pourquoi, à mon avis, c'est Journey, mais c'est comme ça : j'adore *Don't Stop Believin* ! Il préfère Pink Floyd et n'en revient pas quand je lui dis que je n'ai jamais entendu parler d'eux. Il met *Wish You Were Here* sur son iPod et me passe les écouteurs. À la fin du morceau, on se met d'accord sur le fait que je dois sérieusement approfondir mes connaissances musicales.

En sortant de l'aéroport, je suis accueillie par une brise délicieuse. Je suis en Italie ! Enfin ! On m'a tellement répété que Rome était une ville magique que j'ai hâte de la découvrir. Il n'y a pas de concert, ce soir, et nous avons toute la journée de demain pour nous promener. Sur le trajet jusqu'à l'hôtel, je fourmille d'impatience. Même à travers les vitres teintées du nouveau bus de tournée (absolument identique au précédent), Rome a vraiment l'air spectaculaire.

Arrivés à l'hôtel, nous montons directement dans ma chambre. Noah se laisse tomber sur le lit en riant.

— J'ai adoré cette journée, Noah. Juste toi et moi, à parler de tout et de rien, c'était parfait.

— C'est vrai, approuve-t-il. C'était comme à New York, quand personne ne savait rien de Noah et Penny.

On se regarde, allongés côte à côte, puis il prend mon visage entre ses mains et m'embrasse. C'est le genre de baiser qui me fait complètement fondre. Je dois dire que Noah embrasse divinement bien. Je n'ai pas tant d'expérience que ça pour faire des comparaisons, mais Noah est plus âgé ; il me semble beaucoup plus mûr et tellement différent des autres garçons que j'ai connus. Avec lui, ce n'est pas bizarre, ni gênant. C'est juste parfait.

Comme il est trop fatigué pour sortir, on passe commande au room service et on se prélasse devant un film. Noah ne tarde pas à s'endormir, la tête posée sur mes genoux.

À la fin du générique, je ne veux pas le réveiller, mais j'ai un bras coincé qui commence à me picoter. Au moment où je change légèrement de position, il bouge.

— Quelle heure est-il ? demande-t-il en ouvrant les yeux. Le film est terminé ?

Il s'assoit.

Ses cheveux, collés sur sa joue, me font glousser.

Il me lance un coussin, puis bâille et s'étire.

— Il est temps que j'aille dans mon lit, dit-il en se levant. À demain matin, Princesse Penny.

Il m'embrasse rapidement et se dirige vers la porte. Je sais qu'après son départ je vais m'ennuyer. Toutes ces chambres d'hôtel se ressemblent et le plaisir de la nouveauté n'est plus si attrayant.

— S'il te plaît, je lui demande juste avant qu'il n'ouvre. Tu ne veux pas rester ? Comme à Berlin.

Il se retourne et me répond :

— Tu connais les règles, Penny. « Des chambres séparées, sinon Penny ne vient pas. » À Berlin, c'était une exception. Tes parents n'apprécieraient pas que je recommence, et si je le fais, Dean va me tuer.

— Mes parents sont vieux jeu, dis-je en boudant.

— Ils se soucient seulement de leur petite fille chérie.

— PETITE ? Je te rappelle que j'ai seize ans, Noah ! Et que…

— Tu seras toujours leur petite fille, Penny, et tu le sais parfaitement ! Rendez-vous à neuf heures dans le hall demain matin. Je t'aime.

Il m'envoie un baiser et disparaît.

Pour me distraire, je me fais couler un bain et je finis la soirée en regardant sur Instagram les images de mes photographes préférés et en cherchant sur Twitter les hashtags #Rome avec les meilleurs tuyaux touristiques. Je me demande si je ne devrais pas ouvrir un compte Instagram Girl Online – c'est peut-être moins risqué qu'un blog ? –, mais mon système d'alarme se déclenche aussitôt.

Méfie-toi d'Internet, Penny…

Alors j'éteins la lumière et je me glisse sous les couvertures. La tête pleine des photos de Rome, je ne tarde pas à plonger dans le sommeil.

Le lendemain matin, je ramasse mon appareil photo, mon sac, et descends à la réception. Noah n'est pas encore là. Je repousse un mauvais pressentiment en priant pour que le scénario de Berlin ne se répète pas.

— Penny.

C'est lui ! Mais plus il approche, moins je me sens rassurée : son expression est loin d'être aussi enthousiaste que la mienne. Il a l'air... à la fois contrarié et dans ses petits souliers.

— Je n'ai pas ma journée, finalement. Dean a prévu un marathon de presse. C'est le seul moment où on peut le faire, et je dois y aller.

J'essaie de résister, mais je sens la moutarde me monter au nez et mon visage s'enflammer.

— OK, je parviens à lâcher, les dents serrées.

— Je suis désolé. Tu es contrariée ?

Il veut me prendre la main, mais je la lui arrache.

— Contrariée ? Pas du tout ! Ça va très bien.

Je tripote la bandoulière de mon sac en cherchant désespérément le moyen de me sortir de là avant d'exploser de rage.

— Oh, tant mieux. Je suis content que tu le prennes bien.

Il me regarde en souriant et là, c'est trop : j'éclate.

— OH, NON, NOAH. JE NE LE PRENDS PAS BIEN *DU TOUT* !

— Mais, tu viens de dire que tu...

— LES FILLES DISENT TOUJOURS QU'ELLES VONT BIEN ! TU DEVRAIS LE SAVOIR ! ET SUR-TOUT *TU* DEVRAIS COMPRENDRE QUAND *MOI* JE VAIS MAL ! C'EST ÇA QUE FONT LES PETITS COPAINS NORMAUX ! Et tu sais ce qu'ils font d'autre ? Ils ne passent pas leur temps à laisser tomber leur petite copine DÈS QU'ILS EN ONT L'OCCASION.

Ma voix est perçante et je ne peux plus m'arrêter.

— OK, je veux bien croire que c'est super important et super stressant pour toi. Mais c'est aussi super impor-tant *et* super stressant *pour moi* ! J'ai renoncé à une bonne partie de mes vacances pour être avec toi, Noah. Parce que tu m'as dit qu'on aurait le temps de faire un tas de choses géniales. Tu me l'as promis, Noah. Je me donne un mal de chien pour toi, pour assurer, pour suivre, pour te comprendre, et c'est crevant. J'ai l'impression d'être trimbalée d'une salle de concerts à l'autre comme un vulgaire décor !

Noah me dévisage bouche bée et tout le monde s'est tourné pour nous regarder.

J'essaie de baisser la voix, mais la colère est trop forte.

— Je ne suis *pas* un élément de décor, Noah. Je suis là ! J'existe ! Je veux partager cette expérience avec toi et je veux pouvoir passer *au moins* un jour en ta compagnie pour vivre *au moins* la journée que tu m'as promise.

Je me tais et attends, frémissante, sa réponse. Mais il tourne les talons et sort de l'hôtel.

Je le regarde, médusée, monter dans le taxi qui l'atten-dait devant la porte. Et, tandis qu'il disparaît, je sens une grosse larme rouler sur ma joue.

De tous les coins du hall et de la réception, des regards curieux m'observent. Je redresse la tête et, sans en croiser aucun, je marche fièrement vers l'ascenseur. Quand les portes s'ouvrent, j'entre avec dignité, et j'attends, avec le même aplomb, qu'elles se ferment… Puis, je m'effondre et je sanglote comme un bébé, le corps secoué de hoquets incontrôlables et le nez dégoulinant lamentablement.

30 juin

Ce qui devait arriver arriva : notre première vraie dispute

Je hais les disputes. Non, c'est faux. Si, je les déteste – vraiment !

D'une manière générale, je fais tout ce que je peux pour éviter les conflits. L'épisode du milk-shake-gate était mon premier acte de rébellion ouverte depuis des siècles. Sur le moment, c'était très agréable. Mais les conflits ne sont pas devenus mes amis pour autant.

Quand je suis en colère, je m'effondre – c'est-à-dire : je pleure.

Me disputer avec Brooklyn Boy ?

Inimaginable !

Comment me disputer avec quelqu'un que j'aime autant ? Depuis qu'on se connaît, ce n'est que du bonheur et de la légèreté.

C'est peut-être pour ça que ça ne pouvait pas durer éternellement. Il fallait bien qu'un jour ou l'autre, notre fleuve tranquille croise des remous.

Eh bien ce jour est arrivé. Et pas plus tard qu'aujourd'hui.

Imaginez le hall de réception d'un hôtel fabuleux de Rome : un dôme central gigantesque, orné d'une fresque splendide, soutenu par d'imposants piliers de marbre. Imaginez la caisse de résonance d'un tel théâtre. Placez-y maintenant les personnages : une fille de seize ans, rousse, un mètre soixante-six, très en colère, et son petit copain, dieu du rock absolu, charmant, cool, et super décontracté dans son jean et son tee-shirt noir habituels.

Imaginez maintenant ma voix criarde s'élever dans cette auguste entrée et résonner sur tous ces nobles murs.

Personnellement, je n'ai pas besoin de l'imaginer : *je m'en souviens très bien.* Sur le coup, je ne me suis pas souciée du spectacle que j'étais en train de donner. J'ai eu tort. Parce que je me suis, depuis, rendu compte qu'il faudra bien que je retourne, au moins une fois, là-bas. Comment, en effet, quitter l'hôtel *sans* passer par la réception ? Méga malaise.

Mes parents se disputent rarement. J'entends parfois mon frère se prendre la tête avec sa copine, mais c'est généralement pour des trucs débiles, du genre : « Non, je t'ai dit que je te rappellerai APRÈS le match de foot, pas AVANT. » Des broutilles, en vérité. Ce qui n'est pas le cas de ce qui vient de se passer entre Brooklyn Boy et moi. J'ai *hurlé.*

D'ailleurs – première question –, est-ce qu'on peut vraiment parler de dispute quand il n'y en a qu'un des deux qui crie ? Je crois que la contribution de Brooklyn Boy s'est limitée à des clignements d'yeux répétés, et hébétés, sur moi.

D'où ma deuxième question : étais-je complètement ridicule ?

Tout ce que je sais, c'est que les disputes sont parfois nécessaires pour arranger les choses et qu'elles ne valent que grâce aux réconciliations qui s'ensuivent. Donc, en tant qu'adulte mature et responsable, je vais faire en sorte que les choses s'arrangent. Trouvez-moi un couple qui n'a jamais eu de dispute. Je n'en connais pas. (Tu es visé, Wiki.)

Donc, histoire de m'en souvenir, voici la liste des choses que j'ai appris (à mes dépens) à ne PAS faire lors d'une dispute :

1. Ne JAMAIS choisir la réception d'un hôtel. Prévoyez le moment et le lieu. Les gens n'ont pas besoin d'être informés des motifs de votre colère.

2. Souvenez-vous que votre voix peut être très forte.

3. Tout le monde n'étant pas télépathe, ne minimisez jamais votre contrariété et ne prétendez pas que tout va bien.

4. Malgré la fureur qui vous saisit, essayez de rester calme, détendu(e) et serein(e). J'insiste sur le verbe *essayez*, parce qu'à ce stade, vous êtes peut-être sur le point d'exploser.

5. Quand, votre éclat terminé, votre petit copain tourne les talons sans dire un mot, ne restez pas cloué(e) sur place trop longtemps. Vous vous sentirez (et vous aurez l'air) idiot(e).

6. Quand vous cédez à une bonne, et bien dégoulinante, crise de larmes dans l'ascenseur, n'oubliez jamais que ledit ascenseur peut s'arrêter à n'importe quel étage pour prendre en charge quelqu'un d'autre. C'est pour ça que les ascenseurs sont faits.

7. Si vous l'avez oublié et qu'un inconnu vous rejoint, ne prétendez pas que vous avez un sérieux rhume des foins. Vous passerez pour un(e) imbécile. S'il est évident que vous pleurez, acceptez simplement le mouchoir que vous tend gentiment l'aimable Italien qui vous a surpris(e) dans cet état pitoyable.

8. Avant de faire une sortie de scène majestueuse, assurez-vous d'avoir la clef de votre chambre sur vous. Parce que vous aurez l'air ridicule si vous devez retourner à la réception pour la demander.

9. Une fois seul(e) dans votre chambre, évitez de gamberger.

10. N'essayez pas de manger de la glace dans le bain brûlant que vous vous êtes fait couler ; ce n'est pas pratique et en plus, ça fond à toute allure. Les bretzels sont une très bonne alternative.

J'arrête là – pour l'instant. C'est bien trop humiliant et, maintenant que mon étalage public est écrit noir sur blanc, je comprends que c'est à moi de m'excuser, parce que toute relation connaît des hauts et des bas et que, lorsqu'on est en couple, les crises se traversent à deux. Il suffit d'être assez fort pour comprendre qu'une dispute (même gigantesque) ne signifie pas forcément la rupture.

GIRL OFFLINE... et plus jamais online xxx

Chapitre 30

Après avoir publié mon post, je ferme mon ordinateur. Je me sens nettement mieux et beaucoup plus légère. Je sais pourquoi j'aime tant écrire, remplir mon petit coin (secret) d'Internet avec mes réflexions et mes conseils sur la vie : c'est thérapeutique. Maintenant que j'y vois plus clair, je sais que, quand je reverrai Noah, je vais m'excuser ; et je suis certaine qu'il s'excusera lui aussi. Nous allons nous en remettre.

Je regarde par la petite fenêtre à côté de mon lit : la rue est pleine de monde et de soleil.

Je suis à Rome.

Rome.

Une ville que j'ai toujours rêvé de visiter. La patrie de Michel-Ange, de Raphaël et de Sophia Loren ! Je peux rester enfermée dans ma chambre, ruminer notre dispute toute la journée, ou je peux sortir, découvrir la ville et me changer les idées – même si je suis seule. J'entends la voix d'Elliot me pousser à bouger, à profiter de mon séjour. Cette fois, je décide de l'écouter.

Je quitte mon lit et je vais me planter devant le miroir. Le spectacle est pitoyable : je suis dans un triste état. Je passe une main sur mes yeux rouges et gonflés, et tout à coup, je sens Océane la Battante, pleine de vitalité et d'assurance, me bousculer. *Allez, une bonne paire de lunettes de soleil, et on n'y verra que du feu !* Je relève mes cheveux dans un chignon rapide, j'attrape mon sac à main et sors avant de changer d'avis.

Dans le couloir, je croise Larry.

— Penny ? Où vas-tu ? me demande-t-il un peu inquiet.

— Je vais prendre l'air. Parce que si je reste à contempler les murs de ma chambre, je vais devenir folle.

— Et si tu te perds ? Je parie que tu n'as même pas de plan de Rome. Je t'accompagne.

Un plan ? Je n'y avais pas pensé. Océane la Battante vacille un peu, mais elle se ressaisit.

— Ce n'est pas la peine, Larry, tout ira bien. J'ai besoin d'être un peu seule et de me changer les idées. Et si je me perds, j'ai mon téléphone. Je pourrai t'appeler, ou prendre un taxi. Je suis une grande fille, Larry.

Je lui souris et continue mon chemin.

— Alors prends ça, au moins, dit-il en me rattrapant.

Il sort un guide de Rome, tout écorné, de la poche de sa veste.

Quand je lève des yeux étonnés, il me répond, d'un ton bourru, en haussant les épaules :

— J'aime me documenter, c'est tout. Amuse-toi bien, et n'oublie pas que nous sommes au paradis des glaces et de la pizza. Manges-en autant que tu pourras. Rien de tel pour retrouver le sourire !

Sous le gigantesque dôme du Panthéon, je remercie Larry de m'avoir prêté son guide. Sans lui, je n'aurais jamais trouvé aucun des sites de la ville. Rome est d'une beauté à couper le souffle. Le moindre coin de rue dégage une ambiance magique. C'est bien simple : depuis que j'ai quitté l'hôtel, je pourrais passer mon temps l'œil vissé à mon appareil photo. Au début, j'ai commencé à marcher en me disant que j'allais trouver mon chemin toute seule mais, après être tombée trois fois de suite sur la même fontaine, j'ai décidé de remballer ma fierté et de consulter le guide.

Il y a énormément de touristes, au Panthéon. Ce qui ne m'empêche pas, en entrant dans l'immense bâtiment – une oasis de paix et de tranquillité par rapport à l'agitation de la rue –, d'éprouver un sentiment de grandeur sacrée.

Après le Panthéon, je fais comme tout le monde : je suis le parcours touristique qui mène jusqu'au Colisée. Dans le parc qui lui fait face, je m'assois sur un banc et mange l'énorme part de pizza que je me suis achetée en chemin. C'est complètement surréaliste : j'ai l'impression d'être dans les pages d'un livre d'histoire, ou un documentaire télé. J'essaie d'imaginer ce que pouvaient ressentir les habitants de l'Antiquité en arrivant ici, en regardant les gladiateurs pénétrer dans l'arène, ou en assistant, depuis leurs gradins, à la reconstitution spectaculaire d'une bataille navale grandeur nature.

Le mirage est subitement rompu par l'arrivée d'un groupe d'Italiennes, plus élégantes les unes que les autres. Leurs gesticulations et leurs bavardages enflammés me poussent à chercher la cause de leur agitation. Et je la trouve : c'est une mariée qui se fait prendre en photo devant le Colisée. *Ça*, c'est une photo de mariage mémorable !

Le jeune marié vient se placer à côté d'elle. Ils ont l'air tellement heureux que je sors mon appareil pour les prendre à mon tour. C'est un cliché indiscret, mais je le réserve à ma mère. Les mariages me font invariablement penser à elle, et je suis certaine qu'elle va adorer voir ce couple d'amoureux dans un cadre aussi exceptionnel. Surgit alors une ribambelle de demoiselles d'honneur. Elles courent sur la pelouse, en longues robes de satin rose, vers les mariés. Leur tenue est bien plus éclatante que celles des demoiselles d'honneur que j'ai l'habitude de voir en Angleterre. Là encore, je sais que ma mère va apprécier.

Je souris en pensant à l'album de mariage de mes parents. Maman venait juste d'abandonner sa carrière d'actrice pour devenir organisatrice de mariages, alors – évidemment – leur fête était absolument somptueuse ! Ils avaient choisi le thème « royal » qui, à la fin des années quatre-vingts, correspondait en Angleterre au style de la princesse Diana – rien à voir avec le look chic et sobre de Kate Middleton. La princesse Diana n'aurait jamais été éclipsée par le derrière de sa sœur ! Chaque fois que je vois les photos de ma mère dans sa robe de mariée, je ne peux m'empêcher de rire. Elle est enveloppée dans des kilomètres et des kilomètres de frous-frous satin crème, eux-mêmes incrustés de centaines de grappes de toutes petites perles, et son visage est encadré par les plus grandes épaulettes que j'aie jamais vues de ma vie. Quand elle marchait, tous ces falbalas devaient rebondir autour d'elle comme une énorme barbe à papa !

Leurs invités étaient tous habillés de façon extravagante. Les femmes portaient des robes ou des tailleurs aussi rembourrés aux épaules, avec des chapeaux délirants, et les dix (oui, les *dix* !) demoiselles d'honneur avaient des manches bouffantes, des gants blancs, et des permanentes de folie. À cette époque, je n'existais même pas en rêve dans la tête de mes parents, et je suis dégoûtée d'avoir loupé leur mariage !

Il me reste heureusement leurs anniversaires, et celui de leurs noces de perle (trente ans de mariage) approche. Chez les Porter, tous les prétextes sont bons pour faire la fête.

Quand les mariés s'en vont, un nouveau couple les remplace, et puis un autre après eux. À croire qu'ils défilent sur un tapis roulant ! Je les regarde se succéder et prendre la pose devant le monument, en me demandant à quoi pourrait ressembler mon mariage… Une chose est sûre : ma mère se démènera pour en faire la cérémonie la plus fabuleuse de sa carrière.

Il y aura mes fleurs préférées, des orchidées, absolument partout.

Elliot sera mon témoin.

Papa et maman m'accompagneront tous les deux, un de chaque côté, jusqu'à l'autel.

Mais qui m'attendra au bout de l'allée ? Noah ?

Une semaine plus tôt, j'aurais dit oui sans hésiter ; aujourd'hui, je n'en suis plus si sûre.

En repensant à notre dispute, la tristesse m'envahit. Je me sens partagée entre la culpabilité et la colère, et je ne sais que penser. Les yeux commencent à me piquer, ma gorge se serre. Je suis complètement déboussolée.

C'est justement pour éviter ce fiasco que je suis sortie. Alors je me lève, bien décidée à ne pas replonger. Du coup, je fais peur à une volée de pigeons qui picoraient tranquillement à mes pieds. L'un d'eux s'envole et fonce dangereusement vers une mariée, lâchant une fiente en direction de sa belle robe blanche.

— Attention !

J'ai crié, mais je ne suis pas certaine que la jeune Italienne comprenne l'anglais. Son promis, heureusement, a vu le danger et se jette galamment entre elle et le trajet de la fiente.

La queue pour visiter le Colisée s'étire sur des mètres et des mètres, alors je renonce à aller voir de près l'arène des gladiateurs. J'éprouve quand même de la sympathie pour eux. L'an dernier, j'ai bien eu l'impression d'être jetée dans une version moderne des jeux du cirque et de voir mon sort suspendu aux pouces dressés vers le haut, ou pointés vers le bas, de tous les internautes. Étais-je assez bien pour Noah ?

En ce moment, tous les pouces seraient baissés. On me jetterait aux lions, c'est sûr.

Je décide, avant de rentrer à l'hôtel, d'aller voir un autre endroit célèbre de Rome : la fameuse fontaine de Trevi. Je ne sais pas comment je me suis débrouillée, mais j'ai réussi à la louper sur mon trajet sinueux jusqu'au Panthéon. Je cherche mon chemin dans le guide et fais un rapide selfie devant le Colisée pour Elliot — comme ça, il verra que je fais du tourisme culturel.

Quand j'arrive à la fontaine, j'ai la mâchoire qui se décroche. Des centaines de visiteurs, agglutinés comme des sardines autour du bassin, se pressent pour la photo-graphier. La meilleure chose à faire, c'est de rester à l'écart. Sauf que je voudrais quand même faire une photo avant de partir. Alors je me glisse dans la foule et parviens à approcher du bassin. Je sors mon appareil photo, quand, tout à coup, le soleil m'aveugle et la masse de gens qui m'entourent devient trop réelle, beaucoup trop oppressante, et je commence à transpirer. J'essaie de me ressaisir et de me dégager lentement, mais je n'y arrive pas. Je me sens piégée entre la pierre blanche du rebord et la muraille infranchissable de visages.

Ma gorge commence à se nouer, et je n'arrive plus à respirer normalement. Poussée par la panique, je baisse la tête et fonce tout droit, poussant les gens avec mon appareil photo qui, sous la pression de mon doigt se déclenche en rafales. J'arrive à m'extraire de la foule et trouve, miraculeusement, un banc inoccupé. Je m'y allonge, haletante et en nage. Le ciel, au-dessus de moi, est presque entièrement bleu, mais je me concentre pour repérer jusqu'au plus évanescent petit nuage et retrouver mon souffle. J'inspire et j'expire profondément. À ce stade, je ne me demande pas si on me regarde ; j'ai juste besoin de me calmer.

Ma respiration redevenue normale, je m'assois et je regarde les photos que j'ai prises dans ma fuite. Je les supprime une à une, pour libérer ma carte mémoire, quand un visage m'arrête : celui d'une fille avec un fou-lard rouge vif autour du cou. Ses cheveux noirs, lisses et brillants, sont coupés en un carré parfait qui s'arrête au menton. Son expression, bizarrement, me paraît fami-lière. Je zoome, mais l'écran de mon appareil est trop petit et la photo trop floue pour me donner un meilleur résultat.

Je lève les yeux, je scrute la foule et je l'aperçois qui s'éloigne à grands pas de la fontaine. Son foulard flotte dans la brise comme un drapeau derrière elle. Cette allure... *Ça ne peut pas être... Si ?*

Je quitte mon banc pour lui courir après. Arrivée à sa hauteur, je tends le bras pour lui toucher l'épaule et l'arrêter.

— Leah ? C'est toi ?

Chapitre 31

Je lis un moment de panique sur son visage quand elle se retourne et, derrière elle, un homme s'écrie :

— Eh, vous ! Arrêtez !

C'est bien Leah. À l'instant où elle me reconnaît, sa panique fait place à un sourire chaleureux.

— Penny, c'est toi ! C'est bon, Callum, tu peux te détendre. C'est Penny Porter, la petite amie de Noah Flynn.

Elle m'attire vers un banc, et nous nous asseyons sous l'œil toujours méfiant de son garde du corps. Elle se tourne vers lui.

— Ça ira, Callum. Tu peux aller t'acheter un truc à boire ou ce que tu veux. Je ne crains rien avec Penny.

— J'ai failli ne pas te reconnaître, dis-je à Leah quand son cerbère est parti.

— C'est tout l'intérêt de porter un déguisement ! me répond-elle en riant. Tu dois être sacrément physionomiste !

Elle s'adosse, offrant son visage aux rayons du soleil, et j'en profite pour l'observer. Sa perruque, qui dissimule parfaitement sa blondeur hollywoodienne, la métamorphose en une brunette pétillante à la coupe stricte. Elle porte aussi un rouge à lèvres rose vif qui exagère le tracé de sa bouche et modifie sa moue habituelle. Enfin, avec sa paire de lunettes de soleil bon marché, elle n'a presque rien à voir avec la pop star que je connais. Presque, mais pas tout à fait.

— Rome n'est-elle pas fascinante ? s'exclame-t-elle dans un soupir comblé. Tu as goûté les glaces ? Même Pinkberry, à Los Angeles, n'en fait pas d'aussi bonnes. Je ne m'accorde pas souvent de sucreries, mais je craque complètement pour les glaces italiennes !

— Non, je ne les ai pas encore goûtées. En fait, je ne sais pas trop où je vais. Je me promène au petit bonheur. Quand je ne suis pas bêtement le flot des touristes, j'essaie de me repérer sur ce plan !

Nous rions toutes les deux d'une façon qui me semble étonnamment naturelle et agréable.

— OK, dans ce cas, suis-moi ! décide Leah. Je connais le meilleur glacier de la ville, une adresse que tu ne risques pas de trouver dans les guides.

J'imagine la tête de Tom quand je lui dirai que j'ai été secourue par Leah Brown et qu'elle m'a emmenée manger une glace avec elle. Il peut être à fond dans le dubstep et l'électro, je l'ai plus d'une fois surpris en train de rêver sur des photos d'elle.

— Si on se dépêche, continue-t-elle, on va même réussir à semer Callum !

Elle me fait un clin d'œil, m'attrape la main et m'entraîne à travers les ruelles.

C'est tellement étrange de marcher avec elle ; bien sûr, personne ne la reconnaît, mais moi, je sais qui elle est.

Nous finissons par déboucher sur une immense place où je pousse un cri de bonheur. Il y a des peintres et des chevalets partout ; certains artistes vendent leurs toiles tandis que d'autres dessinent les portraits des passants. Il y a aussi trois fontaines magnifiques, un obélisque qui s'étire vers le ciel, et une église. C'est Rome, dans toute la splendeur de son architecture et de sa grâce.

— C'est la place Navone, m'apprend la chanteuse en gloussant devant mon air ébahi. Viens, le glacier est juste là.

Elle m'attire à l'intérieur d'une petite boutique très différente de toutes les *gelaterias* que j'ai déjà vues. Les bacs à glace, ici, sont plus petits, ronds, métalliques, et presque entièrement vides – signe évident de leur succès.

— La pistache est à tomber, me dit Leah. En tout cas, c'est ma préférée.

Elle commande une boule dans une coupelle de carton.

Quand le serveur bourru lui tend sa glace, elle plonge sa cuillère de plastique dedans et en prend un grand morceau qu'elle met dans sa bouche avec un soupir de délice.

— Hmm. Le truc, reprend-elle avec un hochement de tête connaisseur, c'est de trouver une glace à la pistache qui ne soit pas trop verte. Ça veut dire que les ingrédients sont naturels – pas chimiques. Qu'est-ce que tu prends ?

— Heu, *gelato alla fragola*, je réponds dans un italien approximatif.

Ma glace à la fraise en main, nous retournons sur la place nous asseoir au bord d'une fontaine pour regarder les artistes à l'œuvre. Je suis stupéfaite que personne ne reconnaisse Leah. Puis je m'aperçois qu'elle a quelque chose de changé : elle est parfaitement détendue.

— Je peux te prendre en photo ? je lui demande subitement.

Elle me regarde, surprise et hésitante.

— Je ne la diffuserai pas, je m'empresse d'ajouter. Mais tu as l'air tellement détendue, et si jolie, et la lumière du soleil, contre les façades derrière toi, est parfaite.

À mon plus grand soulagement, elle sourit.

— Bien sûr.

Je pose ma glace et recule de quelques pas. Je choisis un plan assez large pour voir une partie de la place et les gens qui flânent. La lumière est idéale, et Leah l'accroche si parfaitement qu'elle semble être entourée d'un halo doré et chaleureux, comme d'une aura.

Je comprends pourquoi mon frère et tant d'autres craquent sur elle ; elle est si belle. En contre-plan se dresse la statue centrale de la fontaine, entourée d'autres personnages aussi richement sculptés qui semblent émerger du bassin. *En parlant de « perspective alternative »*, me dis-je en songeant à mon projet photo, *en voilà une !* Leah, d'ordinaire aussi sophistiquée, admirable et isolée que la statue derrière elle, est maintenant assise parmi des mortels, *comme n'importe qui d'autre.*

Je regarde la photo que je viens de prendre. Je la trouve réussie, mais j'en prends quelques autres, de plus en plus frappée par le rayonnement naturel de Leah et son aptitude si spontanée pour la pose. Je lui montre les clichés sur l'écran et elle les salue par de petits bruits approbateurs.

— Tu n'as jamais fait d'expo, ou songé à vendre tes photos ? me demande-t-elle en montrant les artistes sur la place.

Je range mon appareil.

— Oh, non. Elles ne sont pas aussi bonnes que ça !

— Ne dis pas de bêtises, tu as beaucoup de talent, Penny. Tu veux devenir photographe, plus tard ?

Je hausse les épaules.

— Je ne sais pas trop. Il faut d'abord que je termine l'école, et que je choisisse une fac. Ensuite… Je ne suis pas sûre que ce soit vraiment un métier. Quand j'étais petite, je pensais que je saurais quoi faire à mon âge. Malheureusement, ce n'est pas le cas.

— Comment ça se passe, en Angleterre, pour aller à la fac ?

— Oh, ça dépend des notes.

— Les notes ne sont que des notes, Penny, répond-elle à mon soupir. Ce qui compte, c'est le talent ! Et tu en as. Et bien sûr que c'est un métier, photographe. Tu en connais certainement quelques-uns qui ont réussi et que tu admires, non ? Pour peu que tu croies en toi, tout est possible. Je sais que ça paraît un peu niais, se reprend-elle. Je pourrais presque en faire une de mes chansons.

Elle rit d'elle-même.

— Mais je n'aurais pas tort ! On doit toujours viser plus haut que ce qu'on se croit capable d'atteindre, Penny.

Elle termine sa glace et nous restons silencieuses pendant que je réfléchis à ce qu'elle vient de dire. Elle a raison : je n'arriverai jamais nulle part si je n'essaie pas au moins d'avancer. Et si je veux réussir quelque chose, je dois commencer par m'investir.

— Je peux te poser une question, Leah ?

Je finis ma glace et m'essuie les mains avec la petite serviette de papier.

— Comment vis-tu ton immense célébrité?

C'est une question ultra directe et j'essaie de masquer ma gêne dans un petit rire.

— Comme je peux!

Elle rit avec moi, mais je sens, quand elle reprend la parole, une émotion plus profonde.

— Ce n'est pas évident, et il faut faire de sacrés efforts pour s'habituer. C'est pour ça – s'il te plaît, ne le prends pas mal – que je me fais du souci pour toi et Noah. L'industrie de la musique est sans pitié, elle te mettra en pièces si tu n'es pas préparée. Surtout si tu n'as rien à quoi te raccrocher.

Elle me dévisage, l'air franchement préoccupée, puis avec une touche de tristesse ajoute:

— J'imagine que c'est à cause de ça que tu te promènes toute seule, aujourd'hui?

J'acquiesce.

— On a eu cette méga dispute…

— Dans le hall de l'hôtel? Oui, j'ai entendu.

— Ah bon?

J'aimerais disparaître sous terre.

— Enfin, j'en ai entendu *parler*. Les nouvelles vont vite. Écoute, je ne veux pas te mettre mal à l'aise, Penny. Seulement, je ne voudrais pas que ce tourbillon t'engloutisse. Tu es une fille sympa, originale, et tu as ton propre talent. Mais c'est tellement facile de se laisser prendre par tout ça et d'oublier qui on est. Avant que tu ne t'en rendes compte, tu suivras le rêve de quelqu'un d'autre, pas le tien.

Je repense à la tournée, aux jours qui viennent de s'écouler, et à la façon dont, après chaque étape, je me sens de moins en moins inspirée, de moins en moins *moi-même*. Comment ai-je pu me contenter d'être la « petite amie de Noah Flynn » ? Aujourd'hui, je ne suis pas sûre que ça me suffise. Si seulement je savais ce que je veux être...

— Je comprends ce que tu veux dire, dis-je à Leah. Mais je crois que Noah est différent. Ou, plus exactement, qu'il sera différent. Aujourd'hui, c'est tout nouveau, et c'est très excitant pour lui, mais je crois sincèrement qu'il est et qu'il restera le garçon que j'ai connu à New York.

— Tu as raison. Noah est quelqu'un de bien, Penny. Franchement. Mais aucun mec ne mérite que tu changes ta vie, ou que tu te limites pour lui. Je sortais avec un type, avant. Il me disait que je n'étais pas faite pour la chanson, que je n'y arriverais jamais, et je l'ai cru. Il travaillait dans la finance à Manhattan et gagnait très bien sa vie. Nous habitions ensemble, je lui préparais à dîner tous les soirs. Jusqu'au jour où j'ai compris que j'étais en train de vivre *son* rêve, pas le mien. J'étais malheureuse – pas nécessairement avec lui ou à cause de lui, mais parce que je ne faisais pas ce que je voulais. J'ai décidé de rentrer à Los Angeles et de me consacrer à la musique. Il m'a quittée, j'ai bossé comme une folle et je suis devenue la chanteuse célèbre aux deux disques de platine que tout le monde connaît. Il faut savoir penser à soi, parfois. Si tu te démènes vraiment, il en sort toujours quelque chose.

Pour le coup, je suis béate d'admiration. Je n'avais pas pensé que Leah Brown ait pu avoir des coups durs dans sa vie, des épreuves ou des obstacles à surmonter. J'imagine qu'on se laisse éblouir par les paillettes, mais chacun, au fond, a sa part d'ombre.

On repart en direction de l'hôtel dans le soleil couchant, tandis que Leah me raconte ses débuts. Callum nous retrouve au détour d'une rue, en nage, comme s'il avait couru. Il lance un regard furieux à Leah, mais ne peut pas s'empêcher de rire quand elle lui dit :

— La prochaine fois que tu perds ma trace, ne panique pas, Callum chéri : il suffit de suivre les marchands de glaces !

De retour dans ma chambre, je décide d'écrire un post sur ce que m'inspirent Noah et ma conversation avec Leah. Deux sujets sur lesquels j'ai besoin d'avoir des avis.

30 juin

La Vie... et autres sujets existentiels

Finalement, après mon post de ce matin, j'ai passé une journée absolument merveilleuse – mais ce n'est pas de ça que je veux parler maintenant.

Pour l'heure, le sujet, c'est la grande, l'incontournable question.

Celle que se posent toutes les filles de mon âge (j'en suis quasi certaine), et qui n'arrête pas de me trotter dans la tête.

Suis-je obligée de savoir *maintenant* ce que je veux devenir *plus tard* ?

J'aurai dix-sept ans l'an prochain, je commence le lycée dans quelques semaines, et je me sens... perdue.

Quand j'étais petite, je voulais devenir conductrice de camion de glaces ambulant pour apporter du bonheur à tout le monde. J'avais bien vu, chaque fois que le camion arrivait, les rires et les cris de joie qu'il soulevait sur son passage. Maintenant, je veux toujours apporter du bonheur, mais plus en conduisant un camion. Parce que, regardons les choses en face, ce n'est pas le camion qui apporte du bonheur, mais les glaces (surtout les glaces italiennes, mais c'est un autre sujet...).

Un jour, quelqu'un m'a dit que si on fait un travail qu'on aime, on n'a jamais l'impression de travailler. Ça peut prendre du temps de trouver ce travail, mais à la fin on doit aimer ce qu'on fait.

Je crois que c'est pour ça que je trouve tout tellement écrasant.

Je sais ce que j'aime – mon appareil photo – et je crois que mes photos rendent les gens heureux. Mais comment est-ce que je fais de ça un métier ?

Là, tout de suite, j'ai l'impression d'être prise dans un courant contraire. Tous mes amis font quelque chose qui va dans le sens de *leur* passion. Tandis que moi, même si je me trouve exactement là où je veux être – à côté de Brooklyn Boy – j'ai l'impression de m'éloigner de ma passion et de moi-même. J'ai discuté longuement avec quelqu'un de très éclairé, cet après-midi. Et j'ai compris une chose essentielle : l'importance de suivre sa propre voie dans la vie. Des gens, bien sûr, peuvent vous accompagner sur ce chemin, mais il ne faut pas oublier que c'est le vôtre, et que c'est à vous – et rien qu'à vous – de choisir la direction que vous voulez prendre.

GIRL OFFLINE... et plus jamais online xxx

Chapitre 32

Mon post envoyé, je m'allonge sur mon lit. Depuis notre dispute de ce matin, je n'ai aucune nouvelle de Noah. Je n'ai donc pas eu la moindre chance de m'excuser, et si je vérifie mes textos une fois de plus (ce que j'ai déjà fait un demi-milliard de fois), je vais finir par avoir des ampoules au bout des doigts. Je suis en train d'imaginer ce que fait Elliot, quand mon téléphone bipe. Je l'attrape comme si c'était le ticket d'or de Willy Wonka – un ticket qui me donnerait droit à la complète absolution de Noah, et nous permettrait de redevenir follement amoureux.

Mais ce n'est pas Noah.

C'est Leah.

Leah : Salut, Penny, je voulais te remercier pour cet après-midi. C'était super de flâner un peu, et c'était cool de le faire avec toi. S'il te plaît, ne parle de mon déguisement à personne. Je ne veux pas qu'on sache que je me balade incognito. J'en parlerai quand je serai prête.

Encore une fois, je ne veux pas que tu te sentes gênée par tout ce qu'on s'est raconté. D'une sœur à une autre, BISOUS, L.

Je souris à mon téléphone. Le message de Leah me réconforte. Je me sens moins seule au milieu de cet univers de fous, et c'est très agréable de savoir que je peux lui faire confiance.

En rentrant, j'ai aussi transféré mes photos sur mon ordinateur, il y en a une que je trouve particulièrement magique. Malgré son déguisement – qui est incapable de dissimuler son magnétisme et sa beauté –, Leah y a la grâce d'une statue romaine. Je la lui envoie avec ma réponse.

Penny : Merci pour cette journée x

Quelqu'un frappe à ma porte. Je laisse tomber mon téléphone sur mon lit et je crie :

— Je n'ai rien commandé ! Vous vous trompez de chambre.

— Je ne crois pas, répond une voix que je connais bien.

Cet accent américain, un peu rauque et séducteur...

— Noah ?

J'ouvre la porte avec un peu d'appréhension et je découvre en effet Noah, la main appuyée au chambranle. Il a le visage baissé, mais je vois son air triste, comme éteint. Quand il lève la tête, pourtant, un faible sourire se dessine sur ses traits et ses yeux s'illuminent. Il porte un short avec un long pull fin et ses vieilles Converse aux pieds. Ses cheveux disparaissent à moitié sous un petit bonnet de coton et un collier lui descend jusqu'au nombril. Ultra craquant.

— Je peux entrer ? me demande-t-il en coinçant une mèche rebelle sous son bonnet.

Je m'écarte en haussant les épaules.

— Si tu veux.

Il entre et se laisse tomber sur le lit. Puis, sans prendre la peine d'enlever ses baskets, il croise les jambes sur ma couette et dit :

— Penny, je…

Je me dépêche de le rejoindre et de l'interrompre.

— Noah, s'il te plaît, laisse-moi parler d'abord. Je suis désolée. Vraiment désolée. Je regrette ce que je t'ai dit ce matin. Je me suis comportée comme une idiote, une gamine puérile et capricieuse. Je sais très bien que tu as autre chose à faire que t'occuper de moi comme si j'étais ta petite sœur. J'étais déçue, c'est tout. Je n'aurais jamais dû réagir comme ça, mais j'ai explosé et je suis désolée de l'avoir fait en public. Je regrette que…

— Arrête.

Il pose son doigt sur mes lèvres.

— Tu parles beaucoup trop.

Il est à moitié allongé sur le lit et je suis debout devant lui. Il se redresse.

— Penny, commence-t-il en me prenant les mains, je t'aime. Je t'aime quand tu es heureuse ; je t'aime quand tu m'asperges de smoothie ; je t'aime quand tu es triste ; je t'aime quand tu fais du bruit en buvant ton milk-shake ; je t'aime quand tu t'empiffres de pizza ; je t'aime quand tu flippes ; je t'aime quand tu t'emballes comme une gosse pour les choses qui t'enthousiasment ; et je t'aime aussi quand tu es en colère.

Je sens une larme grossir au coin de ma paupière.

— Je ne veux pas me disputer avec toi, Penny. Je veux qu'on soit bien tous les deux.

— Moi aussi, Noah. Je suis tellement désolée pour…

— Arrête de t'excuser ! me coupe-t-il en riant. Tout va bien. Oublions cette histoire, OK ? Écoute, j'aimerais rester avec toi, ce soir, mais Dean et moi sommes invités à dîner par un très gros journal italien. Je voulais juste te voir avant de partir et m'assurer qu'on n'était pas fâchés.

Je le laisse me prendre dans ses bras. Ça ne dure pas très longtemps – quelques millièmes de seconde – et déjà, il s'écarte.

— Je t'ai aussi apporté ça.

Il se lève et va dans le couloir ramasser un grand panier d'osier.

— Je sais que ça ne va pas me remplacer, mais j'espère que ça te rendra les choses un peu plus faciles – je sais que rien de tout ça n'est évident pour toi.

Je prends le panier et le pose sur le lit.

— Considère que c'est mon substitut, me dit-il avec un sourire hésitant. Bon, je ferais mieux de filer. Je dois me rendre présentable pour le dîner.

Il se penche et m'embrasse rapidement sur les lèvres avant de se diriger d'un pas vif vers la porte.

Décidément, son dos qui s'éloigne n'est pas l'image de lui que je préfère…

La porte fermée, je me tourne vers le panier et en sors un sweat-shirt à capuche que je connais bien : c'est le préféré de Noah. Je l'enfile aussitôt par-dessus mon tee-shirt et je soulève l'encolure pour humer son odeur.

Après avoir remonté les manches – beaucoup trop longues pour moi –, je continue mon exploration. Je sors un DVD marqué d'une étiquette « Regarde-moi », puis une boîte de petites brioches fourrées à la crème chantilly qui ont l'air absolument divines.

Je mets le DVD dans le lecteur de la télé et vais m'asseoir sur le lit avec les gâteaux.

Noah apparaît aussitôt à l'écran. Comme il porte les vêtements qu'il avait à l'instant, j'en déduis qu'il a fait ce film dans la journée.

— Chère Penny, commence son image à l'écran, je sais que je t'ai mise en colère et que je t'ai fait de la peine. Je ne sais pas comment me faire pardonner, mais j'espère que tu comprends combien je suis désolé.

« Si tu m'écoutes et me regardes, c'est que tu as aussi trouvé mon sweat-shirt – dans lequel je t'imagine enveloppée – et les brioches. Tu es peut-être même sur le point d'en manger une ! J'ai demandé à la réception et, apparemment, ce sont les pâtisseries les plus romantiques d'Italie. Ce sont des *maritozzi*.

« Je sais ce que tu es en train de penser : cette vidéo n'est qu'un minable pis-aller qui ne change rien à mon absence. Et tu as parfaitement raison. J'aimerais ne pas te parler maintenant à travers une caméra. Je préférerais être avec toi, t'emmener dans une balade romantique à Rome… Sauf que je suis en tournée, et je m'aperçois que j'ignore tout de ce que cela signifie, implique, exige. Comme j'ignore tout de la carrière à laquelle, visiblement, je me destine. Pour résumer, je ne suis qu'un abruti qui n'arrête pas de faire des promesses qu'il est incapable de tenir.

« Toutefois, malgré mon ignorance, il y a quand même deux choses que je sais, Penny. Je sais que j'aime la musique, et je sais que je t'aime. Avec toi et avec la musique, je peux tout surmonter.

« Au cas où tu douterais de mes sentiments, j'ai préparé ce petit montage pour toi. Tu es mon événement perturbateur, Penny. Et je veux que tu sois le personnage principal de toutes les scènes de ma vie. J'espère que ce film va te le montrer. »

Les images qui suivent font couler les larmes qui me sont montées aux yeux en l'écoutant parler. C'est un montage de mes moments préférés avec lui : la pleine lune orangée qu'il m'a montrée à New York ; le matin de Noël, quand on a ouvert les cadeaux dans le salon de Sadie Lee avec Bella ; la fête de mes seize ans, à Pâques, quand il est venu avec nous à Cornwall ; des extraits de nos conversations sur Skype qu'il a enregistrées ; je découvre même des séquences au cours desquelles je ne savais pas que j'étais filmée, comme lorsque je l'ai vu jouer sur scène, la première fois.

La musique est d'abord celle d'*Autumn Girl*, puis elle change pour évoluer vers une version que je n'ai jamais entendue. C'est envoûtant et magnifique – il n'y a que la voix de Noah et sa guitare, l'arrangement que je préfère à tous les autres. Les paroles sont comme des graines que recueille mon cœur. Je sais qu'elles continueront de pousser aussi longtemps que je vivrai.

Forever girl,
You changed my world
You are the one
I know for sure
That we will be together
Forever, girl

Chapitre 33

Une lumière clignotante m'arrache à la conversation imaginaire que je suis en train d'avoir avec Noah. C'est mon téléphone, abandonné en mode silencieux sur ma table de nuit. Je l'attrape pour découvrir que j'ai *neuf* messages d'Elliot. *Neuf!* Ma gorge se serre instantanément. Elliot n'envoie jamais autant de textos. Ça doit être grave. Vraiment grave. Je les ouvre aussi vite que je peux.

Elliot : PENNY ?

Elliot : PENNY, APPELLE-MOI s'il te plaît.

Elliot : OÙ ES-TU ?

Elliot : J'AI BESOIN DE TOI.

Elliot : PENNY, APPELLE, JE T'EN SUPPLIE !

Elliot : PENNY, URGENCE MAXIMALE.

Elliot : JE SUIS SUR SKYPE.

Elliot : J'ATTENDS...

Elliot : Pitié, Penny. J'espère que tu reviens vite...

Je lui réponds immédiatement.

Penny : JE SUIS LÀ ! Tu es encore sur Skype ?

Au lieu de perdre du temps à attendre sa réponse, j'ouvre mon ordi et me connecte. Ça sonne pendant des siècles, et mon angoisse décuple. Je commence à paniquer quand son visage enfin apparaît.

— Penny, ENFIN !

Je n'arrive pas à déchiffrer son regard à travers la monture verte de ses lunettes carrées. Ce n'est pas une expression que je lui vois souvent.

— Elliot, si tu me bombardes de textos désespérés seulement pour me reprocher mon manque d'intérêt culturel sur la tournée, ce n'est pas drôle. Tu m'as fait flipper.

Je scrute son visage à la recherche d'un signe d'humour, j'attends qu'il éclate de rire, mais il ne bronche pas. À la place, il me demande :

— Penny, comment se fait appeler le type qui te harcèle ?

Mon cœur s'arrête net.

— Tu parles de LaVéritéVraie ?

Je prie pour qu'il démente, mais son visage se décompose.

— Quoi ? Pourquoi tu me poses cette question ?

— En tout cas, ce n'est pas un fan de base, dit-il d'une voix blême. Ou alors, il est vraiment *très* informé.

Je pose les mains sur mes tempes, me préparant au pire.

— Que s'est-il passé ?

Elliot soupire.

— J'ai reçu un mail, tout à l'heure. Je te l'ai transféré.

Il se prend la tête dans les mains ; je ne vois plus que ses cheveux.

Je me dépêche d'ouvrir ma boîte mail dans une autre fenêtre et trouve le fameux message. Il vient de LaVérité-Vraie.

De : LaVéritéVraie
À : Elliot Wentworth
Objet : Avertissement

Penny doit rompre avec Noah, ou alors ça devient viral.

Pièce jointe : image 1052.jpg

Je clique sur la photo et je me fige.

C'est celle d'Alex et Elliot qui s'embrassent au concert de Noah à Brighton. C'est vraiment une belle photo ; ils sont si adorables et tellement amoureux. Nimbés par le seul éclairage de la scène, on les croirait seuls au monde.

Mais diffuser une photo pareille, alors qu'Alex n'a pas fait son coming out... Ce serait une catastrophe.

— C'est toi qui as pris cette photo, non ? me demande Elliot. Au concert de Brighton.

— Oui, mais...

— Mais tu n'as pas jugé utile de m'avertir qu'elle était dans le téléphone qu'on t'a volé. Parce que tu ne t'es pas souciée une seule seconde de moi et d'Alex.

Et maintenant, quelqu'un menace de la publier ! Alex va être furieux d'être pris en otage.

Je ne l'ai jamais vu dans cet état. Il est à la fois inquiet, en colère et malheureux. Je suis en colère, moi aussi.

— Je suis désolée, OK ? J'étais secouée quand ça s'est passé. Et encore plus quand j'ai reçu le premier message. Je ne savais pas ce que voulait ce type. Mais maintenant, c'est clair : quelqu'un veut que je rompe avec Noah, et il est prêt à tout pour que ça se produise. Jusqu'à s'en prendre à mes amis. Je ne sais pas quoi dire, Elliot, sinon que je me sens horriblement coupable que ça te retombe dessus.

— Et moi je ne sais pas quoi faire, Penny ! Je suis *obligé* d'en parler à Alex. Si cette photo est publiée…

Il a l'air complètement abattu.

— Tu sais comment il est à propos de nous, Penny. Même quand on sort de Brighton dans des endroits où personne ne risque de nous reconnaître, il est rare qu'il me tienne la main. Ce concert était un de nos meilleurs moments. En plus, il n'y a que chez toi qu'il se détend véritablement, alors s'il ne se sent même plus en sécurité là-bas… Il va péter un câble.

Je n'ose imaginer la réaction d'Alex. L'horreur absolue.

D'un autre côté, je sais qu'Elliot rêverait de pouvoir mettre cette photo sur son profil Facebook. C'est la première fois qu'il est aussi heureux avec quelqu'un. Et la seule chose qui le rende triste, c'est de ne pouvoir exprimer ses sentiments comme il voudrait. Il rêve de vivre son amour au grand jour, de promenades main dans la main, de pique-niques romantiques sur les pelouses du parc – seulement Alex n'en est pas encore là.

— Je ne sais pas quoi dire, Elliot. Je regrette tellement d'avoir pris cette photo et qu'on me l'ait volée. Quand j'ai perdu mon téléphone, je l'ai tout de suite bloqué, et j'ai très vite changé tous mes mots de passe. Apparemment, le voleur a eu le temps de pirater les dernières photos que j'ai prises. Comment pouvait-il savoir que celle-ci était aussi confidentielle ?

La réponse me semble tout à coup évidente. Elliot a parfaitement raison : quel que soit celui ou celle qui se cache derrière le pseudo, LaVéritéVraie n'est pas un fan quelconque. Mais comment mon téléphone a-t-il pu tomber entre les mains de quelqu'un qui non seulement me connaît très bien, mais qui, en plus, m'en veut ? *C'était un accident.*

Je me creuse la tête pour essayer de savoir qui ça peut être. Megan ? Qu'elle m'ait trouvée, perdue au beau milieu de la foule, *juste au moment* où je venais de perdre mon téléphone n'est peut-être pas qu'une heureuse coïncidence… Elle aurait été surprise de voir la photo d'Elliot et Alex – puisque personne ne sait qu'ils sortent ensemble. Se pourrait-il qu'elle m'en veuille encore et qu'elle soit toujours jalouse de moi et Noah ? Non, ça ne tient pas debout, surtout après la discussion que nous avons eue avant de rentrer chez moi. C'est trop bizarre.

— Tu ne comprends pas, Penny. D'abord, Alex n'aurait jamais voulu que tu prennes cette photo.

Il a l'air mal à l'aise.

— Je sais, Elliot. Je suis désolée. Tu sais comment je suis, je passe mon temps à tout photographier. Personne ne devait voir celle-ci. Et je ne l'aurais *jamais* postée nulle part sans t'en parler d'abord.

Je fais de mon mieux pour lui remonter le moral, mais il reste abattu et lointain.

— Je peux rentrer si tu veux, essayer de tout arranger...

— Non, non, ça ira, Pen. Je vais m'en charger. De ton côté, ne laisse personne se mettre entre toi et Noah, ce type n'est qu'une merde. Bon, je ferais mieux d'appeler Alex pour le mettre au courant...

Il agite une main triste devant la caméra de son ordi et coupe la discussion.

Je regarde l'écran, figée par l'indécision; puis je me dis qu'Elliot a raison : ce type n'est qu'un salopard, et je ne vais pas me laisser faire. Je dois réagir, et même prendre les devants.

J'ouvre ma boîte mail et envoie un message à mes plus proches amis et à ma famille pour les prévenir qu'un corbeau m'est tombé dessus et que je rassemble des preuves pour aller voir la police. De cette façon, si c'est Megan, ou quelqu'un qui me connaît aussi bien, il saura que je passe à l'attaque.

Je suis Océane la Battante et je ne vais pas laisser un lâche s'en prendre à mes amis ou m'interdire de vivre mon rêve.

Chapitre 34

Je m'apprête à boucler ma valise pour quitter Rome, quand une vague de tristesse m'envahit. Malgré ma longue promenade de la veille, j'ai l'impression de n'avoir qu'effleuré la surface de cette ville magnifique. Je vais jusqu'à la fenêtre et, en me promettant de revenir un jour, je la salue de la main.

Des coups contre ma porte me font sursauter. Je crois un instant que j'ai oublié l'heure, et que je suis en retard, mais non, il reste du temps avant le départ.

— Penny ? Tu es là ?

Je me dépêche d'ouvrir à Noah.

— Oui. Entre !

Il a son sac à dos sur l'épaule et j'aperçois, accrochée sur le côté, une petite étiquette avec des explications griffonnées de la main de Dean. Noah est si souvent trimbalé qu'il ne sait jamais dans quel hôtel il va dormir ou à quelle heure part son avion. Dean se charge de tous ces détails logistiques pour lui.

— J'ai lu ton mail. Ce taré a vraiment recommencé ?

— Oui, et il s'en prend à Elliot, cette fois.

— C'est hallucinant ! Et c'est une excellente idée de rassembler toutes les preuves. On va pouvoir les donner à Dean, il se chargera de contacter la police.

— Super !

Je suis soulagée. Les soucis sont moins lourds quand ils sont partagés.

— Et maintenant, prête à partir, *ma chérie* ?

Son français me fait sourire.

— Tu veux dire… *à Paris* ?

Je fais une mimique que j'espère très étudiée (et très parisienne), et je continue :

— *Mais oui !* J'ai hâte.

En atterrissant à Paris, je suis tellement surexcitée que je ne tiens pas en place. Je me fais l'effet d'une gamine de six ans à qui on a promis un tour à Disneyland ! Sur le chemin de l'hôtel, j'ai les yeux comme des soucoupes tellement tout est magnifique.

Ma mère a toujours adoré Paris – surtout depuis qu'elle a vu *Amélie Poulain* : chaque fois qu'elle vient, elle a l'impression d'être *dans* le film ! C'est l'endroit qu'elle préfère au monde. À dix-huit ans, quand elle était actrice en herbe, elle est venue s'installer au Quartier latin, vivre quelques mois la vie de bohème. Aujourd'hui, elle et mon père s'offrent régulièrement des petits séjours dans la capitale française. Et moi, je peux enfin comprendre pourquoi ils sont si amoureux de cette ville.

Je suis dans la ville de l'amour, avec le garçon que j'aime. Peut-on rêver mieux ? J'en doute !

— Ici, Penny, c'est du sérieux, me dit Noah en descendant du taxi devant l'hôtel. Ce soir, tout le gratin de la presse musicale va assister au concert. On a intérêt à être au top et à jouer mieux que jamais.

L'hôtel est plus beau, plus chic, que tous ceux dans lesquels nous sommes descendus jusque-là. Des porteurs prennent nos bagages et les transportent le long d'un immense escalier. C'est exactement l'hôtel que je rêvais d'avoir à Paris, et je suis certaine que le séjour va être ultra romantique. Je me tourne vers Noah et réponds à son visage radieux par un sourire gigantesque – le genre de sourire qu'on fait quand vos grands-parents vous demandent de poser pour une photo de famille (et qu'on a moins de dix ans). Je ne suis pas sûre que ce soit super séduisant, mais je m'en fiche : je suis TROP contente.

— Et après ça, hurle Blake derrière nous, LA FÊÊÊÊÊTE !

Ses gesticulations sont complètement déplacées dans ce décor majestueux et paisible. Ce qui n'empêche pas Noah de se tourner vers son copain et de lui taper dans la main.

Il parle de la soirée d'après concert, celle que tout le monde attend : la plus grosse de toutes les soirées de la tournée. Elle a lieu dans une boîte hyper branchée – un endroit où, normalement, on ne me laisserait jamais entrer, et pas seulement à cause de mon âge. Je ne suis jamais allée à aucun *after* de ma vie – à moins de compter les heures qui ont suivi le bal désastreux de fin d'année, passées à engloutir des tonnes de pizzas avec mes meilleurs amis…

Noah m'accompagne jusqu'à ma chambre, puis file à la salle de spectacle préparer le concert. Ma chambre est incroyable : immense, avec un lit gigantesque, lui-même orné d'une tête de lit ouvragée en bois doré et d'un couvre-lit en velours pourpre. Les grandes fenêtres s'ouvrent sur un petit balcon, duquel j'aperçois le sommet de la tour Eiffel. C'est parfait.

J'ai le temps avant de partir au concert, alors j'en profite pour vider ma valise sur mon lit. Ce soir est différent des autres ; ce soir, je vais être vue aux côtés de Noah par beaucoup de monde.

Le problème, c'est que je n'ai pas la moindre idée de la façon dont on s'habille pour un *after*. Et celui-là n'est pas un *after* comme les autres, tout le monde y sera : les Sketch au grand complet, avec leurs petites copines (masquées ou pas), leurs managers et leurs agents, Leah Brown et sa suite, Noah et son groupe, tous les techniciens de la tournée. Plus, certainement, des tas de paparazzis agglutinés sur le trottoir – sans parler des fans.

Je me regarde dans le grand miroir de ma chambre, ou, plus exactement, la psyché. Son cadre de bois sculpté et doré est parfaitement assorti à la tête de lit. C'est tout à fait le genre de miroir dans lequel j'imagine Marie-Antoinette s'admirer – contrairement à elle, cependant, j'espère que je ne suis pas à la veille de *mon* exécution. En legging et dans le grand pull de ma mère, je me sens tout sauf parisienne chic. Pour être sincère, aucun de mes vêtements ne convient.

Je sais que Noah m'aime comme je suis, mais ce soir je ne veux pas avoir l'air de la gamine de seize ans qui n'a rien à faire dans les bars cool avec son petit copain célèbre. Je veux me sentir chic et sexy. Le maquillage est peut-être la solution, sauf que je suis loin d'être aussi douée que Megan ou certaines de mes copines.

J'attrape quand même ma trousse et je m'assois devant le miroir. J'étale un peu d'eye-liner noir autour de mes yeux, puis je tente de mettre des faux cils. Après m'être battue une bonne vingtaine de minutes, sans réussir à les faire tenir plus de deux secondes d'affilée, je renonce pour me rabattre sur une nouvelle couche d'eye-liner. Je ne suis pas sûre du résultat. Tant pis.

Je m'attaque ensuite à mon teint pâle. À la fin, je me trouve l'air plus gothique que je n'espérais. Qu'est-ce que Kendra, maître en maquillage, dirait ? Me conseillerait-elle d'ajouter un peu de fond de teint ? De mettre du rouge à lèvres rouge ? Ou au contraire, d'éviter le rouge avec autant d'eye-liner ? C'est dans des moments comme celui-là que j'apprécierais la présence de Megan – un souhait que je n'aurais *jamais* imaginé formuler un jour.

Soudain, je pense à quelqu'un d'autre et attrape mon téléphone.

— Allô, Leah ? C'est Penny... Je, heu, je suis en train de me maquiller, et je me demande... Tu crois qu'un rouge à lèvres orangé ça va avec des yeux smoky, ou qu'un rose serait...

Elle ne me laisse pas continuer.

— LAISSE TOMBER LE ROUGE À LÈVRES, MA GRANDE. Donne-moi plutôt le numéro de ta chambre. J'arrive.

Chapitre 35

Traverser Paris en compagnie de Leah Brown, *et* dans une voiture avec chauffeur, est — de loin — le meilleur moment que j'ai passé sur la tournée jusque-là. Après avoir effacé mes tentatives de maquillage pathétiques (adieu faux cils, épaisseurs d'eye-liner, couches de poudre et paquets de fond de teint), Leah a décrété qu'elle m'emmenait avec elle.

Dans une boutique Sephora, nous parcourons tous les rayons et elle remplit, produit après produit, le petit panier que je porte à la main.

— Leah, dis-je au bout d'un moment, je ne sais pas à quoi sert la moitié de ces trucs. Ça, par exemple...

Je retourne une boîte de tatouages éphémères et me rends compte à quel point je suis ignare.

— Depuis quand les faux tatouages sont à la mode ? Et où est-ce qu'on les met ?

Leah me prend la boîte des mains et la remet dans le panier.

— Penny, tu ne vas pas le faire toi-même. Ma maquilleuse et ma coiffeuse vont s'occuper de toi. Et on se sert de ces tatouages depuis longtemps. Tu ne lis pas *Glamour*?

Nous reprenons notre inventaire méticuleux des rayons et j'essaie de ne pas faire attention à tous les clients qui, eux, nous regardent – ou qui, plus exactement, regardent Leah. On dirait qu'un attroupement est en train de se former devant la porte. En tout cas, plusieurs vendeuses se sont mises en faction devant l'entrée pour empêcher d'autres gens d'entrer.

— Bien sûr que si, j'adore *Glamour*, c'est même mon magazine préféré.

Je souris avec un air dégagé en espérant donner le change.

— Oh, tu m'as fait peur! J'ai failli te croire.

Elle me donne un petit coup de coude amical et, en riant, ajoute un flacon étiqueté « huile sèche bronzante » au reste de nos achats.

Enfin, notre panier débordant de produits de beauté dont je ne soupçonnais même pas l'existence, elle m'entraîne vers la caisse où une jeune femme commence à scanner tous les pots, tubes, boîtes, flacons que nous avons glanés. Le total frise les mille euros!

— Leah, je te remercie beaucoup de m'aider, mais je n'ai pas les moyens de m'offrir ça…

Je m'apprête à reposer un grand nombre d'articles dans les rayons, mais elle m'arrête.

— Ah, les Anglais, vous êtes toujours si corrects que c'en serait agaçant, si ce n'était pas si adorable!

Elle tend sa carte de crédit à la caissière qui la glisse dans le lecteur.

— Merci beaucoup, *mademoiselle*, dit Leah en ramassant nos achats rassemblés dans deux immenses sacs, fermés avec des rubans noir et blanc.

— *Bonne journée*, lui répond la jeune femme. Et si je peux me permettre, j'adore vos chansons.

Et moi, j'adore son accent français. Si seulement je pouvais parler de manière aussi sexy… Je devrais peut-être travailler mon accent, pour épater Noah ? Je risque un *au revoir* dans la langue de Molière, mais la vendeuse me regarde d'un air bizarre. Il vaut mieux que j'arrête là mes explorations linguistiques…

Nous retournons à la voiture et Leah donne rapidement ses instructions au chauffeur pour la destination suivante. Au détour d'un carrefour, nous débouchons dans une grande avenue où se succèdent des boutiques aux noms de marques très connues, mais que je n'ai vues que dans les magazines de mode de ma mère. Chaque vitrine semble rivaliser d'élégance et de créativité avec la précédente. Les mannequins se contorsionnent dans toutes les poses possibles, et tout n'est qu'explosion de couleurs vives au milieu d'immenses bouquets aux fleurs magnifiques. J'aperçois même une robe entièrement composée de vrais gâteaux ! Mais en voyant le gabarit des femmes qui entrent et sortent des boutiques, je me dis que ce n'est sans doute que sous cette forme qu'elles s'autorisent la moindre pâtisserie.

Quand on s'arrête devant l'une de ces devantures, je comprends que Leah s'apprête à dépenser encore plus d'argent pour moi, et je me sens très gênée.

— Leah, c'est beaucoup trop gentil. Je ne suis pas sûre de pouvoir te rembourser.

Elle pose la main sur la mienne.

— S'il te plaît, Penny, laisse-moi faire. D'abord, ça m'amuse — je n'ai pas souvent l'occasion, ni le temps, de faire du shopping avec mes amies —, et ensuite, j'ai envie de faire des folies. Quoi de mieux que me défouler avec toi et pour toi ? J'ai tout ce que je veux, et plein d'argent, alors tais-toi et profite !

Elle ouvre la portière, me prend la main et m'entraîne avec elle.

Nous nous engouffrons dans la première boutique. J'ai juste le temps d'apercevoir une meute de paparazzis courir à nos trousses. À peine sommes-nous entrées que les flashs brillent de l'autre côté de la vitrine.

— Waouh, Leah, je comprends pourquoi tu te déguises pour sortir !

— Ne m'en parle pas, réplique-t-elle en levant les yeux au ciel.

Elle fonce droit sur un présentoir et commence à choisir des robes, qu'elle entasse dans mes bras. Quand je n'arrive plus à les porter, elle me pousse vers le salon d'essayage. Certaines de celles que j'enfile valent plus cher que les mariages entiers organisés par ma mère.

Je sors de la cabine d'essayage, vêtue d'une robe de cocktail rose vif et perchée sur des talons aiguilles beaucoup trop hauts pour moi. Si le vent se met à souffler, je ne suis pas sûre de pouvoir rester debout.

— Je ne sais pas. Je me sens un peu… ridicule, dis-je en baissant les yeux sur mes hanches et mes chevilles anguleuses.

— Tu as un corps de rêve, Penny, répond Leah à ma grimace. Et des courbes parfaites, exactement là où il faut. Alors AIME-LES !

— Ce n'est pas mon corps, le problème, mais ces chaussures. Je suis un risque pour tout le monde !

— *Mademoiselle ?* Peut-être voudriez-vous essayer quelque chose *d'un peu plus élégant ?*

Le petit homme, qui a l'air de diriger le magasin, est vêtu comme s'il allait rendre visite à la reine.

— Quelque chose de plus… sophistiqué ?

Il me présente une robe de satin noir sans manches, ornée d'un gros nœud à la taille, et au dos entièrement composé de dentelle.

Il me la tend comme si c'était un nouveau-né. Je ne sais pas comment la prendre, la tenir, la considérer, ni – bien évidemment – comment elle va m'aller, mais je l'emporte dans la cabine et tire le rideau sur moi. Après m'être débattue un moment avec la partie « soutien-gorge incorporé » – une matière collante et tout sauf maniable – je sors. Il y a un instant de silence, puis un déluge d'applaudissements. Même Callum, le garde du corps de Leah, bat vigoureusement des mains.

— Oh, Penny, tu es absolument sublime ! s'exclame Leah. La petite robe noire est définitivement la meilleure amie de la femme !

J'enfile une nouvelle paire de talons aiguilles, moins hauts (dix centimètres au lieu de quinze), et je me regarde dans le miroir. Pour une fois, je ne suis pas complètement effarée. D'habitude, je ne suis pas du genre glamour. Quand je vais à un mariage, ou même au fameux bal de fin d'année, je préfère un style vintage décalé au look chic désinvolte. Mais dans cette boutique parisienne, face à mon reflet, je me sens *adulte* pour la première fois de ma vie. Avec cette robe, je serai parfaite au bras de Noah.

— *Oh, mon Dieu !* s'exclame tout à coup Leah dans un français étonnamment parfait.

Elle fixe sa montre avec horreur.

— Tu as vu l'heure ? Je dois filer à la salle de concerts. Mon manager va me tuer. Jacques, pouvez-vous faire l'ourlet de cette robe et la livrer à l'hôtel pour ce soir ? Penny, combien de fois as-tu déjà vu le concert ?

— Quatre, je crois.

— Bien, si tu es prête à le louper une fois, c'est le moment. Rentre à l'hôtel. Je vais t'envoyer mes doigts de fée qui vont se charger de te maquiller et de te coiffer. Ensuite, enfile ta robe. Je passerai te prendre après le concert pour qu'on aille à la soirée ensemble. Tu vas déchirer !

C'est plus fort que moi : je me jette sur elle et je la serre dans mes bras.

— Merci, Leah. Merci mille fois !

— Il n'y pas de quoi, ma belle ! Au risque de me répéter : tout le plaisir est pour moi. Bon, fais attention à cette robe. Je ne veux pas qu'il lui arrive quoi que ce soit, ni à toi, avant ce soir. Et ce n'est pas une prière, c'est un ordre !

Chapitre 36

Leah m'a donné des instructions très strictes pour mon retour à l'hôtel : prendre un bain, me faire un gommage, m'épiler, et attendre l'arrivée de son équipe de choc. Ne pas avoir à me demander qui je vais croiser dans les coulisses et avec qui je vais regarder le concert m'enlève un poids. Et c'est un pur plaisir de me servir de l'immense baignoire à l'ancienne de la magnifique salle de bains de ma merveilleuse chambre. J'ouvre les robinets dorés et jette dans l'eau une boule de bain effervescente, découverte dans le trésor rapporté de Sephora. Je regarde l'huile de rose se diffuser en souriant.

Pendant que mon bain coule, et que la pièce se remplit de vapeur parfumée, je passe un texto à Noah.

Penny : Coucou, tout va bien, mais comme j'ai besoin de me détendre un peu, je crois que je vais rester à l'hôtel au lieu de venir au concert. On se retrouve à la soirée, OK ? xx

Je reçois une réponse, alarmée, presque aussitôt.

Noah: Tu es sûre ? Tout va bien ? Tu veux que je demande à Larry de t'apporter du bouillon, de la tisane, ou ce que tu veux ? Tu sais combien je préférerais être avec toi !

Penny: Oui, je sais ! Et tout va bien : je ne suis pas mourante ! Seulement un peu fatiguée, et envie de traîner. Je te retrouve à la soirée xx

Noah: Tu as intérêt – hors de question que j'y aille tout seul !

Penny: Je t'aime xx

Noah: Je t'aime aussi.

Je me glisse dans mon bain avec délectation. C'est exactement ce qu'il me faut pour me vider la tête. Je m'allonge et je me laisse chatouiller par les bulles que je fais glisser du bout des doigts sur ma peau. C'est un bonheur, et j'en profite, mais ma maison me manque. Je ne suis pas faite pour ce rythme effréné et ininterrompu – passer d'un pays à l'autre, sans prendre le temps de respirer ou de profiter de la beauté des villes que je traverse (et de leur gastronomie). Je sais que je n'aurais qu'un mot à dire pour que Noah m'entraîne définitivement avec lui. Je vivrais, à ses côtés, cette vie de luxe. Les folies que je viens de faire avec Leah deviendraient ma norme, pas un moment exceptionnel qui n'arrive qu'une seule fois dans la vie. J'aurais *ma* carte de crédit, débit illimité. Je sortirais avec Kendra et Selene ; je n'aurais qu'à me soucier de mon maquillage, de mes robes, des paillettes.

Megan ferait tout pour être à ma place. Même Elliot, puisque après tout, il pourrait s'offrir tous les vêtements et chapeaux de ses rêves. Mais moi, est-ce que c'est vraiment *mon* rêve d'être ici ?

Je reste dans l'eau jusqu'au moment où je m'aperçois que j'ai le bout des doigts ratatiné. Je ne crois pas que Leah apprécierait, alors je sors et je m'enveloppe dans le plus moelleux, le plus doux de tous les peignoirs du monde. J'enroule aussi mes cheveux dans une serviette. Quand je sors de la salle de bains, je découvre, stupéfaite, une splendide gerbe de roses rouges sur la table basse.

Une carte est posée à côté du vase. Je la ramasse et je la lis. Tu es toujours et pour toujours dans mon cœur, N.

Je souris jusqu'aux oreilles. Dire que j'ai été capable de me demander si on avait raison de sortir ensemble. À croire que je suis complètement débile. Bien sûr qu'on a raison ! Ce n'est pas quelques difficultés et un peu de vague à l'âme qui vont nous séparer. Quels que soient les obstacles que l'avenir nous réserve, nous les surmonterons, Noah et moi, ensemble.

Je sais que nous le pouvons.

On frappe à la porte. Je m'attends à une nouvelle surprise de la part de Noah, mais quand j'ouvre, je découvre cinq femmes qui partagent le même air décidé, la même coiffure (une queue-de-cheval bien serrée) et sont armées de mallettes noires de taille variée. L'une d'elles tient un sèche-cheveux coincé sous son bras. Je comprends que c'est l'équipe de Leah.

Elles me font asseoir et commencent à fouiller dans les sacs Sephora, sortant les produits de beauté un à un, puis les flacons, tubes et pots de leurs emballages, avant de m'appliquer leur contenu sur le visage. Mon ignorance s'envole à mesure que leurs mains s'agitent. J'apprends ainsi qu'on utilise la crème hydratante avant celle de jour, et que l'anticernes peut s'appliquer aussi bien avant qu'après le fond de teint. J'essaie de garder tout le temps un œil ouvert afin de suivre leurs opérations et espérer recréer la magie toute seule.

Elles sont si affairées qu'à un moment donné, je ne sais plus trop où donner de la tête : tandis que l'une d'elles s'occupe de discipliner mes cheveux à l'aide d'un fer à friser, une deuxième applique du fard violet sur mes paupières et une troisième se concentre sur le tatouage qu'elle fixe sur mon poignet. Entre leurs mains, j'ai davantage l'impression d'être un tableau qu'un être humain. Ce sont des artistes.

Puis elles s'écartent, et l'une d'entre elles me demande, sans aucun ménagement, de me déshabiller. Je m'accroche à mon peignoir, mais elle revient avec la robe que j'ai essayée tout à l'heure. De toute façon, ces filles doivent passer leur temps à en voir d'autres en petite culotte. Je ne suis certainement pas la première !

Celle qui s'occupe maintenant de moi s'avère une couturière hors pair. Je croyais que la robe m'allait à merveille, mais après l'intervention de cette magicienne armée d'épingles, de fil et d'aiguilles, elle me va mieux qu'un gant. Je me retiens à son épaule pour enfiler mes talons aiguilles. Une fois chaussée, elle me fait tourner et m'accompagne devant la psyché. Je lève les yeux et je contemple la fille qui me regarde d'un air complètement hébété... Le reste de sa personne est, j'avoue... sublime !

Je pivote et, ne pouvant pas les serrer toutes dans mes bras, je choisis d'abord celle qui vient de m'aider à m'habiller.

Je n'ai pas de mots pour les remercier ; tous ceux que je pourrais dire s'embrouillent dans ma tête ou s'envolent avec le tourbillon de mes émotions. Le sentiment que j'ai éprouvé dans le magasin, la première fois que j'ai mis cette robe, n'est rien en comparaison de la joie qui m'étreint. Mes jambes, grâce à l'huile bronzante, ont un reflet doré que je ne leur ai jamais vu. Mes cheveux, ou plutôt ma tignasse de frisottis rebelles, sont magnifiquement lumineux et bouclés. Le smoky eye violet qui ombre mes paupières est idéal avec le vert de mes iris, et mes nouveaux faux cils, parfaitement posés, sont si longs et si courbés que je ne peux pas m'empêcher de cligner cent cinquante fois des yeux. Quant à mes lèvres, elles sont d'une belle teinte rose foncé, et une plume rose et or, magnifiquement dessinée, orne mon poignet.

Une des stylistes apporte un petit chapeau melon de feutre noir, le coince avec adresse sur mes cheveux et, tout à coup, ma tenue est complète. Je ne me suis jamais sentie aussi cool de toute ma vie. Même quand Elliot m'habille, et il s'y connaît ! On m'asperge enfin d'une touche de parfum Chanel et toutes les femmes qui m'entourent sourient.

Je retrouve l'usage de la parole, mais le seul mot que je sois capable de répéter est :

— Merci, merci, merci !

Heureusement, je suis interrompue par un coup frappé à la porte. C'est Leah. Elle entre, un peu décoiffée, mais toujours aussi belle. En me voyant, elle écarquille les yeux.

— Mon Dieu ! s'exclame-t-elle en riant. Penny Porter, tu es absolument sublime. Noah est le plus veinard de la terre. Tu vas le faire tomber raide !

— Je me sens transformée, Leah. Merci.

Je la serre dans mes bras, sans doute un peu trop fort, mais tant pis.

— Vraiment, Penny, il n'y a pas de quoi ! Maintenant, mesdames, poursuit-elle en se tournant vers ses stylistes, à mon tour ! Je suis une loque, alors à vos pinceaux, pots de crème et autres baguettes magiques. Moi aussi je veux casser la baraque, ce soir !

Au milieu de mon bonheur, et des innombrables sentiments qui m'agitent, il n'y a qu'une petite ombre au tableau : où trouver l'escouade qui s'occupera aussi bien de moi chaque matin ? Je décide de l'ignorer. Cette version de Penny Porter peut ne durer qu'un seul soir, j'ai bien l'intention d'en profiter !

Chapitre 37

J'avance d'un pas aussi chancelant qu'anxieux vers l'entrée de la boîte de nuit, accrochée au bras de Leah comme à une bouée de sauvetage. Elle doit commencer à me trouver un peu *trop* reconnaissante et elle voudrait sans doute que je la colle *un peu moins*, mais si je la lâche, ou si je m'écarte, même légèrement, je suis sûre de m'écrouler. Les rues de Paris sont très jolies avec leurs pavés, mais guère adaptées aux talons aiguilles ! Et je ne veux pas commencer la soirée par un vol plané sur le trottoir.

Ce soir, je suis l'élégance et le glamour incarnés. Penny la Catastrophe est enfermée à double tour dans sa chambre d'hôtel et condamnée à passer la nuit sous la couette. Penny la Parisienne est de sortie. Elle ne sera peut-être pas la reine de la soirée (le titre appartient sans conteste à Leah, plus belle et plus rayonnante que jamais), mais elle a de bonnes chances de se sentir à sa place, et son amoureux devrait le penser, lui aussi.

Nous sommes escortées jusqu'à l'entrée du club par Callum qui se sert de sa veste pour dissimuler Leah aux objectifs et aux flashs inquisiteurs des paparazzis. Pour une fois, je n'ai pas mon appareil photo. Je n'ai pas de sac à main ni même de pochette. La clef de ma chambre est cachée dans une minuscule poche secrète à l'intérieur de ma robe.

Une fois franchi le couloir obscur de l'entrée, je suis un peu déçue par l'intérieur de la boîte : il fait si sombre et ça a l'air tellement décrépi que je commence à me dire que j'ai eu tort de me donner autant de mal pour me préparer.

Leah repère d'abord Noah, assis dans une alcôve VIP. C'est heureusement un peu plus éclairé dans ce coin – j'imagine que c'est pour mieux voir les célébrités qui fréquentent les lieux. Elle me pousse vers lui.

— Allez, vas-y, c'est à toi, maintenant. Moi, je dois trouver mon manager.

Je lui serre une dernière fois le bras.

— Merci encore, Leah.

— Oublie, et va le voir, maintenant. Va lui montrer ce qu'il loupe en te négligeant.

Elle me fait un clin d'œil et, tandis qu'elle disparaît, je prends une profonde inspiration.

Noah est assis au milieu de la banquette, entouré des membres de son groupe et de quelques inconnus. Je me force à desserrer les poings. J'avance vers lui, nerveuse-ment, quand un serveur – qui ne m'a pas vue – déboule sous mon nez. Je m'immobilise, lui aussi. Son plateau de flûtes à champagne vacille dangereusement… On retient nos souffles. Ouf !

J'ai quand même dû pousser un cri, car au moment où je relève les yeux, je m'aperçois qu'on nous regarde. Et le moment que j'espérais arrive. J'ai l'impression, exactement comme dans un film, que la scène se déroule au ralenti. Noah lève les yeux de son verre, et son regard, avec un naturel, une évidence, qui n'arrive que dans les rêves, croise le mien. Je vois sa mâchoire se décrocher, puis celles de ses copains faire pareil. Ils sont tous figés, complètement muets, la bouche grande ouverte et les yeux écarquillés de stupeur.

— Penny? Oh, la vache! s'exclame Noah avant de bondir à ma rencontre. Je… Comment… Enfin, tu…

Il me prend les mains pour me regarder de la tête aux pieds.

— Tu es sublime, dit-il enfin.

Et il m'embrasse passionnément, comme si on ne s'était pas vus depuis des mois. J'ai l'impression de recevoir des millions de décharges électriques et j'en ai des picotements partout.

— Enfin, tu es là! reprend-il. Je me suis inquiété quand tu m'as dit que tu ne venais pas au concert.

— J'ai été obligée… de mentir un petit peu. J'allais très bien, sauf quand j'ai vu débarquer l'équipe de maquilleuses de Leah. Là, j'avoue avoir eu un instant de panique!

— Leah t'a aidée à te préparer? Tu la remercieras de ma part!

Il passe un bras autour de mon épaule et m'entraîne vers leur alcôve. Je m'assois à côté de lui, et il me présente à tous comme sa « petite amie Penny ». Même aux pontes de Sony qui, visiblement, ont fait le voyage jusqu'à Paris.

Je m'applique à saluer poliment, serrer correctement les mains qu'on me tend, mais je n'arrive pas à contenir l'immense sourire que je sens sur mon visage. J'ai l'impression que ça va être la plus belle soirée de ma vie.

— Eh bien, Penny, laisse-nous te dire que nous sommes très, très impressionnés par ton petit copain, déclare l'un des gros bonnets de Sony – la femme – avec un petit sourire que je ne trouve pas super agréable.

Même sa façon de prononcer « petit copain » a un côté condescendant, comme si elle s'adressait à un bébé. Je serre les dents et je lui rends son sourire. La façon dont Noah me tient par la taille, comme s'il craignait que je m'en aille, n'a vraiment *rien* d'innocent.

— Je le trouve pas mal non plus, je réponds avec autant de désinvolture que je peux.

— Tu devrais annoncer la bonne nouvelle à Penny, poursuit la femme en posant son regard sur Noah.

Il s'agite puis enlace ses doigts aux miens et me regarde droit dans les yeux.

— Oh, oui, exact. Tout le monde est très content de la façon dont la tournée se déroule... L'affiche qu'on forme avec les Sketch, la dynamique du concert, tout ça. Ça marche très fort pour tout le monde. Alors ils m'ont demandé de continuer avec eux sur la tournée mondiale. Dubaï, le Japon, l'Australie... Pour trois mois de plus.

Aux étincelles qui brillent dans ses yeux, je comprends combien cette perspective le transporte. Et il y a de quoi ! Je me jette à son cou.

— C'est génial, Noah !

Je suis super heureuse pour lui. Non seulement son rêve continue, mais il prend des proportions gigantesques.

— Il y a autre chose, ajoute-t-il, les yeux pleins d'espoir. Je voudrais que tu viennes avec moi.

Chapitre 38

Il veut que je vienne avec lui? Que je l'accompagne? Pendant trois mois? Au bout du monde? Immédiatement, une foule de questions m'assaille, toutes plus insaisissables les unes que les autres. *Et la rentrée? Et mes études? Mes parents? Ma vie?* Je les repousse : il n'est pas question de moi, mais de Noah, et je ne veux pas gâcher son bonheur.

Heureusement, la soirée qui débute m'évite de répondre. On vient de lancer la musique et tout le monde se lève, pressé d'aller danser. Je suis entraînée comme les autres avec Noah. À la façon dont il s'élance sur la piste, je comprends qu'il n'attend pas que je lui réponde tout de suite, alors je profite de la musique et de l'instant présent.

Quelques heures plus tard, je commence à me demander si mes pieds n'ont pas triplé de volume – les talons aiguilles étaient le plus grand défi de la soirée – quand, heureusement, l'heure du départ arrive. On rentre tous ensemble à l'hôtel en taxi, et en descendant, Noah me propose de me porter sur son dos jusqu'à la réception et je saute sur son dos en riant.

En levant la tête, j'aperçois le sommet de la tour Eiffel illuminée qui scintille joyeusement dans la nuit. Ça me rappelle la guirlande lumineuse que Noah avait installée pour moi dans le sous-sol de Sadie Lee, à New York.

— Regarde, je murmure à son oreille.

Il lève les yeux et, dès qu'il voit le spectacle, il me laisse tomber par terre.

— Eh, mes pieds ! Mes *pauvres* pieds ! je proteste.

— Oublie tes pieds ! J'ai une idée, réplique-t-il en me prenant la main. On n'a pas eu de Journée Magique et Merveilleuse, mais pourquoi ne pas s'offrir une *Nuit* Magique et Merveilleuse ? Allons voir la tour Eiffel maintenant. Ensuite, on pourra aller au restaurant ouvert vingt-quatre heures sur vingt-quatre dont Larry m'a parlé et après, voir le soleil se lever sur le Louvre…

Il y a encore une minute, je ne rêvais que d'une seule chose : mon lit. Mais maintenant, je suis parfaitement réveillée. Tellement excitée que je fais des bonds sur place.

— Oh, oui, c'est génial !

— Vite, filons avant qu'on nous remarque.

— Heu…

Je baisse les yeux sur mes pieds.

— Je ne suis pas sûre d'aller très loin, chaussée comme ça.

Il éclate de rire.

— OK, laisse-moi une minute. Donne-moi la clef de ta chambre et ne bouge pas d'ici.

— Tu peux prendre mon sac avec ? Il y a mon appareil photo dedans.

— Pas de problème !

245

Les autres se dispersent déjà vers le bar ou les ascenseurs. Noah m'assoit dans un fauteuil du salon et part en courant.

— Je reviens tout de suite!

J'ai l'impression qu'il vient de partir, lorsqu'il réapparaît, mes Converse chéries à la main et mon sac sur l'épaule. J'enfile mes baskets avec un soupir de soulagement.

— Penny Porter, tu es encore plus mignonne, déclare Noah en me levant du fauteuil pour admirer mon nouveau look.

Il me tend mon sac et nous nous élançons dans la rue, aimantés par la tour Eiffel.

— Noah? Eh, Noah, attends!

C'est la voix de Dean, sur le seuil de l'hôtel. J'ai l'impression de recevoir une flèche en plein cœur.

Je ne veux pas qu'on s'arrête, je veux continuer de courir dans la rue. Pourtant, je sens l'hésitation dans la main de Noah. Il ralentit et il s'arrête pour se retourner.

— Oui? demande-t-il à contrecœur.

Dean trotte déjà vers nous.

— Je t'ai dit que j'avais besoin de toi pour choisir les photos et le graphisme de la pub pour la tournée mondiale. On doit le faire maintenant, sinon ça ne partira pas dans la presse.

— Sérieux? Ça ne peut pas attendre demain matin?

Dean se contente de le dévisager, et Noah hoche la tête.

Je lui tire la main et interviens:

— Tu ne peux pas t'en charger, Dean? Noah n'a pas besoin de tout vérifier lui-même.

— Noah vérifie personnellement tout ce que ses fans vont voir, grogne Dean. N'est-ce pas, Noah ?

— Dean a raison, admet Noah d'un ton morose. Je dois rentrer et vérifier les photos. On les verra partout, elles doivent être au point. Je ne veux laisser tomber personne.

Je manque d'éclater de rire.

— Enfin… je sais que je te laisse tomber, Penny. Mais…

Je le coupe tout de suite.

— Je comprends, Noah.

Et en même temps, je me dis : *j'essaie de comprendre, Noah, vraiment, je fais de mon mieux pour comprendre…*

Et tout à coup, j'ai encore envie de rire : même en plein milieu de la nuit, on est incapables d'avoir un peu de temps pour nous. Est-ce vraiment pour ça que j'ai signé ?

Nous retournons vers l'hôtel d'un pas nettement plus lent. Après l'excès d'adrénaline, je me sens vidée, comme si j'étais passée sous un train.

— Allons parler là-bas, dit Dean en se dirigeant vers le bar.

— Je crois que je vais monter dans ma chambre.

Noah s'arrête et me regarde.

— On essaie de se rattraper demain ? me demande-t-il d'une voix douce.

Je secoue vaguement la tête.

Puis sa main s'échappe et je me retrouve seule, devant l'ascenseur, à regarder, une fois de plus, Noah qui s'éloigne.

Chapitre 39

Adossée au mur, j'attends que l'ascenseur arrive en essayant de digérer ma déception. Je ne veux pas rester debout toute la nuit à ressasser ce qui vient de se passer. Je ne vais même pas envoyer de mail à Elliot. Je vais faire comme si la soirée s'était terminée au moment où on est descendus du taxi. Jusque-là, c'était parfait.

— Eh ben, t'en tires une tronche ! Qu'est-ce qui t'arrive ?

La voix de Blake me fait sursauter. Il pue l'alcool et vacille sur ses jambes en essayant de centrer son regard sur moi.

— Oh, rien. Cet ascenseur prend tout son temps, c'est tout.

Je recule un peu et je lui demande :

— La soirée t'a plu ?

— Carrément !

Il veut mimer un enchaînement de batterie avec des baguettes imaginaires, mais il trébuche. Ce qui ne l'empêche pas de crier :

— *Ba-doom-tish !*

Les portes de l'ascenseur s'ouvrent au même moment. Il se redresse et passe son bras sous le mien.

— Allez, jolie Penny, on monte !

Je me laisse entraîner, un peu surprise de le voir aussi aimable avec moi.

L'intérieur de l'ascenseur, dans un genre moderne kitsch, se veut une imitation de l'espace intersidéral : il y a des planètes phosphorescentes sur les murs, des constellations d'étoiles au plafond et une musique d'ambiance apaisante.

— Au fait, reprend Blake la voix pâteuse, je te l'ai pas dit, mais t'es sacrément canon, c'soir.

Il essaie de me prendre la main et soudain, je comprends que ça craint. Je recule, mais il revient à la charge.

— Blake, tu es complètement saoul. Je vais te raccompagner jusqu'à ta chambre et tu vas aller te coucher, OK ?

Un vent de panique se lève dans ma tête. Je ne veux surtout pas penser à ce qui s'agite dans celle de Blake maintenant.

— Tu es à quel étage ?

— Huit, marmonne-t-il.

Si Noah apprend que Blake a essayé de me prendre la main, il va être fou furieux. Blake est son plus ancien et son meilleur copain, il le considère comme son frère ; je ne l'apprécie peut-être pas, mais c'est comme ça, et je ne dirai rien de cette scène à Noah. Blake est ivre mort et complètement débile, mais ce n'est pas une raison pour briser une amitié.

Après des secondes qui me paraissent durer des heures, l'ascenseur arrive enfin au huitième étage. Blake me montre une porte, à l'autre extrémité du couloir, en grommelant de façon indistincte. Je lui emboîte le pas, à une distance respectable, pour m'assurer que c'est bien celle de sa chambre. Arrivé devant elle, il se tourne vers moi et me sourit gentiment.

— Merci, Penny. Désolé d'être si con. J'te trouve vraiment sympa. T'es une fille super…

Je crois qu'il va poursuivre, mais il me regarde, et tout à coup, le silence me paraît super désagréable.

— Merci Blake, ça compte pour moi…

Je n'ai pas le temps de terminer ma phrase : il me tire d'un coup sec, et je me retrouve coincée contre lui, le visage à quelques centimètres du sien. J'évite ses lèvres de justesse en tournant la tête et le repousse de toutes mes forces en criant :

— Non, mais qu'est-ce qui te prend ? Ça va pas ? Lâche-moi !

Au lieu de m'écouter, il me retient et recommence. Cette fois, j'arrive à m'esquiver en me baissant sur les genoux. Je l'entends se cogner la tête contre le mur, mais je profite de mon avantage pour me dégager tout à fait. Je suis complètement secouée. Essayer de me prendre la main est une chose, j'étais prête à ne pas en faire toute une histoire, mais *ça*… C'est impardonnable. Comment a-t-il osé me faire ça… ou le faire à Noah ?

Il se frotte le front.

— Allez… je sais que j'te plais.

Il me tend la main, comme s'il espérait me convaincre de revenir vers lui !

— Pas du tout. Tu ne me plais pas du tout, Blake.

— Oh, arrête ! Noah n'a pas l'temps de s'occuper d'toi, tu f'rais mieux d'sortir avec quelqu'un d'plus disponible.

Alors, portée par une détermination inconnue, je rassemble la force dont j'ai besoin pour l'écarter de mon passage et je fonce dans le couloir. Je l'entends crier derrière moi :

— Penny, attends ! Je suis désolé !

Je continue sans ralentir ni l'écouter et me précipite dans l'escalier. Je n'ai plus mon sac, ni mon appareil photo, qui sont tombés pendant que je me débattais. Tant pis.

Heureusement que j'ai glissé ma clef dans la poche de ma robe plutôt que dans mon sac. J'ouvre ma chambre et m'y enferme à double tour. Puis je me laisse tomber contre la porte, en larmes.

Ma soirée de rêve est définitivement gâchée.

Chapitre 40

Le choc passé, c'est la colère qui prend le dessus. Je ne vais pas laisser Blake s'en sortir comme ça ! J'essuie le maquillage qui a coulé de mes yeux et, soutenue par Océane la Battante, je sors de ma chambre pour aller droit au bar de l'hôtel, retrouver Noah et lui raconter ce qui s'est passé. Mais quand j'arrive, il n'est plus là ; le serveur m'explique qu'il est remonté avec Dean quelques minutes plus tôt.

En approchant de la chambre de Noah, je vois que sa porte est entrouverte. Je n'aperçois que son dos, mais la seule vue de ses cheveux désordonnés suffit à me réconforter. Je suis sur le point d'entrer quand j'entends Dean, et ce qu'il dit me fige sur place.

— Qu'est-ce je t'avais dit, Noah ? Tu aurais dû me demander mon avis. Déjà que c'est mauvais pour ton image. Et maintenant, ça… Elle est beaucoup trop jeune.

Il parle de moi. Je le sais. J'attends que Noah prenne ma défense, mais un silence assourdissant s'installe. Je me sens devenir glacée. Comme si je voyais mes pires angoisses se réaliser.

Noah Flynn serait beaucoup mieux sans moi.

Je me suis souvent fait cette réflexion, mais l'entendre exprimée à voix haute par quelqu'un d'autre est atroce. De nouvelles larmes roulent sur mes joues, jusqu'au moment où une autre voix s'élève. Et mon sang se met à bouillir dans mes veines. C'est Blake.

— Je suis désolé, mec. Je ne savais pas quoi faire... Elle s'est pointée devant ma porte.

Je pousse un cri et Noah fait volte-face. Je n'ai même pas la force de lui parler. Océane la Battante gît, inanimée, à mes pieds. Je fais demi-tour et je repars dans le couloir.

— PENNY ! Depuis quand es-tu là ? me demande Noah en courant après moi.

— Depuis assez longtemps pour savoir de quoi vous parlez !

J'essuie mes larmes avant qu'il ne puisse les voir, mais c'est trop tard. De toute façon, elles n'arrêtent pas de couler.

— Penny, s'il te plaît, on peut parler ? Arrête-toi une seconde.

Il essaie de m'attraper le bras, mais je me dégage pour continuer au pas de charge dans le couloir. Je refuse de me donner une nouvelle fois en spectacle. Je monte l'escalier en courant, Noah sur mes talons. Quand j'arrive dans ma chambre, j'essaie désespérément de calmer ma colère. Je veux être en mesure de réfléchir et de parler correctement.

Quand je me retourne, Noah est devant moi.

— Penny, Dean se comporte seulement en manager. Tu sais comment ça marche dans ce milieu de cinglés. Ils sont tous convaincus de tout savoir mieux que tout le monde…

Il commence à faire les cent pas en se passant nerveusement la main dans les cheveux. Il est tendu, mais pour une fois, ce n'est pas moi qui peux le réconforter, parce que c'est *moi* qui ai besoin de réconfort.

— Parce que tu crois que je suis en colère contre Dean ?

J'aperçois mon visage furieux dans le miroir et, tout à coup, mon allure glamour me semble une imposture. J'ai tellement pleuré que mes faux cils pendouillent. Je les arrache et je les jette dans la poubelle. Je rate mon coup, évidemment, et ils tombent sur la moquette comme deux araignées écrabouillées. J'enfile mon sweat-shirt Rolling Stones et attache mes cheveux dans un énorme chignon, qu'on a baptisé, Elliot et moi, « Ananas ».

— Je t'assure qu'il ne pensait pas ce qu'il a dit, m'implore Noah.

Pour la première fois de ma vie, je le regarde sans avoir envie de me jeter à son cou.

— Ne te fatigue pas, Noah, j'ai compris. Ce n'est pas cool d'avoir une petite copine dans ce milieu, surtout quand tu débutes et qu'un milliard de filles ont ta photo en écran de veille ou sur leur mur Facebook. Mais tu ne comprends pas que c'est dur pour moi aussi ? Tu ne crois pas que j'ai remarqué comment se comportent les gens de Sony avec moi ? Leur froideur, leur mépris ? Et tu ne m'as même pas défendue devant Dean. Je suis un poids pour toi. Je le sais.

Je commence à frissonner. J'ai même les mains qui tremblent. Je crois que c'est la discussion la plus sérieuse que j'aie jamais eue avec Noah. Et il me regarde d'un air ahuri, exactement comme lorsque je me suis emportée dans le hall de l'hôtel, à Rome. Sauf que cette fois, je ne crie pas.

Je ne crie pas, mais je suis furieuse de l'avoir laissé me détourner de la vraie raison de ma rage : Blake. Je tremble de plus belle. Quelle histoire a-t-il été raconter à Noah et Dean ?

— Penny, tu trembles ! Est-ce que tu fais une crise d'angoisse ?

Sa voix me ramène à ce qui m'arrive. *Je suis en train de faire une crise d'angoisse.*

Je n'arrive pas à respirer, mon cœur bat tellement fort que j'ai l'impression qu'il va exploser, et j'ai chaud, atrocement chaud. Tellement chaud que je commence à suffoquer. J'ai les mains moites et un million d'aiguilles me piquent partout.

Noah me parle, je vois ses lèvres qui bougent sans arriver à l'entendre. Je ne pense qu'à la bouffée d'air vif et froid dont j'ai désespérément besoin. Je me précipite vers la fenêtre, mais la poignée refuse de bouger.

Je tente un coup d'épaule pour m'apercevoir qu'en fait, je vais vomir. Je me retourne et je cours vers la salle de bains, mais il est clair que je ne vais pas y arriver à temps. J'avise heureusement la corbeille, juste à côté de l'armoire.

Je ne comprends rien jusqu'au moment où les bras de Noah se ferment sur mes épaules et me conduisent vers le lit. Je sens un courant d'air frais quand je m'allonge, et je commence à me détendre. Noah a dû ouvrir la fenêtre quand j'étais au-dessus de la corbeille. Je devrais me sentir mortifiée, mais je n'éprouve rien. Rien qu'une immense et profonde lassitude.

Noah s'écarte et revient avec une serviette humide qu'il passe sur mon front, ma nuque. Je tremble encore, et j'ai d'horribles crampes à l'estomac, mais mon pouls commence à ralentir, comme ma respiration. Noah s'assoit à côté de moi et me prend dans ses bras jusqu'à ce que je me sente vraiment mieux.

— Tu as besoin de quelque chose ? me demande-t-il d'une voix douce.

— Peut-être un peu d'eau…

Il va remplir un verre et me le rapporte. Je bois quelques gorgées, en essayant de me calmer tout à fait, mais je sais que la panique ne disparaîtra pas complètement tant que je n'aurai pas tout raconté à Noah. Je prends une profonde inspiration et je commence :

— Il ne s'agit pas seulement de Dean, Noah.

Je bois un peu d'eau, tandis qu'il me frotte le dos, et je continue :

— Blake a essayé de m'embrasser. On s'est croisés devant l'ascenseur. Il était complètement saoul. J'ai voulu le raccompagner jusqu'à sa chambre pour être certaine qu'il y arrive, et il s'est jeté sur moi. J'ai réussi à lui échapper, mais c'était horrible, Noah.

Je cherche, dans son regard, la moindre trace de stupeur ou de colère, mais je ne vois rien.

Il s'écarte un peu et me lâche pour croiser les mains sur ses genoux.

— Blake m'a prévenu que tu dirais ça.

Je manque de m'étrangler.

— Hein?

— Il m'a raconté ce qui s'est passé. Que tu t'es pointée dans sa chambre en lui disant que je ne voulais plus
de toi, que tu as essayé de l'embrasser. Il a voulu te
repousser gentiment, mais tu t'es enfuie.

— Quoi? Non! C'est faux, Noah… C'est archifaux!

— Arrête, Penny. Je comprends que c'est pénible, mais
Blake est mon ami. Tu n'as pas pensé qu'il viendrait me
voir tout de suite? Qu'est-ce que tu pensais faire? Me
donner un genre d'avertissement? Dean pensait bien
qu'un truc comme ça devait arriver… mais j'ai toujours
pris ta défense. Jamais tu ne ferais un truc pareil. Apparemment, j'avais tort.

Je suis sidérée. Tellement choquée que j'en reste sans
voix. Le mensonge de Blake est si énorme que je suis
terrassée. Je ne sais même pas quoi dire pour convaincre
Noah de son erreur.

— Tu rigoles, Noah? Évidemment que je ne ferais
jamais une chose pareille! C'est Blake. C'est lui qui s'est
jeté sur moi!

La réaction de Noah est immédiate, et il fait ce qu'il
n'a jamais fait avec moi : il crie.

— Arrête, Penny! Blake m'a tout raconté et je le crois.
Pourquoi ne dis-tu pas la vérité, que tu as fait ça pour
attirer mon attention? Je sais que je t'ai laissée tomber,
mais je croyais qu'on était au moins capables d'être sin-
cères l'un avec l'autre. J'aurais pu comprendre si tu
m'avais dit que c'était une erreur, mais que tu insistes,
que tu continues de mentir, en accusant en plus mon
meilleur ami, ça, non! Je ne peux pas te le pardonner!
Quel âge as-tu?

C'est à mon tour de le dévisager, et je le fais avec un mélange d'horreur, de souffrance et de dégoût. Je n'ai pas l'impression de regarder Noah, le jeune musicien impressionnant de talent et de noblesse que tout le monde admire. Je ne vois qu'un type de dix-huit ans, un type quelconque et parfaitement imbu de lui-même.

Ce spectacle me laisse sans voix. Pourquoi devrais-je me prendre la tête, perdre mon temps et ma salive à me justifier, alors que je n'ai rien fait ? Je sais ce qui s'est passé, mais mon copain – celui qui est justement censé me soutenir et me faire confiance – refuse de me croire.

— Va-t'en, Noah. Si c'est tout le bien que tu penses de moi, je ne vois vraiment pas l'intérêt de continuer. Je t'ai raconté ce qui s'est passé. Si tu ne me crois pas… je n'ai rien à ajouter.

Il se lève brutalement.

— Dean m'avait dit de me méfier, que les gens changent sur une tournée. Seulement je ne pensais pas qu'il parlait aussi de toi.

Sa voix est aussi dure que son regard et sa bouche est tordue de colère.

J'ai presque envie de rire tellement ces mots, *venant de lui*, sont ridicules.

— Non, Noah, tu te trompes. Tu te trompes complète-ment.

Mais à quoi bon poursuivre ? Je sais qu'il ne cherche même pas à m'écouter. Je pousse un soupir aussi cruel que ma désillusion.

— Je ne peux pas continuer comme ça, Noah. Je ne peux pas rester avec quelqu'un qui me considère de cette façon, avec des gens qui me manipulent constamment et refusent de me croire sur un sujet aussi grave. Je pensais te connaître, Noah; visiblement, je me trompais. Je ne vois pas comment on pourrait continuer.

Je suis sidérée d'entendre ces mots sortir de ma bouche. Noah lui-même semble stupéfait. En tout cas, il fait demi-tour et quitte ma chambre en claquant la porte.

Chapitre 41

Immédiatement après le départ de Noah, j'attrape mon téléphone et j'appelle Elliot. Je ne me soucie ni de mon crédit ni de l'heure qu'il est. Après plusieurs sonneries, il décroche.

— Allô ?

Je comprends tout de suite que quelque chose ne va pas. Sa voix est éteinte, lointaine, puis je m'aperçois qu'il est deux heures du matin. Je viens certainement de le réveiller.

— Oh, pardon d'appeler si tard, El.

J'essaie de parler aussi normalement que possible, mais je viens de passer des heures à crier et pleurer.

— T'inquiète, me répond-il, je ne dormais pas.

Son intonation reste la même, froide et distante.

— Tu ne dormais pas ?

— Qu'est-ce qui se passe ?

— Les microbes ? je tente dans une ébauche – lamentable – d'humour.

C'est le genre de repartie qui, d'habitude, le fait glousser, mais là, il ne réagit pas. J'imagine qu'aucun de nous n'est d'humeur à rigoler.

— Elliot, je crois que je viens de rompre avec Noah.

Je m'assois et, dans un silence sinistre, je tortille une mèche de cheveux entre mes doigts. Je sais que la connexion est bonne, parce que j'entends de la musique en fond sonore. C'est la playlist sentimentale d'Elliot. Je reconnais même la chanson : *Always*, de Bon Jovi. Je me sens encore plus pitoyable et je n'arrive plus à pleurer en silence. Je m'étrangle et je sanglote comme un bébé.

J'entends Elliot reprendre son souffle.

— Non, lâche-t-il.

— Si.

Cette fois, il a l'air de capter.

— Mais… pourquoi ? Qu'est-ce qui s'est passé ? Qu'est-ce qu'il a fait ?

Il ne sait encore rien, mais il prend tout de suite ma défense. Là, je le retrouve.

— Son dégueulasse de meilleur ami a essayé de m'embrasser, et quand je suis allée le dire à Noah, la porte de sa chambre était ouverte. Dean était en train de lui dire qu'il ne devrait pas avoir de petite copine, que c'est nul pour son image, et alors là Blake a menti, il a dit que c'était *moi* qui m'étais jetée sur *lui*. Et devine qui il a cru ? BLAKE. Il dit que j'ai fait ça pour attirer son attention, que Blake ne ferait jamais une chose pareille. Je suis dégoûtée, El. Je me sens tellement mal.

J'aperçois mon reflet dans le miroir – le miroir dans lequel je me suis regardée hier soir en me disant : « *Waouh, Penny, tu déchires !* » Cette nuit, la seule réflexion qui me vient à l'esprit, c'est : « *Waouh, Penny, qu'est-ce que tu crains !* » J'ai des coulées d'eye-liner et de mascara sur les joues, ma super petite robe noire dépasse de mon vieux sweat-shirt délavé et mon chignon n'est plus très glorieux.

— Je n'arrive pas à y croire… Tu veux que j'envoie des gros bras casser la gueule de Blake ?

Je glousse au milieu de mes reniflements.

— Vous feriez peut-être le poids, toi et Alex.

Je m'attends à une blague, mais c'est un long silence qui me répond. Un silence qui ne me dit vraiment rien de bon.

— Le moment est mal choisi, reprend Elliot. Je voulais attendre ton retour pour t'en parler, mais… Alex et moi, c'est fini aussi.

Je comprends maintenant pourquoi il est si éteint et écoute cette playlist.

— Oh, non, Elliot… Qu'est-ce qui s'est passé ? C'est horrible.

Je suis stupéfaite et complètement atterrée. La distance qui nous sépare me semble si énorme, tout à coup. Je voudrais tellement le prendre dans mes bras, le serrer très fort et… Et brusquement, ça fait clic.

— Oh, non, Elliot, c'est à cause de la photo ?

— La photo n'était que le prétexte, c'est plus compliqué que ça. Je préfère te raconter quand on se verra. J'aimerais tellement être avec toi.

Il soupire, en même temps que Whitney Houston entame une mélodie quelque part derrière lui.

— Moi aussi, Elliot. Je n'ai jamais autant regretté de ne pas te savoir de l'autre côté de ma chambre. Je n'aurais qu'à frapper contre le mur et tu serais là.

On continue à se dire combien on se manque et à se raconter tout ce qu'on ferait si on était ensemble. Elliot déclare même qu'il irait jusqu'à m'acheter des nuggets de chez McDonald's ; je sais qu'il comprend que l'heure est grave, parce qu'il déteste McDonald's.

Je soupire en regardant par la fenêtre. La tour Eiffel, qui me semblait si belle et romantique tout à l'heure, n'est plus que le témoignage cruel de la distance qui nous sépare. Je voudrais tellement être chez moi, entendre la musique de Tom vibrer dans la maison, écouter maman chanter les airs qui passent à la radio en adaptant les paroles à sa sauce, et rire aux blagues pourries que mon père invente à tout bout de champ.

— Oh, Elliot, qu'est-ce que je dois faire ?

Je me sens tellement perdue.

Je suis sur le point de recommencer à pleurer quand, à ma plus grande surprise, je l'entends pousser un cri de joie. Je suis même presque certaine qu'il applaudit. Ensuite, je l'entends nettement taper sur son clavier d'ordinateur.

— Qu'est-ce que tu fais, Elliot ?

— J'ai une idée, Penny ! C'est un peu dingue, mais fais-moi confiance. Fais ta valise et sois à la gare du Nord, demain matin, à neuf heures trente. Je m'occupe de te ramener à la maison.

Ma gorge se noue.

— Wiki, j'ai eu pas mal de déceptions, ces temps-ci. Alors si tu n'es pas sérieux, laisse tomber.

— T'ai-je laissée tomber une seule fois, Lady Penelope ? Fais-moi confiance, d'accord ?

Il a raison : Elliot ne m'a jamais, jamais laissée tomber. Je me sens tellement soulagée à l'idée de rentrer chez moi que je suis même prête à prendre le train toute seule. Demain soir, je dormirai dans mon lit.

— Je t'aime, Elliot.

— Je t'aime aussi, Penny. Et n'oublie pas : demain, neuf heures trente, gare du Nord. Écris-le. Il y a cinq grandes gares à Paris, je ne veux pas que tu te retrouves dans la mauvaise !

— C'est noté, Wiki, j'y serai.

J'essaie de paraître enjouée – un défi –, mais Elliot a tout de même réussi un exploit : je me sens un tout petit peu moins désespérée. Au moins ai-je un objectif, maintenant : rentrer à la maison.

Chapitre 42

Il est quatre heures du matin quand je me résigne à me glisser dans mon lit, et après quatre malheureuses petites heures de sommeil, je me réveille les yeux aussi gonflés que la veille.

Ma hâte de partir ne m'empêche pas de vérifier sur mon téléphone si j'ai reçu un texto de Noah. J'espère encore qu'il a reconnu son erreur, qu'il va me dire qu'il a confiance en moi et qu'il refuse de rompre. Mais mon téléphone reste muet et complètement inerte entre mes mains.

Je le jette sur le lit et ramasse mes affaires pour les fourrer dans ma valise. Quand je cherche mon appareil photo, j'ai un haut-le-cœur en me rappelant que je l'ai abandonné dans le couloir de la chambre de Blake – tant pis, je demanderai à la réception si quelqu'un ne le leur a pas rapporté. D'après mon téléphone, il suffit de dix minutes pour aller à la gare du Nord en taxi. J'ai largement le temps.

Je prends le papier à lettres dans le tiroir du bureau de ma chambre et je m'assois sur mon lit. Je n'ai jamais écrit de lettre d'adieu et je n'aurais jamais cru que la première serait destinée à Noah. Je ne sais ni comment ni par quoi commencer. Mes tentatives finissent toutes roulées en boule dans la corbeille (que j'ai pris le soin de nettoyer avant de me coucher pour ne pas mourir asphyxiée).

Au bout du compte, je ne suis pas mécontente du résultat.

Noah,

Je ne sais pas vraiment par où commencer. J'ai beaucoup de choses à dire, mais la plus importante, c'est que je rentre chez moi.

Je regrette qu'on en soit arrivés là, mais je vois bien que je suis une gêne pour toi. Maintenant, tu vas pouvoir profiter de tout ce que la gloire peut t'offrir ; tu ne m'auras plus dans les pattes pour t'embêter ou te ralentir.

Je ne vais pas faire semblant : je suis blessée et en colère. Je t'ai donné tout ce que j'avais, et tu me l'as renvoyé à la figure. J'espère qu'un jour tu comprendras que je ne t'ai jamais menti et que je ne voulais que ton bonheur.

Tu seras toujours mon événement perturbateur, mais peut-être que les événements perturbateurs ont eux aussi une fin ?

Penny

P.-S. : Ne cherche pas à me joindre. J'ai besoin de temps pour me remettre.

Je pose la lettre à côté de mon téléphone, que je vérifie une dernière fois, en vain. Mon post-scriptum est superflu : Noah n'a aucune intention de me contacter.

Je fais une dernière fois le tour de la chambre, puis je sors ma valise dans le couloir. Ce n'est pas une mince affaire de la tirer derrière moi. Jusqu'ici, on s'en était toujours chargé à ma place, et en plus, j'ai toute une collection de souvenirs, dont au moins une vingtaine de minibouteilles de shampoing, de savon liquide et de lotion corporelle ramassées dans les différents hôtels où nous sommes allés.

J'arrive enfin à la réception.

— Penny?

Durant une fraction de seconde, mon cœur s'arrête. J'espère que c'est Noah. Il va peut-être s'excuser? Je pivote pour découvrir un crâne chauve tout brillant et un sourire chaleureux.

— Larry!

Je lui rends son sourire, soulagée de porter mes lunettes de soleil pour dissimuler mes yeux bouffis.

— Il y a un moment que je te cherche. Je pensais que tu voudrais récupérer ceci.

Il me tend mon sac, avec mon appareil photo à l'intérieur. Je ne peux pas m'en empêcher : je lui saute au cou. Sur la tournée, et depuis le premier jour, Larry est le seul à s'être vraiment soucié de moi. Il me serre dans ses bras.

— Merci, Larry.

Quand je suis sûre de ne pas fondre en larmes, je m'écarte.

— Heureusement que je t'ai vue! Mais où vas-tu comme ça? Tu veux un coup de main?

Il prend ma valise et m'accompagne dehors.

— Je vais à la gare. En fait... je rentre chez moi.

Je regarde dans la rue, à la recherche du taxi qui va me conduire à destination.

— Mais…

— S'il te plaît, Larry, ne pose pas de questions, d'accord ?

Je sens mon menton qui commence à trembler, mais je refuse de pleurer ; je l'ai assez fait comme ça. À la place, je prie pour voir apparaître un taxi. Je suis exaucée, mais au lieu de s'arrêter devant moi le chauffeur continue jusqu'à une femme chic qui porte un caniche dans les bras. Je baisse un regard sur ma chemise et mon legging noir. Je ne savais pas qu'il fallait être sur son trente et un pour prendre un taxi à Paris.

— Noah est au courant ? me demande Larry gentiment.

— Bien sûr.

Ce n'est pas exactement un mensonge : Noah saura que je suis partie dès qu'il lira ma lettre.

— Il n'aimerait pas que tu ailles à la gare toute seule. Laisse-moi au moins te conduire.

Noah se fiche bien de ce qui pourrait m'arriver. Mais en voyant Larry tendre gentiment le bras vers la limousine noire stationnée à quelques mètres de nous, je me dis que cette réflexion est mesquine. Après tout, pourquoi pas ?

— D'accord, Larry. Merci.

Je suis assez laminée par ma rupture avec Noah pour ne pas, en plus, risquer de me perdre en plein Paris avec une valise de trois tonnes.

Il pousse la gentillesse jusqu'à se charger de me distraire en me racontant sa visite de Notre-Dame. Quand nous arrivons à la gare, il m'aide à sortir ma valise du coffre. Il me souhaite bon voyage et bonne chance, et de mon côté, je le remercie de tout ce qu'il a fait pour moi.

— C'était un plaisir, Penny. Et ne t'inquiète pas, Noah ne va pas tarder à retrouver ses esprits.

Il m'adresse un petit clin d'œil amical, auquel je réponds par un sourire, puis je pivote pour me retrouver face à face avec l'imposante façade de la gare. Je prends une bonne inspiration et, en tirant ma valise derrière moi, j'avance d'un pas résolu.

À l'intérieur, pourtant, je tombe le masque. D'autant que je ne sais pas trop quoi faire. J'aurais dû demander plus de détails à Elliot. À presque quatre heures du matin, après l'une des pires soirées de ma vie, je n'avais pas trop la tête à poser les bonnes questions… Je scrute le tableau des départs. Aucun train n'est prévu pour Londres avant une heure. Peut-être qu'il avait peur que j'arrive en retard ? Je cherche autour de moi une pancarte qui porterait mon nom. Je n'en vois pas.

Respire, Penny. Qu'est-ce qu'Elliot aurait fait à ta place ?

J'essaie de raisonner de façon cohérente – ce qui n'est pas évident, compte tenu de la soupe émotionnelle dans laquelle baigne mon cerveau. Puis je décide d'aller au guichet.

— *Excusez-moi ?*

La petite employée assise à son comptoir derrière la vitre me sourit poliment. Elle a un visage agréable et un regard avenant derrière ses lunettes rondes. Son rouge à lèvres est éblouissant.

— *Parlez-vous anglais ?* je lui demande en espérant ne pas trop massacrer sa langue.

Quand elle opine, je lâche un soupir de soulagement.

— Je dois retourner en Angleterre. Je m'appelle Penny Porter. J'imagine que vous n'avez pas de réservation à mon nom ?

Elle me regarde d'un air un peu désorienté.

— *Pardon ?* Je ne parle pas très bien anglais. Vous avez une réservation ?

— Oui ! Peut-être.

Je lui tends mon passeport. Elle me sourit et se tourne vers son écran. Je regarde ses doigts courir sur le clavier, mais elle fronce vite les yeux.

— Je ne trouve rien à votre nom.

— Non, pardon. Je crois que mon ami m'a réservé une place. Elliot Wentworth ?

Je m'aperçois de mes gesticulations et je rougis violemment. Cette femme ne risque pas de savoir qui est Elliot, et encore moins de le comprendre avec des gestes.

— Oh ! Vous avez besoin d'un nouveau billet, *mademoiselle* ?

Elle me montre son ordinateur, puis un train, en souriant comme si elle venait de gagner le gros lot.

Je lui rends son sourire avec la même gentillesse et secoue la tête.

— Aucune importance. Ça ira. Merci. *Merci beaucoup, madame.*

Je repars avec ma valise rose fuchsia sous le tableau des départs. Qu'est-ce qui m'a pris de penser que je pouvais rentrer chez moi toute seule ? Même avec l'aide d'Elliot, ça ne change rien : je suis une incapable, une catastrophe ambulante. Je m'assois sur ma valise et appelle Elliot pour savoir ce que je suis censée faire, mais je tombe directement sur sa messagerie.

— Oh, non, je soupire, tu te fiches de moi Elliot…

— Penny-de-mon-cœur ! Tu es là !

Je manque de dégringoler de ma valise et me rattrape pour découvrir Elliot, chaussé de ses mocassins rouges assortis à son pantalon. Ses cheveux sont coiffés à la perfection et sa chemise blanche immaculée comme son petit nœud papillon noir sont parfaits avec ses lunettes en écaille. Je lui saute dessus comme dans les films, en accrochant mes bras à son cou et mes jambes autour de sa taille.

— Eh, du calme! On n'est pas dans *Dirty Dancing*! Je n'ai pas le gabarit pour ce genre de démonstrations.

Il me décroche les bras et me repose par terre.

— Pardon, Elliot, je suis tellement heureuse de te voir! Tu es là! Je n'en reviens pas. C'était ça, ton plan?

— Oui. J'ai d'abord pensé te ramener direct à la maison, puis je me suis dit qu'on allait se retrouver comme deux malheureux cœurs brisés et minables. Est-ce que je voulais être minable dans ma chambre à Brighton ou minable à Paris? New York t'a bien tirée du marasme, pourquoi Paris n'aurait pas le même effet sur moi? Comme j'avais des jours de congé, je me suis servi de la carte de crédit que m'a donnée mon père en cas d'urgence pour acheter les billets de train. J'ai juste eu le temps d'arriver à Londres pour attraper le premier Eurostar de la journée. Je n'ai PAS dormi. Et j'ai besoin de prendre une bonne douche, je me sens dégoûtant... Mais je suis là!

— Elliot, tu es le meilleur! C'est quoi la suite?

— J'ai réservé une chambre dans un hôtel du quinzième arrondissement.

Je l'adore!

— C'est quoi, le quinzième arrondissement?

— Une des circonscriptions administratives de Paris. Tu ignores que Paris en compte vingt au total?

271

Il me prend par le bras, et nous nous dirigeons vers la sortie chercher un taxi.

Malgré le chagrin qui m'écrase, je me sens un tout petit peu plus légère. Comme si le ciel s'était dégagé et qu'un bel arc-en-ciel se mettait à briller. Ce n'est pas du tout la même chose d'avoir Elliot avec moi.

— Non, je ne savais pas ! Malgré ta nuit blanche, tu es resplendissant, Elliot. Si tu voyais mes yeux…

Il soulève mes lunettes de soleil et me dévisage avec attention.

— Quel designer ? me demande-t-il.

— Quoi, les lunettes ? Oh, ce n'est pas une marque. Je les ai trouvées au marché l'an dernier.

Il éclate de rire en les reposant sur mon nez.

— Mais non, *trésor*, tes cernes !

Et il part dans un énorme fou rire en m'entraînant vers la file des taxis.

Nous quittons la gare quand j'aperçois une chevelure noire ébouriffée au-dessus d'une silhouette familière. Je n'arrive pas à savoir si c'est la stupeur ou le plaisir qui me fait battre si fort le cœur. Noah est venu me chercher !

— Arrêtez ! je crie au chauffeur.

Chapitre 43

Sauf que ce n'est pas Noah. Je m'en aperçois quand il se retourne. Ce garçon ne lui ressemble pas du tout. Je prends juste mes rêves pour la réalité.

Le chauffeur de taxi reprend sa route en bougonnant. Je m'adosse à la banquette alors qu'Elliot me tapote gentiment la main.

Le trajet, heureusement, n'est pas très long, mais quand on s'arrête devant notre hôtel, je ne peux m'empêcher d'avoir des doutes. Il est très loin de ceux dans lesquels je suis descendue pendant la tournée. La façade est décrépie et couverte de graffitis.

Elliot hausse les épaules.

— À la dernière minute, c'est tout ce que j'ai trouvé. Mais il est bien noté sur TripAdvisor !

Je lui serre la main et nous entrons. Avoir Elliot à mes côtés n'a pas de prix et, tant qu'on est tous les deux, je me fiche de dormir dans un trou à rat.

Le réceptionniste, malgré l'heure matinale, accepte de nous donner la clef de la chambre et, comme il n'y a pas d'ascenseur, nous portons ma valise jusqu'au troisième étage. Elle est si lourde et l'escalier si étroit que nous sommes pris d'un nouveau fou rire. Ma faiblesse musculaire (je n'aurais jamais dû louper autant de cours d'EPS) combinée à notre hilarité rend l'ascension encore plus difficile.

L'hôtel ne se distingue pas seulement par sa façade : les chambres sont aussi beaucoup plus exiguës. Les deux lits simples de la nôtre sont collés l'un à l'autre, et c'est à peine si on peut circuler autour. Il y a une toute petite fenêtre, mais on ne risque pas de voir la tour Eiffel. À la place, on a une vue splendide sur le mur de briques de la cour de service, où je découvre un autre graffiti : L'AMOUR EST MORT. Elliot n'a pas besoin de me faire la traduction.

La salle de bains tient les promesses de la chambre : elle n'est pas plus grande qu'un cagibi et la douche est suspendue au-dessus des toilettes. Je dois jouer des coudes pour réussir à entrer.

— Eh bien, déclare Elliot en passant la tête dans l'entrebâillement de la porte, le tableau est complet !

On se laisse tomber sur nos lits, aussi abattus l'un que l'autre. Encore sous le choc de ma rupture avec Noah, je n'ai pas vraiment eu le temps de penser à ce qu'Elliot traverse de son côté. Tandis qu'on reste allongés en silence côte à côte, cependant, j'ai tout le loisir d'encaisser le coup : Alexiot n'existent plus, et cette pensée me brise le cœur.

Je prends la main d'Elliot.

— Est-ce que tu as vu les choses venir avec Alex ? Vous vous disputiez souvent ?

Je roule sur le côté et je le regarde.

Elliot pousse un gros soupir et croise les mains sur son ventre.

— Tu sais qu'il n'a toujours pas fait son coming out. Au début, évidemment, je m'en fichais. Je ne voulais pas le brusquer. Enfin bref, je le comprenais et je me disais que, le temps aidant, on finirait par sauter le pas tous les deux. Je pensais être celui qui l'aiderait à changer, que je réussirais à lui donner le courage et la confiance qui lui manquaient… Aujourd'hui, ça ressemble à une mauvaise comédie. Je sais qu'on ne peut changer personne. Seulement tu vois, Penny, je suis fatigué de rester dans l'ombre. La photo de nous au concert n'a fait qu'amplifier le problème. Alex a complètement flippé, il m'a presque accusé de l'avoir fait exprès. Il a dit…

Sa voix se brise, et j'ai le cœur qui se serre.

— Il a dit qu'il aurait préféré ne jamais m'embrasser, et même ne m'avoir jamais rencontré. C'était horrible, je me suis senti tellement humilié.

Il ferme les yeux pour éviter de pleurer, mais quand il les ouvre et qu'il recommence à parler, sa voix est d'une dureté que je ne lui connais pas – on dirait celle de son père.

— C'est triste de mettre autant d'espoir en quelqu'un et de s'apercevoir qu'on a eu tort. Alors voilà, ça ne pouvait pas continuer.

Malgré son détachement, je ne crois pas l'avoir vu aussi bouleversé. Je sais, lorsqu'il souffre, qu'il préfère étouffer toute émotion plutôt que montrer à quel point il est mal.

— Oh, Wiki, c'est horrible. Mais tu n'y es pour rien. C'est un problème qu'Alex doit surmonter lui-même.

Tu n'as rien fait de mal en voulant que tes sentiments soient respectés. Il ne peut pas éternellement cacher ton existence.

Je le regarde et tente un sourire pour voir si, par hasard, j'ai réussi à lui remonter un peu le moral.

— Je sais, Penny. C'est juste que… je l'aime bien. Je veux dire *vraiment* bien.

— Tu veux dire *vraiment*, vraiment bien ?

— Oui, vraiment, vraiment *bien*.

On se dévisage et notre complicité nous arrache un rire.

Elliot saute du lit.

— Regarde-nous, Penny. On est là, à ruminer nos malheurs comme si plus rien n'existait. C'est nul. Nous sommes à Paris, nom d'un chien ! Au lieu de nous lamenter sur nos mecs, sortons nous éclater. Noah t'a peut-être privée de Journée Magique et Merveilleuse, pas moi !

— Bien dit, Wiki ! Tiens, je connais même une rue que tu vas adorer !

Dire que mon escapade avec Leah remonte à… hier. J'ai l'impression que c'était il y a des siècles.

— Elle est pleine de boutiques de créateurs et…

Il plisse le front.

— Depuis quand est-ce que tu connais les rues à la mode, toi ?

— C'est Leah qui m'y a emmenée. Elle m'a habillée de la tête aux pieds pour la soirée d'hier.

Je n'ai pas franchement envie de voir les photos de moi et Noah si heureux, mais je sors quand même mon téléphone pour lui montrer celle que Leah a prise de moi avant que nous quittions l'hôtel. Elliot écarquille les yeux.

— Attends, tu es en train de me dire que Noah t'a plaquée après t'avoir vue comme ça ? Pardon d'être aussi franc, Penny, mais ce type est un crétin.

Je sens les larmes revenir et je me dépêche de glisser mon téléphone dans ma poche.

— Si je ressemblais à ça plus souvent, je serais peut-être assez bien pour lui.

— Oh, non ! s'exclame Elliot. Ce n'est pas la Penny que je connais, ça. S'il n'est pas capable de t'aimer telle que tu es – il montre mon leggin, ma chemise et mes cheveux en bataille –, alors il ne te mérite pas. Tu n'es pas une princesse, Penny, tu es une reine. Et les reines méritent du chocolat chaud et des croissants pour leur petit-déjeuner. Alors en route !

Chapitre 44

Des croissants croustillants trempés dans un délicieux chocolat chaud et velouté devraient être prescrits à tous les amoureux en peine. Je suis presque sûre que la serveuse n'a pas apprécié qu'on lui commande les six derniers de sa fournée, mais cela ne nous a pas arrêtés. Elliot l'a amadouée avec son babillage en français, et ils ont fini par s'échanger des tuyaux sur les meilleurs macarons de Paris.

Elliot parle tellement bien que je me pâme chaque fois qu'il ouvre la bouche ; un tic qu'il commence à trouver agaçant.

Notre petit-déjeuner terminé, nous marchons jusqu'à la rue que Leah m'a fait découvrir. Le souvenir de tous les efforts que j'ai déployés hier pour Noah, et pour en arriver là ce matin, m'envahit de tristesse. Chaque fois que mon regard s'assombrit, Elliot ouvre le sac contenant le reste de nos croissants et m'en donne un morceau.

Notre réserve épuisée, vers midi, nous nous consolons avec deux croque-monsieur couverts de fromage grillé et une énorme part de tarte aux pommes. Qui ose prétendre que manger ne résout pas tous les problèmes ? La nourriture et les meilleurs amis constituent la combinaison parfaite, le remède idéal.

Après le déjeuner, nous partons pour le pont des Arts, le fameux pont « aux cadenas d'amour ». Elliot est bien décidé à en trouver un, à écrire nos deux prénoms dessus et à l'accrocher en hommage à notre amitié éternelle. Hélas ! tous les cadenas ont été enlevés et une immense pancarte interdit d'en accrocher de nouveaux. Leur poids menaçait la structure de l'édifice.

Elliot est déçu, mais pas moi. Je ne suis pas certaine qu'un cadenas soit le meilleur objet pour symboliser l'amour. Je préfère l'image du pont sur lequel nous sommes : l'amour comme une passerelle entre deux cœurs qui autrement seraient à jamais séparés. Les cadenas me rappellent tous les problèmes que j'ai rencontrés avec Noah : aucun n'était très grave, mais mis bout à bout, ils ont fini par nous briser.

— OK, tant pis pour les cadenas, décrète Elliot. Que dis-tu d'une balade romantique le long de la Seine ?

Sans attendre ma réponse, il me prend la main et m'entraîne avec lui.

— Tu sais qu'il y a plus de trente ponts sur la Seine à Paris ? reprend-il au bout d'un moment.

— C'est fou.

J'ai l'impression d'en avoir déjà croisé une bonne demi-douzaine. Je pose ma tête sur son épaule, et nous continuons de marcher le long du fleuve en regardant les Bateaux-Mouches glisser tranquillement sur l'eau.

— Oh, regarde !

Il me montre la tour Eiffel.

Bien qu'elle me fasse tout de suite penser à Noah, et à notre Nuit Magique et Merveilleuse ratée, je ne peux m'empêcher d'admirer sa grandeur et sa majesté. Sa silhouette de métal s'élève gracieusement dans le bleu pur du ciel et je sens mon cœur s'arrêter une seconde.

Elliot m'attrape la main et nous piquons un sprint vers l'esplanade.

Les centaines de touristes nous obligent à ralentir puis à nous arrêter. Elliot émet un sifflement impressionné. Mon cœur s'arrête à nouveau : un groupe de touristes japonais vient de s'écarter, révélant une palissade couverte d'affiches pour la tournée de Noah. Une photo des Sketch occupe quasiment toute la place mais je ne vois que lui.

Il a son air « dieu-du-rock-ultra-canon ».

Sauf que ce n'est plus *mon* dieu-du-rock-ultra-canon.

Je suis sur le point de m'effondrer, quand j'entends *I Will Survive* surgir d'un haut-parleur à côté.

Un homme d'une quarantaine d'années chante et danse à côté d'un ampli. D'abord, j'ai presque honte pour lui – vous connaissez beaucoup de monde, vous, capable de danser sur un vieux tube disco de la fin des années soixante-dix en plein milieu de Paris ? Puis les paroles me frappent, résonnent et, tout à coup, la situation me paraît tellement absurde que j'ai envie de rire et de pleurer à la fois. Tant d'émotions me traversent que je ne sais pas laquelle exprimer.

Je me tourne vers Elliot, un peu désemparée. Lui semble avoir tranché, parce qu'il sourit jusqu'aux oreilles, clairement heureux, et me tend la main. Je me laisse entraîner et on se retrouve à danser comme des imbéciles sous la tour Eiffel en hurlant « *I will survive* ». D'autres couples ne tardent pas à nous imiter. Comme si on venait de créer un flashmob parisien géant!

J'ai l'impression d'être devenue folle, mais je me sens libre. Et surtout, ce qui ne m'est pas arrivé depuis bien longtemps, je me sens moi-même.

3 juillet

Compil spéciale chagrin d'amour

Vous connaissez ce jour dont on est sûr qu'il n'arrivera jamais?

Celui qui ne viendra pas, dût-on vivre plus d'un million d'années?

Eh bien, on y est.

Brooklyn Boy et moi, c'est terminé.

Je n'ai pas la force d'en écrire davantage pour le moment. Tout ce que je peux dire c'est qu'un chagrin d'amour n'est pas facile, mais il paraît que la musique guérit l'âme. Alors, avec Wiki, on a fait une compil des meilleures chansons pour traverser la tourmente. La voici:

1. *Someone Like You* – Adele
2. *Irreplaceable* – Beyoncé
3. *We Are Never Ever Getting Back Together* – Taylor Swift
4. *End Of the Road* – Boyz II Men
5. *I Will Survive* – Gloria Gaynor (merci au musicien des rues de Paris avec lequel nous avons dansé sous la tour Eiffel, hier)

6. *Since U Been Gone* – Kelly Clarkson
7. *Forget You* – Cee Lo Green
8. *Without You* – Harry Nilsson
9. *I Will Always Love You* – Whitney Houston
10. *You Could Be Happy* – Snow Patrol
11. *The Scientist* – Coldplay
12. *With or Without You* – U2
13. *Survivor* – Destiny's Child
14. *Single Ladies (Put a Ring on It)* – Beyoncé
15. *Losing Grip* – Avril Lavigne

Cette playlist peut vous remonter le moral, vous faire pleurer, ou les deux – auquel cas, vous et votre meilleur(e) ami(e) pouvez finir en dansant sur *Single Ladies* de Beyoncé, sautant à qui mieux mieux sur vos deux lits jumeaux dans une minuscule chambre d'hôtel à Paris.

GIRL OFFLINE... et plus jamais online xxx

Chapitre 45

Dans l'Eurostar qui quitte la gare du Nord pour me ramener en Angleterre, je pose la tête sur l'épaule d'Elliot et regarde Paris disparaître, de plus en plus vite, par la fenêtre. C'est bizarre de laisser Noah derrière moi, de me dire qu'il continue tout seul un voyage qu'on a commencé à deux et qui s'achève sur notre... séparation. LaVéritéVraie a finalement atteint son but : Noah et Penny ne sont plus ensemble.

Tant de promesses, de bonheur et d'espérance pour en arriver là – un train lancé à toute allure que je ne peux pas arrêter.

Maintenant que je suis vraiment sur le chemin du retour, je ne peux m'empêcher de faire ce constat douloureux : on n'aura jamais eu, Noah et moi, de dernière discussion, d'étreinte finale, ni de baiser d'adieu. Je n'ai rien reçu – pas un mot, pas un signe. Comme si Noah s'était réveillé sans se rappeler qui j'étais ou même que j'existais.

— À quoi tu penses ? me demande Elliot.

Je reste silencieuse, mais c'est Elliot, mon meilleur ami, et, bien sûr, il connaît la réponse.

— Ne te prends pas trop la tête, me dit-il gentiment. Tu as demandé à Noah de ne pas chercher à te joindre. Au moins respecte-t-il ton vœu.

J'émets un grognement évasif en me serrant un peu plus dans le cardigan de ma mère. J'ai hâte d'être dans ses bras. J'en ai vraiment besoin – tout comme j'ai besoin d'oublier que ce train ne va pas tarder à entrer dans un interminable et profond boyau sous la mer.

Le problème n'est pas que j'ai demandé à Noah de ne pas m'appeler ; le problème, c'est que je pourrais être n'importe où, avec n'importe qui, il s'en fiche complètement. Je pourrais aussi bien moisir dans un fossé. Je suis sûre que Larry lui a dit qu'il m'avait déposée à la gare. Noah aurait au moins pu affronter mon départ, ou notre rupture – au lieu de ce vide sidéral.

Je ne peux m'empêcher de revoir en boucle le moment magique qu'on a vécu sur la terrasse du Waldorf-Astoria, à New York, pendant les vacances de Noël. C'est là qu'il m'a embrassée la première fois, et je me souviens avoir pensé que rien ni personne ne serait jamais aussi parfait. Un autre souvenir me revient à l'esprit : celui du premier jour que nous avons passé ensemble. Noah, comprenant tout de suite l'esprit des Journées Magiques et Merveilleuses, m'a emmenée dans un petit restaurant italien où nous avons ri des mêmes choses en engloutissant des spaghettis. Ce qui se passait entre nous était impossible à ignorer. Lui et moi, c'était… évident.

Ça n'a jamais été banal entre nous. Je faisais de mon mieux pour me comporter *normalement*, mais chaque fois que je le regardais, mon cœur battait comme un fou. J'étais son événement perturbateur, c'était notre histoire, et elle a changé nos vies pour toujours.

Quand je l'ai vu la toute première fois, dans la grande salle de réception de l'hôtel, il était seul à la guitare sur la scène ; je croyais qu'il était le chanteur du mariage. Je l'ai trouvé tellement fragile et mystérieux !

Quand est-ce que tout s'est mis à dérailler ? Comment a-t-on laissé les choses arriver jusque-là ? Qu'est devenu le Noah que je connaissais ? C'est comme si chaque étape de la tournée lui avait arraché quelque chose que j'aimais, jusqu'à ce qu'il ne me reste qu'un inconnu.

Tandis qu'Elliot, bercé par les secousses du train, finit par s'endormir, je me dis que tout est ma faute. J'aurais dû me douter que ça se produirait. Je me suis lancée dans l'aventure en me disant que ça allait être comme dans les films. Le jeune rockeur devient célèbre, tombe amoureux d'une fille, et ils vivent heureux jusqu'à la fin de leurs jours. Mais on n'est pas dans un film. C'est la vraie vie. Et la vraie vie, parfois, ça craint.

Mon téléphone qui vibre m'arrache à mes pensées. C'est un texto de maman.

Maman: Penny chérie, papa et moi t'attendons à la gare de Saint-Pancras. On est tellement heureux de te revoir ! Papa a préparé sa tarte paysanne pour dîner – ta préférée. On va aussi regarder *Elfe*, même si on est au mois de juillet. On peut aussi enfiler nos pyjamas de Noël si tu veux ? ☺ xxx

Son message me fait sourire. Je n'ai pas raconté tous les détails à mes parents, mais ils me connaissent assez pour deviner que je ne suis pas au mieux de ma forme. Quand je leur ai parlé sur Skype, mon menton s'est mis à trembler et ma voix à dérailler. Ils ont compris que ce n'était pas le moment de m'interroger et que leurs questions attendraient mon retour.

Mes parents sont tellement attentionnés – un petit peu trop, parfois. Je sais ce qu'ils vont faire : des fournées de cookies, matin, midi et soir, m'emmener dans mes boutiques préférées et se donner un mal de chien pour me rendre le sourire. Heureusement qu'Elliot est venu à Paris me remonter le moral. Si j'avais dû rentrer directement chez moi, j'aurais été écrabouillée par la sollicitude de mes parents. Il n'y a rien de mal à être aimée – mes parents ne veulent que mon bonheur –, mais c'est parfois étouffant.

Pour l'heure, le seul étouffement que je désire est celui de ma couette. Je rêve de me vautrer dans les profondeurs de mon apitoiement, de manger mon poids en glaces et de disparaître de la surface de la terre.

Je soupire et, avant d'entrer dans le tunnel (auquel je REFUSE de penser), je tape vite une réponse à ma mère.

Penny : Merci, maman. Contente de vous voir moi aussi. Mais pas de trucs de Noël, s'il te plaît. Par contre, miam-miam, la tarte ! xxxx

À l'heure qu'il est, Noah doit être en train de se préparer à quitter Paris pour la Norvège. Ensuite, il s'envolera pour sa tournée mondiale.

Et moi, que vais-je faire de ma vie, maintenant ?

Chapitre 46

Les nouvelles vont vite quand il s'agit de Noah Flynn. À peine sommes-nous entrés en gare, et *enfin* reconnectés au réseau, que je suis bombardée de messages et d'alertes.

— Waouh, Penny, tu as vu ça? me dit Elliot en me tendant son téléphone.

La une d'un célèbre magazine people s'étale en grosses lettres sur son écran:

NOAH FLYNN CÉLIBATAIRE
À VOS MARQUES, LES FILLES!
VOTRE BROOKLYN BOY PRÉFÉRÉ
EST ENFIN DISPONIBLE

Les attachés de presse n'ont pas perdu de temps. Mais... *disponible*? Et pourquoi pas « à saisir »? Comme s'il était le gros lot d'une fête foraine ou le dernier smartphone *en solde*! Je croyais m'être habituée aux médias, à leur façon brutale d'attirer l'attention et à leurs gros titres racoleurs. Cette fois pourtant, ils ont raison.

Noah Flynn *est*, en effet, célibataire. Seulement, je ne pensais pas qu'il voudrait le faire savoir aussi vite.

J'ai l'impression que tous mes contacts se sont donné le mot pour m'envoyer leurs condoléances. Je fais défiler les messages en hésitant entre le rire et les larmes.

Kira: Oh, Penny, je viens juste d'apprendre la nouvelle. Ça CRAINT. Fais-moi signe dès que tu veux revoir du monde, je viendrai avec des tas de bonbons et mes films d'horreur préférés! Rien de mieux qu'*Insidious + Paranormal Activity* pour soigner les chagrins d'amour... xx

Amara: Je croyais que vous deux, c'était pour la vie. Kira dit qu'elle apporte les films... Je viendrai avec la glace et le pop-corn! xo

Megan: DIS-MOI QUE C'EST FAUX!! xx

J'ai même reçu un mail de Miss Pégase.

De: Miss Pégase
À: Girl Online
Objet: Tapage et confusion

Salut, Penny,
Ce petit message pour te dire que je pense très fort à toi. Je suis désolée d'apprendre pour toi et Noah. Tu sais que je suis là, si jamais tu veux parler. Tu dois avoir l'impression que le monde entier te tombe dessus, mais rassure-toi: j'adore absolument ce que tu fais, je te trouve ultra talentueuse *et* super courageuse. Personnellement, je n'aurais jamais osé me lancer dans cette tournée, et je parie que tu t'es toi-même surprise. Bref, je suis sûre que Noah

va retrouver ses esprits et venir se jeter à tes pieds (ou t'enlever). Les mecs font toujours ça à la fin, non ?

PG xx

Personnellement, je ne crois pas que Noah va venir se jeter à mes pieds de sitôt. Et je ne suis pas sûre d'en avoir envie.

Je suis vissée à mon téléphone depuis un moment quand Elliot me l'arrache des mains.

— Penny Chou, ton visage passe par tellement de couleurs que ça ne peut certainement pas être bon pour toi.

— Bien vu, Wiki.

Il a raison, on ne va pas tarder à arriver, et je veux faire bonne figure devant mes parents.

— Je ne vais pas me laisser miner par cette histoire.

Sauf que mes parents m'attendent juste de l'autre côté de la sortie de l'Eurostar, que je me jette dans les bras de ma mère, et que toutes mes bonnes résolutions s'envolent : je fonds en larmes. De retour chez moi, je suis obligée d'admettre la vérité : Noah et moi, c'est terminé.

Pour de bon et pour toujours.

Chapitre 47

La semaine suivante, je m'enfonce chaque jour davantage. Je passe des heures assise dans le fauteuil près de ma fenêtre, la tête contre la vitre, emmitouflée dans ma couette. Si on me prenait en photo, on pourrait l'intituler : *Portrait d'une tristesse remarquable.*

Comme promis, les jumelles organisent pour moi un festival de films d'horreur, mais je suis tellement apathique que je tressaille à peine devant *Paranormal Activity.* Ce qui, de ma part, est complètement *anormal.* D'habitude, je m'agrippe comme une folle à l'accoudoir du canapé et pousse des hurlements de panique à l'apparition du moindre fantôme. Même le vent quand il siffle contre les fenêtres me terrorise. Mais là, rien.

Je n'ai aucune nouvelle de Noah. J'ai beau me l'interdire, je passe mon temps à vérifier s'il est sur Skype. Je le file aussi sur Twitter, Instagram et tous les réseaux sociaux, traquant ses posts comme une de ses fans hystériques. Elliot vient me voir tous les jours en revenant de

Londres. Je passe tellement de temps à scruter les apparitions de Noah sur le Net qu'il m'oblige à tenir le compte de mes heures de connexion.

Le jour où j'arrive à dix est un très mauvais jour.

Parfois, j'aimerais ressembler un peu plus à Elliot. Sa façon d'encaisser sa rupture avec Alex consiste à le rayer purement de la carte – supprimer son numéro de téléphone de ses contacts, le bloquer sur tous ses comptes, éviter la boutique de fripes – et faire comme s'il n'existait pas. Je suis incapable d'en faire autant. Chaque fois que je quitte ma chambre, c'est pour entendre *Autumn Girl* quelque part, que ce soit à la radio dans la voiture, en passant devant un café ou dans les rayons du supermarché. À croire que cette chanson me poursuit. C'est d'ailleurs une des raisons pour laquelle je ne quitte plus mon fauteuil près de la fenêtre.

Je sais qu'à vivre comme un zombie, je gâche mes dernières semaines de vacances et de liberté. Je sais aussi que je ne peux pas, en attendant d'aller mieux, couper toutes les radios de la planète. Et je sais bien que je devrais cesser de rafraîchir sa page Twitter toutes les deux secondes. Mais, sans Elliot pour me distraire pendant la journée, il n'y a que les cris des mouettes ou ceux de mon père devant un match de foot pour me tirer de mon état végétatif.

La faute à qui, Penny ? C'est toi qui as choisi d'être à la remorque de ton petit copain au lieu de suivre tes passions.

Parfois, je hais la petite voix de ma conscience.

12 juillet

Comment réussir à se sevrer de quelqu'un

Pris dans les tourments d'une rupture, rien de plus facile que se transformer en Sherlock Holmes des temps modernes. Instagram, Twitter, Snapchat... il suffit de quelques clics pour savoir instantanément ce que font les gens. Je ne suis pas sûre que ce soit une si bonne chose. Poussé par une sorte de rage obsessionnelle, on se retrouve à éplucher tous les réseaux sociaux jusqu'à dénicher la preuve, forcément accablante, que votre ex a bien tourné la page et ne pense plus du tout à vous. Mais peut-on vraiment juger l'état d'esprit de quelqu'un, ou son humeur, à partir d'un texte de cent quarante caractères ?

Je dois reconnaître que c'est difficile. On veut savoir et en même temps, on ne veut pas. Ce dilemme peut vous réduire en miettes. Faire une fixette sur quelqu'un est malsain, tout le monde le sait. Faire une fixette sur quelqu'un de connu, en l'occurrence LA star du rock montante, est un grand huit émotionnel permanent, parce que je suis loin d'être la seule admiratrice de Brooklyn Boy : des centaines d'autres, sur Tumblr, Facebook, ou n'importe quel site de fans, font la même chose que moi. Si je voulais, je pourrais savoir ses moindres faits et gestes...

J'ai eu quelques journées noires, où je me suis laissé prendre au piège. J'ai même été jusqu'à suivre le fil des followers de followers de Brooklyn Boy sur Twitter, autrement dit, à suivre un flot continu de vidéos insignifiantes et de messages soi-disant stimulants – comme « s'éclater au max et mourir jeune » – presque toujours écrits en lettres capitales. Un record de déprime pour moi.

Puis j'ai découvert le meilleur moyen de se sevrer de quelqu'un : couper toutes les radios en vue, refuser de monter dans une voiture dont le conducteur ne mettrait pas un CD joyeux et éviter le plus possible Internet.

En réalité, je n'ai pas de conseil à donner, parce qu'il n'y a pas de recette pour réussir à se détacher de quelqu'un. C'est le genre de situation où chacun fait comme il peut. Tout ce que je peux dire, c'est qu'il faut s'accrocher, être fort et se battre pour repousser le besoin urgent de tout rafraîchir, tous les jours.

GIRL OFFLINE... et plus jamais online xxx

Chapitre 48

J'enfouis mon ordinateur au fond de mon panier de linge sale et, pour mieux l'oublier, je décide de défaire enfin ma valise, qui traîne toujours dans un coin de ma chambre. J'ai très peur des souvenirs qu'elle contient.

Je prends une profonde inspiration et je l'ouvre – un parfum que je connais bien m'assaille aussitôt : celui de Noah. Tout me le rappelle. Peut-être qu'une transplantation de cerveau me ferait du bien ?

Je soupire et je regarde par la fenêtre. Au moins ai-je une belle vue depuis mon fauteuil : la succession des maisons aux couleurs pastel et, au loin, les crêtes blanches des vagues. Mais je n'ai pas le cœur à prendre une photo.

— Salut, Pen, ça va ?

L'apparition de Tom dans l'encadrement de ma porte me fait sursauter. Je suis tellement absorbée dans ma séance d'autoapitoiement que je n'ai pas entendu le craquement de l'avant-dernière marche de l'escalier, qui d'habitude m'alerte des intrusions sur mon territoire.

Tom entre et, en naviguant entre les tas de linge sale dispersés un peu partout, vient s'asseoir au bord de mon lit.

— Salut, Tom.

Je quitte la fenêtre pour m'asseoir à côté de lui.

— Pas mal ton expo de fringues, mais un petit peu… envahissante, non ? dit-il en ramassant un jean roulé en boule à ses pieds.

— Oui, c'est le bazar, je sais. Seulement… Pff, je n'ai pas le courage de faire quoi que ce soit. Je me suis brossé les cheveux pour la première fois de la semaine aujourd'hui. Je ne me souviens même pas à quand remonte mon dernier shampoing.

Il me regarde, en fronçant le nez, passer la main dans ma tignasse.

— Tu n'as peut-être pas envie de l'entendre, Penny, mais je te le dis quand même : tu dois te secouer, ma vieille. Personne ne mérite qu'on se mette dans un état pareil, et je déteste te voir comme ça. J'ai l'impression que quelqu'un d'autre est revenu de la tournée à ta place. Tu dois te ressaisir. Je parie que tu ne sais même pas où est ton appareil photo.

— Bien sûr que si ! Il est…

J'ai beau scruter ma chambre, je ne le vois pas.

— Ne te fatigue pas, je te l'ai piqué pour voir si tu t'apercevrais de sa disparition. Apparemment, ce n'est pas le cas.

Il le sort de derrière son dos et le pose entre nous. Je le regarde, posé sur mon lit, et c'est comme s'il me narguait.

Tu te souviens que tu te servais de moi, avant ? (Voix plaintive)

Tu te souviens de toutes les photos de Noah que tu as prises avec moi ? (Voix narquoise)

J'ai presque envie de vomir.

— Tu peux le garder. Je n'en veux pas.

— Hein ? C'est quoi, cette histoire ? C'est à cause de Noah ?

Je lève les yeux au ciel.

— Quelle perspicacité.

Il pose l'appareil sur mes genoux et me force à mettre les mains dessus.

— Tu es une Porter, Penny, et permets-moi de te dire que les Porter ne baissent pas les bras. Ils luttent jusqu'au moment où ils s'en sortent. Enfin, si on excepte l'épisode où papa a voulu se mettre à la plongée… On ne peut pas dire qu'il a réussi, mais pour avoir lutté, il a lutté !

Il lâche un petit rire.

— Écoute, Penny, reprend-il comme je ne réagis pas, je me fiche pas mal que tu gâches ce qui reste de ton été, mais gâche-le en faisant *au moins* quelque chose que tu aimes.

Je me sens secouée. Tom vient d'ébranler le mur que je suis consciencieusement en train de construire autour de moi pour oublier Noah. Mon frère est plein de bonnes intentions. Il est aussi très pragmatique et, parfois, j'aimerais lui ressembler davantage. Il ne voit pas du tout le monde comme moi, et finalement ça me fait du bien de l'entendre parler comme ça.

— Alors ? Qu'est-ce que tu décides ?

Je repose l'appareil photo sur mon lit et regarde ma chambre.

Tom a raison : non seulement je perds mon temps à ruminer le passé, mais en plus je me perds tout court.

Je me laisse complètement dévaloriser par cette histoire, alors que j'ai des passions, moi aussi. Je me lève et je vais détacher du mur la couverture de magazine me proclamant « petite amie de Noah Flynn ». Je la regarde un instant, puis j'en fais une boule que je laisse tomber dans ma corbeille et retourne m'asseoir à côté de Tom en silence.

— Ah, je te reconnais, Penny! s'exclame-t-il en me serrant dans ses bras. Maintenant, à toi de jouer!

— Merci, Tom, tu es le meilleur.

Il quitte ma chambre quand mon téléphone vibre sur ma table de nuit. J'espère que c'est Elliot, de retour de Londres avec plein d'anecdotes sur sa journée.

Mais c'est Leah.

Leah: Coucou Penny, j'ai appris ce qui s'est passé. Je suis vraiment désolée et j'espère vraiment que ça va... J'ai peut-être de quoi te remonter le moral: une proposition qui pourrait t'intéresser. Regarde tes mails. Leah xx

Je lâche mon téléphone pour me précipiter sur mon panier de linge sale et libérer mon ordi de son exil forcé. J'ouvre ma boîte mail et j'ai, en effet, un message de Leah.

De: Leah Brown
À: Penny Porter
Objet: MÉGA NOUVELLE

Chère Penny,

J'espérais vraiment t'en parler de vive voix, mais, comme ce n'est plus possible, tu devras te contenter de ce message! Ceci est, bien évidemment, ABSOLUMENT confidentiel, alors, s'il te plaît n'en parle à personne à l'exception de tes parents.

Je n'ai pas eu l'occasion de te parler de mon prochain album, mais j'ai décidé de l'intituler *Life in Disguise*. J'ai écrit pas mal de chansons sur la façon dont, pour faire face à la célébrité, j'ai dû travestir ou cacher ma vie sentimentale, mes amis et parfois même mon identité.

François-Pierre Nouveau était chargé de la photo de couverture, mais aucune de ses propositions ne me plaît. Elles ont toutes l'air pompeuses, artificielles. Bref, je veux quelque chose de naturel. De lumineux. De sincère.

J'ai donc demandé à l'agence de faire des essais de couverture avec ta photo, tu sais, celle que tu as faite de moi à Rome, quand j'étais déguisée justement. Tu t'en souviens ? J'adore cette photo, elle est tellement parfaite.

Et elle l'est encore plus sur la pochette de mon album.

Pourquoi ne jettes-tu pas un œil ? (regarde en pièce jointe)

Est-ce que tu crois que je peux l'utiliser ? Je te joins aussi un contrat – avec tous les détails techniques, juridiques, ta rémunération, les droits d'auteur, de reproduction, etc. Je peux te mettre en contact avec un avocat si tu as besoin d'un conseil avisé. Ensuite, si cela te convient, tu n'auras qu'à m'envoyer l'image haute résolution !

J'espère vraiment que cette pochette te plaira autant qu'à moi. Tu es une photographe stupéfiante, Penny !

Tu me manques déjà sur la tournée. Et dès que je reviens en Angleterre, tu peux être sûre que ma première visite sera pour toi – et pas question de me dire non !

Ton amie,

Leah xx

Ma main tremble quand je clique sur le fichier attaché.

Et elle est là! Ma photo de Leah en couverture de son album. EN COUVERTURE DE SON ALBUM! Le haut a été coupé, on ne voit donc pas que la photo a été prise à Rome, et même si Leah n'est pas la même, avec sa coupe au carré et son rouge à lèvres vif, on reconnaît cette aura qui n'appartient qu'à elle. Le titre, *Life in Disguise*, est écrit en bas, accompagné de la signature caractéristique de Leah : un petit cœur au-dessus de la lettre « a ».

C'est réel.

Les mots de mon frère résonnent dans ma tête : « fais quelque chose que tu aimes ». J'aime la photo. Passionnément. C'est un rêve que je peux poursuivre.

J'attrape mon téléphone et j'envoie à Leah une ribambelle d'émoticônes tout juste capables d'exprimer le mélange d'excitation, de fierté et de stupéfaction qui m'envahit.

Mon téléphone bipe aussitôt.

Mais ce n'est pas Leah, ni Elliot.

C'est Alex.

Alex : Penny, on peut se voir ?

Chapitre 49

J'accepte de rencontrer Alex le lendemain matin. Il m'a donné rendez-vous au *Flour Pot Bakery*, dans le quartier des Lanes. Intime et chaleureux, ce café est l'endroit idéal pour une conversation tranquille. En revanche, je ne vois pas trop ce qu'Alex peut vouloir me dire. J'en ai des picotements au bout des doigts. J'ai aussi des scrupules à le rencontrer dans le dos d'Elliot, des scrupules qui hurlent *TRAHISON !*, mais je les ignore. Parce qu'Alex m'a fait une autre requête en me demandant de venir : garder notre entrevue secrète jusqu'à ce je l'aie entendu.

J'aurais pu l'envoyer promener, après tout le mal qu'il a fait à Elliot, mais je suis intriguée. Alex est aussi devenu un ami au cours de l'année dernière, un bon ami, et il mérite que je l'écoute.

Il est assis au fond de la salle, à une petite table, devant un cappuccino.

Masquer ma stupeur est un exploit, mais j'y parviens. Alex, que j'ai toujours connu très élégant, est méconnaissable. Il a l'air miteux, et son regard est complètement éteint. Non seulement il porte un sweat-shirt à capuche élimé aux poignets, mais ses cheveux ne sont pas lavés depuis des jours, et il a les joues creuses. J'éprouve aussitôt un élan de sympathie. J'étais aussi pitoyable que lui cette semaine et, si Elliot reste le premier dans mon cœur, ça ne m'empêche pas de compatir à la douleur d'Alex.

— Merci d'être venue, Penny, me dit-il en poussant son sac à dos pour me libérer la chaise.

— De rien.

Je m'assois, et un silence gênant s'installe.

C'est moi qui le brise.

— Comment ça va ? J'imagine que c'est... difficile.

— Difficile est un euphémisme, lâche-t-il dans un soupir avant de boire une gorgée de son cappuccino.

Je décide d'aller droit au but.

— Alors, de quoi veux-tu me parler ?

Je le regarde et je tente un sourire encourageant.

— J'ai tout foutu en l'air, Penny. Tu le sais aussi bien que moi. Elliot est toute ma vie, et je l'ai jeté parce que j'avais trop peur de mes sentiments et du regard des autres. Ce n'était pas facile pour moi, tu sais... Elliot est le seul garçon avec qui je suis sorti.

Je le regarde remuer la mousse de son café avec sa cuillère.

— Après notre rupture, j'ai fini par dire à mes amis et ma famille que j'étais gay.

Je manque de m'étrangler.

— Tu leur as dit ? C'est énorme, Alex ! Comment ont-ils réagi ?

Un faible sourire se dessine sur ses lèvres, et il hausse les épaules.

— Honnêtement, je ne sais pas pourquoi ça me faisait tellement peur d'en parler. Ils sont tous super cool et très heureux pour moi. En fait, j'étais le seul à qui ça posait un problème.

— Arrête, Alex, ça n'avait rien d'évident, on ne sait jamais comment peuvent réagir les gens. Et franchement, tu m'impressionnes. C'est génial !

— Oui, mais maintenant, le seul à qui je veux parler refuse de m'écouter. Elliot ne répond ni à mes appels, ni à mes textos, ni à mes mails…

Il laisse tomber son menton dans ses mains et me regarde d'un air à la fois accablé et plein d'espoir.

Je n'ai aucun mal à me mettre à sa place. Elliot est du genre tout ou rien. Il est capable de tout sacrifier par amour, mais quand il coupe les ponts, il peut se montrer d'une dureté impitoyable. Surtout quand il souffre.

— Disons qu'Elliot est… comme Elsa, dans *La Reine des neiges*, il a besoin de temps pour se réchauffer.

— Tu crois que je ne le sais pas ?

— Je sais qu'il t'apprécie, Alex. Je ne l'ai jamais vu aussi heureux qu'avec toi.

Il s'adosse à sa chaise.

— Qu'est-ce que je peux faire pour qu'il m'écoute ? S'il ne répond pas à mes textos ni à mes appels, qu'est-ce qui me reste ? Je ne peux pas débarquer chez lui, il n'ouvrira même pas. Je dois trouver le moyen de capter son attention.

— Quelque chose d'énorme. Un grand geste.

— Un truc inattendu et mémorable.

Il se penche et me prend la main.

— C'est pour ça que je t'ai demandé de venir, Penny. Pour que tu m'aides. Tu es ma dernière chance. Sans toi, c'est mort. Tu es sa meilleure amie, tu le connais mieux que personne.

Il est clair qu'Alex regrette ce qu'il a fait, et je sais qu'Elliot ne vit pas mieux leur rupture.

— Je peux l'inviter quelque part, lui faire croire qu'on va faire quelque chose ensemble, alors qu'en fait tu lui auras préparé une surprise. Qu'est-ce que tu en penses ?

Il se redresse et écarquille les yeux. Je vois sa fébrilité et son espoir renaître, mais avant d'aller plus loin, j'ai besoin que les choses soient claires. Alors j'ajoute :

— Attention, Alex, quoi que tu fasses, Elliot doit être certain que c'est du sérieux, que tu es prêt à vivre votre relation au grand jour.

— Évidemment, Penny ! Je veux être avec lui. Je veux que le monde entier sache que je suis amoureux d'Elliot Wentworth !

Il crie si fort que les clients se retournent pour nous regarder.

J'éclate de rire.

— Du calme, Alex, ou ce ne sera plus une surprise ! Oh, c'est trop romantique. Sauf que maintenant, il faut se creuser les méninges.

— J'ai déjà quelques pistes…

On passe la demi-heure suivante à explorer toutes sortes de possibilités. L'enthousiasme et la passion d'Alex pour reconquérir Elliot me remplissent de joie. Nous finissons avec une liste des choses qu'Elliot adore par-dessus tout :

- les couchers de soleil ;
- la plage ;
- la mode ;

- la culture générale ;
- les paillettes.

— Je suis sûr qu'on peut réunir ça, conclut Alex. Et plus vite on y arrivera, mieux ce sera, parce que je n'en peux plus d'attendre.

Il pose les mains sur les miennes.

— Même si… même s'il ne revient pas, je veux qu'il sache tout ce qu'il a fait pour moi. Il m'a donné le courage d'être sincère avec moi-même et avec les autres.

C'est ça, le véritable amour : admettre qu'on a eu tort, et tout faire pour arranger les choses. Même si Elliot ne revient pas vers Alex, Alex aura au moins essayé. Et si on arrive à mettre sur pied ne serait-ce que la moitié de ce qu'on a imaginé, ça va être mieux que dans un film.

Je ne peux pas m'empêcher de penser à Noah.

Pourquoi ne veut-il pas arranger les choses ?

Chapitre 50

Après mon rendez-vous avec Alex, une visite à la boutique de mariage de ma mère, *Pour le meilleur*, elle aussi dans le quartier des Lanes, s'impose.

À ce stade de notre conspiration, j'ai besoin de conseils, et ma mère est la personne idéale : non seulement elle est très forte en organisation de grosses réceptions, mais elle est aussi très douée pour les petites fêtes.

Avec mon père, ils sont d'un romantisme affligeant. Quand ce n'est pas lui qui revient à la maison avec un énorme bouquet de fleurs, ou qui lui laisse des petits mots d'amour, avec parfois une blague à laquelle ni Tom ni moi ne comprenons rien, c'est elle qui veille à lui rapporter son dessert préféré et qui lui fait couler des bains parfumés, un plaisir qu'il n'avouera jamais, mais qu'il adore.

Leur manège a parfois tendance à m'agacer, mais aujourd'hui, il me fait fondre. J'espère, quel que soit l'élu de mon cœur, que nous aurons les mêmes attentions que mes parents l'un envers l'autre. Leur couple est mon modèle.

J'arrive à la boutique avec un petit pincement au cœur. Je n'y ai pas remis les pieds depuis mon départ pour Berlin.

Ma mère termine un rendez-vous avec une future mariée. Il y a des échantillons de tulle et de perles partout, et la jeune femme sourit jusqu'aux oreilles.

— J'adore toutes vos propositions, Dahlia. C'est tellement féerique que je n'arrive pas à croire que le jour approche !

— Le temps passe vite, répond ma mère avant de m'apercevoir. Oh, Penny ! Quelle surprise ! Tu ne connais pas M\ :sup:`lle` Young, je crois ?

— Enchantée, dis-je en tendant la main.

Mais la jeune femme l'ignore et m'embrasse sur les deux joues.

— Quel plaisir cela doit être de travailler au milieu de tout ce bonheur !

J'ai l'habitude de ces effusions : les futures mariées ont tendance à se montrer sentimentales et euphoriques. Et pressées : je n'ai pas le temps de lui dire au revoir qu'elle est déjà partie.

— Penny, quelle joie de te voir ici ! s'exclame ma mère en me serrant dans ses bras.

Je dois admettre que j'ai évité la boutique dernièrement. Le temple du mariage n'est pas le refuge auquel on pense quand on a le cœur brisé. Tous ces symboles d'amour et de félicité éternelle... On ne peut pas dire que j'en ai vraiment besoin.

Je suis pourtant surprise de ne pas me sentir écœurée. C'est peut-être à cause de ma nouvelle mission : Sauver Alexiot du néant.

— Alors, chérie, poursuit ma mère, comment ça s'est passé avec Alex ? Je me doute qu'il ne va pas fort. Il est passé devant la boutique, cette semaine ; il avait vraiment l'air défait, le pauvre.

Elle ramasse des brassées de tulle.

— Tu peux mettre la pancarte sur la porte, s'il te plaît ? Si une nouvelle cliente arrive, on n'aura pas le temps de déjeuner ! Bon, où l'ai-je donc mise…

Elle ouvre un placard, puis un autre.

— Ah, la voilà !

J'accroche l'étiquette « Pause déjeuner – Retour à 14 h » sur la porte et je m'assois dans un fauteuil.

— Alex va bien. Enfin… non, il va mal. Il ne se remet pas d'avoir rompu. Mais il a fait un truc énorme : il a annoncé à ses parents qu'il est gay.

— Oh, c'est formidable, chérie !

— Carrément. Sauf qu'Elliot, à qui il aimerait le dire, ne répond à aucun de ses appels. Alors, comme il veut aussi le récupérer, il a décidé de tenter le tout pour le tout, et de faire un truc énorme, du style grand geste. Alors je me suis dit que tu pourrais peut-être nous aider. Mais… qu'est-ce que tu fais ?

Elle vient de plonger, tête la première, dans un grand panier rempli de sacs et de chaussures.

— Je ne retrouve pas ma petite pochette dorée à la maison – tu sais, celle que ton frère m'a offerte pour mes quarante-cinq ans. Elle est peut-être là-dedans… Je crois que j'ai laissé un billet de dix livres à l'intérieur, la dernière fois que je m'en suis servie.

Les sacs et les chaussures volent autour d'elle.

Je la regarde s'enfoncer de plus en plus dangereusement dans le panier.

— Je *suis* la reine des grands gestes, Penny, tu as bien fait de venir. Quelle est l'idée exactement ? AH, LA VOILÀ !

Elle émerge en brandissant sa pochette. Elle la pose sur son bureau et vient s'asseoir à côté de moi.

— Alors, chérie, c'est quoi, l'idée ?

— Je ne sais pas trop. Alex veut que ce soit romantique. Il aimerait que ça se passe quelque part sur la jetée, mais Elliot n'est pas un super fan de l'endroit, à cause de la fête foraine, des attractions, tout ça – il trouve que c'est plouc. En plus, je ne suis pas sûre qu'il apprécie le bruit des machines à sous comme bande-son de leurs retrouvailles. D'un autre côté, c'est là qu'on a le plus beau coucher de soleil sur la mer, et comme Alex n'a pas un budget énorme...

— Je sais ce qu'il vous faut ! me coupe ma mère en battant des mains. Le kiosque à musique. L'endroit rêvé ! J'ai organisé des tas de mariages et de séances photo, là-bas, et j'ai tous les contacts. Je peux vous arranger ça. Vous aurez le coucher de soleil sur la mer, l'intimité que vous voulez et Alex pourra même mettre la musique qu'il veut ! Elliot va adorer.

Je savais que ma mère aurait la solution. Dès qu'il est question de fête, elle connaît tout et tout le monde.

— C'est génial, maman ! On pourra décorer exactement comme on veut ! Merci !

Je me jette à son cou et je l'embrasse en riant.

— Tu crois qu'on peut tout préparer pour... jeudi prochain ?

— C'est court... Je vais voir ce que je peux faire. Mais c'est une *énorme* faveur que tu me demandes là, Penny. Je peux te demander un service en retour ?

— Bien sûr ! Tout ce que tu veux !

— M'aider ici, demain ? Jenny n'est pas complète-ment guérie, et le samedi est toujours ma plus grosse journée…

— Pas de problème, maman. Tu peux compter sur moi.

Elle me sourit.

— Je suis heureuse de te voir comme ça. On s'est fait tellement de souci pour toi, ton père et moi, depuis ton retour de Paris. Tu sais qu'on aimait beaucoup Noah, mais tu sais aussi qu'on est là, et que tu peux nous parler quand tu veux, n'est-ce pas ?

Elle me prend par le menton et m'embrasse le bout du nez.

— Oui, je sais, maman. Je vais bien maintenant. Ce n'était pas le cas jusque-là, mais j'ai compris. On ne peut pas forcer le destin. Quand ça ne va pas, ça ne sert à rien d'insister. C'était super dur, et quand c'est aussi dur…

— C'est que ça ne va pas.

— Oui. J'avais besoin d'un peu de temps pour savoir ce que je veux vraiment faire maintenant, tu comprends ?

Je pose la tête sur son épaule et elle me prend dans ses bras.

— Tu es une jeune femme très courageuse, Penny. Une qualité que tu tiens sans doute de moi…

Nous rions ensemble et je remercie ma bonne étoile d'avoir des parents aussi cool et réconfortants que les miens.

J'envoie un texto à Alex.

Penny : Que dis-tu du kiosque à musique sur la plage ?

Alex : Génial !

Penny : Cool. Toujours OK pour jeudi prochain ?

Alex : Et comment ! Tu es la meilleure, Penny !

Il ne reste qu'un détail à régler : trouver le prétexte pour amener Elliot au bon endroit au bon moment. Et là, c'est à moi de jouer.

Alex a pris des risques ; c'est mon tour à présent.

— Maman, tu peux t'occuper du déjeuner pendant que j'envoie un mail ? C'est important.

— Bien sûr ! Je file chercher des sandwichs. Œufs brouillés, saucisse, baguette, comme d'habitude ?

J'acquiesce et ouvre ma messagerie sur mon téléphone.

De : Penny Porter
À : Mlle Mills
Objet : Expo photo

Chère mademoiselle Mills,

Merci de votre petit mot. Désolée de ne pas vous avoir répondu plus tôt – disons que j'ai vécu en ermite dernièrement. Mais ça va mieux. Comment se passe l'expo photo du collège ? En fait, je me demandais si ce n'était pas trop tard pour que je participe ? J'ai décidé de prendre des risques, et je me disais que c'était une bonne façon de commencer...

Bien à vous,

Penny

Mon mail envoyé, j'ouvre, sans réfléchir, mon compte Twitter. Je tombe sur un titre de magazine retweeté par quelqu'un que je suis. Il est question de Noah, mais je suis contente de voir que ça ne me fait pas aussi mal qu'hier.

NOAH FLYNN A-T-IL TROUVÉ SON AMOUR D'ÉTÉ ?

Ça ne me fait pas aussi mal, mais j'ai les mains qui tremblent quand je clique sur le lien. Je découvre l'article d'un site people ultra ringard, intitulé – c'est pour dire – *Midinette*. Sur une photo, aussi sombre que granuleuse, on voit Noah et Blake sortir d'une boîte de nuit, quelque part en Europe. Blake est surpris dans sa posture habituelle, bras tendus comme s'il venait de remporter une victoire, et Noah est juste derrière lui. Son visage est à moitié dans l'ombre, mais sa bouche fait la grimace et il a l'air renfrogné. Ils sont avec deux filles, blond platine. On dirait que l'une d'elles tient Noah par la main, mais ça peut aussi bien n'être qu'un effet de l'angle de vue.

C'est bizarre de ne pas voir Noah aussi léger ni aussi heureux que je l'aurais cru. Quant aux filles, leur vue ne m'inspire ni de la colère ni même la tristesse incommensurable à laquelle j'aurais pu m'attendre, seulement un sentiment... de vide.

L'article poursuit :

La nouvelle star du rock Noah Flynn va-t-il cueillir une autre fleur anglaise en revenant au Royaume-Uni ? Car, c'est désormais certain : il revient ! Gageons que sa présence au PARK PARTY FESTIVAL de Londres ce week-end, va décoiffer la capitale. On est toutefois en droit de se demander si les chanceuses aperçues en sa compagnie à Stockholm seront du voyage. Midinette, toujours à l'affût, vous dira tout...

Dans un sursaut, je ferme la page. Je préfère, plutôt que prolonger le supplice, explorer Pinterest à la recherche d'idées déco pour la surprise d'Elliot. Je fais défiler des tonnes de photos de mariages plus somptueux les uns que les autres, mais le cœur n'y est pas. Tout est très beau, mais aussi très banal. Si on veut réussir à émouvoir vraiment Elliot, il faut que ce soit personnel.

Mon téléphone me signale l'arrivée d'un mail. C'est Mlle Mills.

De : Mlle Mills
À : Penny Porter
Objet : Re : Expo photo

Enfin ! Je croyais que tu ne te déciderais jamais !

Bien sûr que tu peux participer. C'est même un honneur. Dépose tes photos au collège quand tu pourras.

Et j'étais sincère en te le disant, Penny : je suis très fière de toi.

Mlle Mills

Je relis son message plusieurs fois. Cette fois, ça y est : je vais exposer mes photos, les montrer en public. Je sais que je l'ai décidé, que c'est moi qui l'ai demandé à Mlle Mills. Pourtant, je ne sais pas pourquoi, je n'arrive pas tout à fait à y croire.

Chapitre 51

J'ai du papier peint (motif léopard) jusqu'aux genoux.

Fidèle à ma promesse, je suis de retour dans la boutique où je m'applique à effectuer ma tâche préférée : la décoration de la vitrine. Elle consiste en deux immenses baies vitrées qui s'étirent de chaque côté de la porte et dont le thème change au gré de la fantaisie de ma mère pour attirer les clients. La semaine dernière, par exemple, c'était « océan » avec une robe sirène bleue, des coquillages, du sable, et un diadème orné de magnifiques pierres précieuses vertes et bleues.

Cette semaine, c'est « safari » (ma mère n'a décidément peur de rien). La robe autour de laquelle la vitrine s'articule est faite d'un tissu zébré recouvert d'un voile de dentelle. C'est joli, mais pas ma tasse de thé.

Je décroche un énorme coquillage pour le remplacer par un léopard en peluche que ma mère a déniché dans un vide-grenier, quand Alex débarque.

— Salut, Penny... Aaah ! C'est quoi ce truc ?

Je me suis tournée pour l'accueillir, et l'énorme léopard coincé sous mon bras lui a fait peur.

— Oh, ça ? C'est pour le thème de la semaine. Ma mère a choisi « safari » et bien sûr, elle a le fauve grandeur nature pour aller avec !

Il éclate de rire et m'aide à descendre de la vitrine.

— Je passais juste prendre des nouvelles de la surprise d'Elliot. On peut avoir le kiosque ?

— Oui ! Maman vient de me le confirmer.

— Tu es certaine qu'il ne se doute de rien, hein ? Et tu es sûre de ton coup pour l'occuper avant ? Le soleil se couche tard, il ne faut pas qu'il rentre chez lui trop...

— Arrête de flipper, Alex ! Il ne se doute de rien. Il croit qu'il m'accompagne au vernissage de l'expo photo du collège pour me soutenir ; il ne risque pas de me lâcher ! Ça va être la plus belle surprise de sa vie, tu peux me croire. On sera au kiosque à neuf heures. Si tu savais comme j'ai hâte ! Je suis sûre qu'on va ramener Alexiot à la vie et que tout va s'arranger.

— J'espère vraiment. Mais ce n'est pas dit. Il peut trouver ça nul et ne plus jamais vouloir me parler.

Je lui prends la main.

— Ne t'inquiète pas, Alex, on va tout faire pour que ça ne se produise pas.

— Je sais, Penny. D'ailleurs... je, heu, je voulais te demander autre chose. Mais je t'ai déjà tellement sollicitée que je ne sais pas si je peux encore...

— Vas-y, Alex. Si je peux t'aider, je suis prête à le faire, sauf si tu me demandes de cambrioler une banque pour offrir un diamant à...

— Non, ce n'est pas ça !

Il se tortille dans tous les sens et je commence à m'inquiéter. Qu'est-ce qu'il peut bien avoir à me demander
pour se mettre dans un état pareil ? Le seul truc vraiment
bizarre qui me vient en tête, ce serait une photo d'eux,
genre nu artistique. À part ça, je ne vois pas…

— Tu sais que notre chanson, à Elliot et moi, est
Elements. Tu veux bien que je la passe jeudi soir ? Je sais
que ce n'est pas facile, à cause de Noah, alors si ça te pose
un problème…

— Non, aucun !

Je suis super soulagée. J'arrive même à sourire, surtout
en voyant Alex se détendre aussi brusquement que moi !
Je sais ce que cette chanson représente pour eux, en
particulier pour Elliot – c'est elle que Noah chantait
quand je les ai pris en photo.

Ils ne sont pas les seuls à l'adorer. J'ai vu Noah la
chanter sur scène et j'ai vu l'effet qu'elle produit sur le
public. C'est LA chanson des amoureux.

Alex pousse un profond soupir, et maintenant, c'est
lui qui essaie de me consoler.

— Et toi, Penny ? Il n'y a aucun espoir avec Noah ?

Je hausse les épaules.

— Je ne sais pas. Ça m'étonnerait. On ne s'est pas
parlé du tout depuis la rupture.

— Tu devrais peut-être essayer de le faire, Penny. Au
moins, tu seras fixée. Et si c'est terminé, tu pourras tourner la page.

Il a raison, évidemment. Il faudra bien que je finisse
par discuter avec Noah. Pour l'instant, je n'ai fait que
repousser le problème, mais voir Alex se donner tant de
mal pour Elliot m'oblige à y penser. On ne se remettra

peut-être pas ensemble, mais on peut peut-être rester amis ?

Sauf que rien ne me dit qu'il acceptera de me parler. Si ça se trouve, il m'en veut à mort d'être partie de cette façon... Croit-il toujours que je me suis jetée sur Blake ? Quand je pense à lui, c'est un milliard de questions qui me tombent dessus, et je ne suis même pas sûre de vouloir entendre les réponses. D'un autre côté, c'est le moment ou jamais d'être courageuse. Parce que si j'ai une chance de revoir Noah, c'est maintenant, avant qu'il parte pour sa tournée mondiale. Après... ce sera trop tard. Et trop tard *pour toujours*.

— Je sais, Alex. D'ailleurs, je viens juste d'apprendre qu'il est de passage à Londres, ce week-end. C'est l'occasion de l'appeler, on pourra peut-être se voir et s'expliquer. On n'est pas obligés de passer directement de l'amour à la haine, hein ?

Il se penche et m'embrasse gentiment sur la joue.

— Vas-y, Penny. Je sais que tu peux y arriver.

Dans ma chambre, mes doigts flottent au-dessus de l'écran de mon téléphone. Pourquoi suis-je incapable de trouver mes mots ? *Eh, salut, Noah, tu te souviens de moi ? La fille qui t'a plaqué à Paris, pendant ta tournée. Celle pour laquelle tu as écrit cette chanson...*

Je me laisse tomber sur mon lit pour étouffer mon cri de rage dans les plumes de mon oreiller. *POURQUOI EST-CE TELLEMENT DIFFICILE ?* Parce que je suis terrifiée. Terrifiée à l'idée que ce texto ne fasse que rouvrir les plaies qui cicatrisent à peine. Parce que Noah peut très bien réagir comme Elliot et ne pas me répondre *du tout*. Mais je ne peux pas rester comme ça. Si je n'essaie pas de le revoir, je ne connaîtrai jamais la fin de l'histoire. Noah a beaucoup compté – non, Noah *compte* beaucoup pour moi, et nous devons avoir cette explication. J'en ai besoin, et je ne peux pas la repousser éternellement.

Penny : Noah, deux semaines ont passé maintenant, c'était dur de ne pas t'appeler. Il paraît que tu es de passage à Londres. On pourrait peut-être se voir et parler. Je ne sais pas si tu voudras, mais je devais te poser la question. On peut peut-être rester amis ? Penny x

Je pose mon téléphone sur ma table de nuit sans espérer de réponse, mais il bipe immédiatement. C'est Noah.

Noah : Je veux aussi te parler. Si tu peux, viens me rejoindre au festival demain. Je vais laisser un billet pour toi et un deuxième pour que tu ne sois pas obligée de venir seule. Tu me manques. N.

Mon cœur s'arrête en lisant sa dernière phrase. *Je lui manque.* Attendait-il vraiment que je le contacte ? Le flot de mes sentiments pour lui se libère et m'envahit, charriant une foule de souvenirs…

Je nous revois danser comme des fous à Berlin pendant que les Sketch chantaient sur scène ; je me souviens de ses baisers sur le bout de mon nez, des textos qu'il m'envoyait pour me dire combien il préférerait être avec moi qu'à l'autre bout du couloir de l'hôtel ; je me rappelle aussi ses regards vers moi, dans les coulisses, pendant qu'il chantait *Autumn Girl* devant une salle bourrée de monde. Les merveilleux souvenirs que je tentais jusque-là de contenir balaient tous ceux, pleins de colère ou agacés, auxquels je m'accrochais pour tenir.

J'essaie pourtant de les contenir, parce que si je cède, si la digue lâche, je vais retomber amoureuse folle de Noah. Que se passera-t-il, alors, s'il veut seulement que nous soyons amis ?

Penny : OK, je vais venir. P. x

J'appuie sur la touche « envoi ».

J'ai traversé pas mal de situations stressantes dans ma vie. Pourtant, la perspective de revoir Noah me plonge dans des affres que je n'ai jamais connues.

Chapitre 52

Quand j'ai ouvert les yeux, ce matin, le jour se levait à peine. Je n'ai même pas essayé de me rendormir : j'avais passé la nuit à me retourner dans mon lit.

Je suis redevenue une boule de nerfs, incapable de faire le vide. Je n'arrive pas à me dire que je vais revoir Noah *aujourd'hui*. Il ne s'est passé que deux semaines, mais elles me font l'effet d'une éternité. Je ne parle même pas de ce qu'on va se dire : je suis incapable de l'imaginer.

À huit heures du matin, j'arpentais ma chambre depuis si longtemps que mon père est venu vérifier si, par hasard, je n'étais pas devenue folle.

Je me suis aussi rongé les ongles jusqu'au dernier, mais pour une autre raison : le festival. Noah ne s'est pas trompé en supposant que je n'irais pas seule. J'en serais bien incapable. J'ai d'abord pensé à emmener Elliot, mais il est pris. Ses parents lui ont proposé une visite historique de Bath pour lui remonter le moral et il a accepté. Au fond, tant mieux, parce que si je lui avais demandé de m'accompagner, il serait venu. Et j'imagine trop bien la scène : lui me cuisinant pour savoir pourquoi j'ai décidé d'aller voir Noah *maintenant*, moi obligée de lui parler d'Alex et là, à cause de la surprise, embrouille. Autant ne pas lui en parler du tout. J'ai l'impression de le trahir, avec tous ces secrets, mais c'est pour la bonne cause.

Alors, j'ai proposé à Kira qui allait déjà au festival avec Amara.

Savoir qu'elles seraient là m'a donné le courage d'inviter Megan. Depuis ma rupture avec Noah, tous ses messages sont adorables et j'aimerais quand même savoir qui se cache derrière l'ignoble Vérité Vraie. Je n'ai plus reçu de menaces depuis mon retour à Brighton ; j'ai renoncé à prévenir la police, mais je continue de me poser des questions. Une journée avec Megan me permettra peut-être de la laver de tout soupçon.

J'espère vraiment qu'elle n'y est pour rien, parce que j'ai de plus en plus l'impression de retrouver la Megan que je connais. Elle commence son école d'art dramatique en septembre, et, finalement, elle va me manquer. Je ne regretterai pas sa manie de terminer mes phrases à ma place, ni son besoin d'être le centre de toutes les attentions, mais nos déjeuners à la cantine et son sens de l'humour décapant, oui.

Voilà pourquoi elle se trouve dans ma chambre, perchée sur la chaise de mon bureau, un air soucieux sur le visage.

— Tu peux prétendre que tout va bien, Penny, je commence à avoir des doutes. Je compte tes allers-retours depuis un moment et j'en suis à cinquante-six. Je ne sais pas ce que tu espères en gigotant de cette façon, mais ça n'a pas l'air de te détendre.

Elle baisse les yeux sur ses ongles vernis et contemple la petite marguerite peinte sur son pouce.

— Tu es sûre que c'est bien, Megan ? Je veux dire *vraiment* bien.

Je me regarde dans le miroir, dressée sur la pointe des pieds.

— Ce n'est pas ce que j'aurais choisi, mais tant que tu te comportes comme quelqu'un de normal, c'est top.

J'ai opté pour une robe patineuse noire imprimée de petits coquelicots rouge vif, des bottines noires — on va quand même à un festival rock ! —, et mes cheveux détachés sont retenus par une paire de lunettes de soleil aviateur.

— Où as-tu déniché ce maquillage ? Il est génial !

Elle tripote, parmi tout un tas de boîtes, de tubes, de crayons et de pinceaux, un fond de teint de marque et une palette d'ombre à paupière bronze et or. Les produits que Leah m'a offerts à Paris…

— Oh… une amie m'a aidée à les choisir. Franchement, je ne sais pas à quoi sert la moitié de ce bazar.

— Si tu veux faire une donation…

— Je sais où te trouver, dis-je à sa place.

Au moment de partir, nous sautons dans un taxi pour rejoindre Kira et Amara qui nous attendent à la gare. On s'achète des smoothies et on monte dans le train pour Londres. Coup de chance, on réussit à dénicher quatre places ensemble. Je m'assois en souriant ; c'est tellement bien de se retrouver comme au bon vieux temps et de discuter de tout et de rien avec des amies — les garçons, le collège, nos projets…

— Tu crois que Blake sera là ? me demande tout à coup Megan en s'agitant curieusement sur son siège.

— Heu, tu parles du… batteur de Noah ?

Je n'arrive pas à prononcer son nom ; l'entendre suffit à me donner la chair de poule.

— Évidemment ! Qui d'autre ? Il est vraiment canon. J'ai peut-être une chance avec lui… Surtout si tu me présentes une deuxième fois.

Elle me fait un petit clin d'œil et glousse.

— Je peux te le représenter, Megan, bien sûr, mais… à ta place, je me méfierais. C'est plutôt le genre bad boy.

— PENNY ! Parfois, je me demande si tu me connais vraiment !

Cette fois, elle éclate franchement de rire.

— Tu *sais* que j'adore les bad boys. Ils sont nettement plus intéressants que les autres ! Je peux compter sur toi, hein ?

Son intonation change légèrement à la fin de sa question, et je ne peux m'empêcher de sentir pointer l'autre Megan. Celle qui exige qu'on lui dise oui.

— Non, Megan. Je suis désolée, mais… je ne crois pas. Blake m'est tombé dessus quand on était à Paris. Il a essayé de m'embrasser. J'ai réussi à lui échapper, mais c'était moins une.

Je la vois se décomposer et hésiter.

Parce qu'elle non plus ne croit pas que Blake puisse s'en prendre à toi, me souffle la petite voix perfide de mon manque de confiance en moi.

Mais Kira s'exclame :

— Sérieux ? C'est horrible, Penny !

— C'est pour ça que vous avez rompu, avec Noah ? me demande Megan, un brin soupçonneuse.

— Si on veut…

— Attends, reprend-elle, tu es en train de me dire qu'il a préféré rompre *avec toi* plutôt qu'envoyer bouler cet abruti ? Je rêve !

Elle secoue la tête, incrédule. Apparemment, elle a décidé de diriger ses foudres contre Blake, et je lui en suis reconnaissante.

— Noah ferait mieux de s'excuser, poursuit-elle. Tu es beaucoup trop bien pour lui.

— Je suis bien d'accord, renchérit Amara. C'est quoi ce mec qui n'est même pas capable de prendre ta défense ?

Je me sens si bien entourée que pour un peu, je les prendrais toutes dans mes bras. Quel bonheur d'avoir d'aussi bonnes copines !

Dans le haut-parleur, une voix annonce notre arrivée en gare de Victoria.

— J'ai tellement hâte d'y être ! s'exclame Kira. Le festival va être génial. Au fait, on se retrouve à quelle heure pour le retour ?

— Je ne sais pas, répond Amara. Les Halo Pixies ne passent pas avant cinq heures.

— Je ne suis pas sûre de rester aussi longtemps, les filles. Je suis seulement venue parler à Noah.

Je regarde la ville défiler par la fenêtre. Je sais que cette rencontre va me vider complètement.

— En plus, ce n'est pas franchement mon truc, la foule. On peut se donner rendez-vous à trois heures, si vous voulez. Pour se dire au revoir. J'aurai certainement terminé.

Je vérifie l'heure sur mon téléphone. J'ai tout le temps de voir Noah avant qu'il monte sur scène.

— Ça marche! dit Kira en souriant jusqu'aux oreilles. On pourra peut-être s'acheter des gaufres? Elles étaient à tomber, la dernière fois que je suis venue.

— Moi, j'ai entendu dire qu'il y a un bar à brushing, lance Megan toujours au fait des dernières nouveautés. On pourrait peut-être y aller, avant de voir les garçons?

On ne peut pas dire que je me sois beaucoup souciée de mes cheveux depuis mon retour de Paris. Ils n'ont évidemment plus rien de l'éclat que l'équipe de Leah avait réussi à leur donner. Mais je n'ai pas l'intention de perdre mon temps en futilités – je veux seulement voir Noah, régler cette histoire et rentrer.

Mon téléphone bipe.

Noah: Les billets t'attendent à l'entrée est, à ton nom. Viens jusqu'au coin VIP, à gauche de la grande scène. Larry sera là pour guetter ton arrivée. À très vite. N.

Brusquement, les milliers de papillons qui sommeillent en moi depuis le début du trajet se réveillent tous en même temps. Le train s'immobilise et je me prépare à revoir Noah.

Chapitre 53

Arrivées à l'entrée est de Hyde Park, on prend notre tour dans la file d'attente qui s'étire jusqu'au guichet. Les billets sont bien là ; le vendeur nous les remet sans sourciller.

Une fois dans le parc, je suis saisie par l'animation qui y règne. Kira et Amara, qui me tiennent bien serrée entre elles deux, me protègent heureusement de la foule.

J'entends les échos de la musique, mais nous sommes encore loin de la grande scène. Le chemin qui nous y mène est bordé de bars à frites, de camions de sandwichs, de vendeurs de tee-shirts à l'effigie de groupes de rock en tout genre, et de banderoles publicitaires. Il peut faire beau, et les gens avoir l'air de beaucoup s'amuser, pour moi, c'est un cauchemar. J'aurais préféré retrouver Noah en dehors du festival. Pourquoi ne s'est-on pas donné rendez-vous à son hôtel ? Ou à l'aéroport ? N'importe où pourvu que ce soit *ailleurs* ?

En approchant de la scène principale, ce n'est pas Megan qui file droit vers le bar à brushing, mais Kira et Amara. Megan, elle, reste accrochée à moi.

— Tu sais où tu dois aller ? me demande-t-elle soucieuse.

— Noah m'a parlé du coin VIP, à gauche de la scène. Larry est censé nous attendre.

Elle passe la main sur ses cheveux pour s'assurer que sa magnifique tresse cascade est en place et me demande :

— Qui est Larry ? Un nouveau membre du groupe ?

Elle sort un tube de gloss et s'applique une centième couche sur les lèvres.

J'éclate de rire.

— Non ! C'est… tiens, le voilà.

Je lui montre la silhouette qui avance vers nous. La foule s'écarte sur son passage, comme si son crâne étincelant était la figure de proue d'un immense navire. Son sourire, tandis qu'il approche, est aussi grand que le mien.

Megan manque de tomber à la renverse ; moi, je m'élance vers Larry pour me jeter dans ses bras.

— Penny ! Quel plaisir de te revoir.

— Pour moi aussi, Larry. Je te présente mon amie, Megan.

Elle nous rejoint, mais elle a l'air d'avoir perdu sa langue.

— Megan, voici Larry, le garde du corps de Noah.

— Je suis content de vous avoir trouvées. Suivez-moi, j'ai reçu l'ordre de vous amener à bon port, et je ne veux pas vous perdre.

Avec lui, je me sens beaucoup plus rassurée. Il nous conduit vers une palissade et ouvre une porte gardée par un homme avachi dans un fauteuil. C'est le passage vers les coulisses. Je comprends pourquoi Larry est venu à notre rencontre : je ne l'aurais jamais repéré toute seule.

À l'intérieur, Larry nous donne deux laissez-passer. Le visage de Megan, en voyant le sien, s'illumine.

— Ça ne te dérange pas, Megan, si je te laisse seule ?

Question idiote : elle a disparu avant même que j'aie fini de la poser.

— Noah sera là dans cinq minutes, me prévient Larry.

Je prends une profonde inspiration.

— Ça va aller, Penny ?

Il me regarde, le front soucieux.

— Oui, ça ira. Merci Larry.

J'espère avoir l'air brave et rassurée, mais j'en doute.

— Je suis content de pouvoir parler un peu avec toi. Est-ce que ceci t'appartient ?

Il sort de sa poche un objet que je reconnais aussitôt : mon téléphone. Il a toujours sa coque rose, avec les petites étoiles que Noah a dessinées au marqueur.

— Ça alors ! Où l'as-tu déniché ?

Je le tourne et le retourne dans mes mains, sans réussir à y croire.

— Dans le bureau de Dean.

— Dans le bureau de Dean ? Qu'est-ce qu'il y ferait ?

Larry hoche simplement la tête. Je ne l'ai jamais vu aussi grave ; il a vraiment l'air d'un garde du corps. Ce n'est pas du tout le Larry jovial et détendu auquel je suis habituée.

— Tu crois que quelqu'un l'a mis dans son bureau exprès ? Je ne sais pas… un fan détraqué, par exemple ? Les photos qu'on m'a volées – celles dont quelqu'un s'est servi pour me menacer – ont été volées sur ce téléphone.

— Je sais, Penny. Je crois que Dean l'a depuis le début.

— Oh.

Je n'ai plus qu'un filet de voix. Si c'est vrai, cela signifie...

— Penny !

Le cri de Noah m'empêche de formuler ma pensée. J'ai envie de lui parler de Dean et de mon téléphone tout de suite, mais la dernière fois qu'on s'est vus, je n'avais que des reproches et des accusations à lui faire, et je dois l'entendre d'abord. Je range donc mon téléphone dans mon sac, il attendra son tour.

J'ai le cœur qui bat à mille à l'heure. On y est : parmi les milliards de scénarios que j'ai échafaudés, un seul va se réaliser. Et je n'ai aucune idée duquel. Je dois rester zen.

Il avance vers nous et j'ai envie de me précipiter dans ses bras. Mais je reste clouée au sol.

Noah s'arrête à quelques pas de moi.

— Bon, je vous laisse, les enfants, dit Larry. Mais préviens-moi, Penny, avant de partir. Je te raccompagnerai jusqu'à la sortie.

— Merci, Larry. Je t'adore.

Noah tente un sourire hésitant.

— Salut, Penny. Tu veux rester là, ou tu préfères un endroit plus tranquille ? Il n'y a personne dans le bus de la tournée. On peut y aller, si tu veux.

Noah me paraît l'ombre de lui-même. Il sourit, mais son regard, d'habitude si clair et pétillant, est éteint. Nous marchons vers le bus dans un silence inconfortable. Je n'aime pas ça. Je n'aime pas que nous soyons incapables de dire un mot. Nous n'avons jamais été étrangers l'un à l'autre. J'espère que l'atmosphère va se détendre quand on sera tous les deux.

On monte les marches et il me propose de m'asseoir dans le canapé – à la place que j'occupais, à côté de Blake, la première fois que j'ai mis les pieds dans ce bus. Il s'assoit à côté de moi et pose les mains à plat sur la table basse. Puis il regarde par la fenêtre où l'on peut voir, à travers une fente dans la palissade, la foule du festival. Il se retourne vers moi et sourit.

— Alors…, commence-t-il.

Je lui rends son sourire.

— Alors… comment vas-tu ?

Au lieu de me répondre, il secoue la tête.

— Non, Penny, je ne peux pas faire semblant, tourner autour du pot comme si de rien n'était. Pourquoi tu es partie comme ça ? Sans venir me dire au moins au revoir ?

Le tour si brusque qu'il donne à la conversation me noue la gorge. Je maudis sa franchise américaine, mais, après tout, je suis venue pour ça. Alors je réponds, avec la même franchise :

— C'était trop dur de te dire au revoir. Quand je suis avec toi, c'est difficile de me sentir triste ou de t'en vouloir. Pour moi, c'était fini entre nous. M'accuser de mentir à propos de Blake était tellement énorme et si injuste, Noah. Rien que le fait que tu puisses m'imaginer capable de faire une chose pareille, j'étais… anéantie.

Je le regarde, mais j'évite de croiser son regard.

Tiens le coup, Penny. Tiens le coup.

— Tu as raison, Penny : j'ai eu tort. J'aurais dû te parler correctement et j'aurais dû t'écouter. C'est une des raisons pour lesquelles je t'ai demandé de venir quand tu m'as contacté. Et j'ai demandé à quelqu'un d'autre de nous rejoindre…

Il regarde derrière moi et fait un signe de tête. Je me tourne et manque de m'étrangler en découvrant Blake sur la dernière marche de l'escalier.

— Salut, Penny, dit-il en entrant.

Son intonation, d'habitude narquoise, n'a plus rien de sa superbe.

— Oh, heu… Salut, Blake.

Je croise les bras autour de moi.

— Quand Noah m'a dit que tu venais aujourd'hui, je lui ai demandé si je pouvais te voir, parce que je veux m'excuser, Penny. Je regrette ce qui s'est passé cette nuit-là, à Paris. J'ai eu tort, je le sais. J'étais bourré et à côté de mes pompes.

— Blake…

— Attends, je n'ai pas fini. Après, j'ai paniqué. Je savais que je m'enfonçais encore plus, mais je ne voulais pas que Noah me vire de la tournée. Je ne voulais pas perdre mon job et mon ami, alors je lui ai raconté que c'était toi qui m'avais cherché. Je pensais que vous vous en sortiriez. Seulement… je me suis trompé.

Je suis tellement sidérée que je n'arrive pas à parler.

— Attends, Blake… Tu pensais qu'on s'en *sortirait* ? Tu es *sérieux* ?

— Je sais, c'est complètement débile.

Je n'ai jamais fait confiance à Blake, mais je crois que cette fois il dit la vérité. N'empêche, je suis incapable de lui pardonner.

Noah se tourne vers moi et cherche mon regard.

— Il m'a tout raconté à Stockholm, un soir où il avait encore trop bu. J'étais fou de rage, Penny, mais quand il a dessaoulé, on a parlé. Longtemps. Et beaucoup. Blake

331

a reconnu qu'il a un problème avec l'alcool. Il rentre chez lui pour le régler.

— C'est vrai, confirme Blake. Je ne continue pas la tournée avec Noah. Ce genre de vie ne me réussit pas.

Il me dévisage d'un air désolé et implorant. Je sais qu'il espère un signe de compassion de ma part, un geste qui lui dirait que j'accepte ses excuses, mais je suis incapable de le faire. Je me redresse et déglutis avant de répondre :

— J'espère que tu vas t'en sortir, Blake.

Il hoche la tête.

— Je sais que j'ai du chemin à faire avant que vous me pardonniez, mais peut-être qu'un jour...

Il veut y croire, je le sens, mais ce n'est pas suffisant. La blessure est trop profonde.

— Franchement, Blake, je ne sais pas. Ce que tu as fait m'a vraiment blessée et choquée. Mais j'apprécie tes excuses.

— Bon, maintenant que tu t'es expliqué, coupe Noah d'un ton aussi froid que tranchant, tu peux partir.

Quand il a disparu, je me tourne vers Noah.

— Waouh... Je dois dire que je ne m'attendais pas à ça...

J'ai le cœur serré pour lui. Je sais que son meilleur ami va lui manquer et j'espère sincèrement que Blake va trouver l'aide qu'il lui faut et réparer ses erreurs.

— C'est à mon tour, maintenant, reprend Noah. Quand Blake m'a tout avoué, j'ai voulu t'appeler...

— Pourquoi ne l'as-tu pas fait ?

Je le regarde dans les yeux, et je sens mon cœur s'arrêter.

— Parce que tu m'as demandé de te laisser tranquille, Penny... et je savais qu'il ne s'agissait pas seulement de Blake.

Il écarte les cheveux de son front et plonge son visage dans ses mains.

— Je ne voulais pas te mettre encore plus en colère, ou empirer les choses. À l'instant où j'ai reçu ton texto, je t'ai répondu. C'était horrible de ne pas pouvoir te joindre, mais je voulais respecter ton souhait. J'ai détesté que tu ne sois pas sur la tournée.

Ses mots chantent à mes oreilles. Toutes les questions qui m'obsédaient – *Est-ce que je lui manque ? Est-ce qu'il me croit ? Me déteste-t-il au point de ne pas m'appeler ?* – ont enfin leurs réponses. Une vague de réconfort et de soulagement m'envahit.

— Merci d'avoir respecté mon désir. N'empêche, ça m'a fait mal de n'avoir aucune nouvelle. J'espérais que tu te manifesterais quand même. Même si, au fond, je n'étais pas prête à te voir avant aujourd'hui.

— Tu crois... qu'on peut trouver le moyen pour que ça marche, entre nous ?

Il me regarde et j'ai envie de me jeter dans ses bras. Pourtant, je garde la tête froide.

— Je ne sais pas, Noah. Ce qui s'est passé avec Blake était la goutte de trop. Malheureusement, il n'y a pas que ça. Je ne crois pas être faite pour passer mon temps sur les routes. J'ai besoin de savoir ce que je veux faire de *ma* vie. Et je ne pense pas le découvrir en me contentant de te suivre.

C'est l'une des choses les plus difficiles que j'aie jamais eues à dire, mais je me sens terriblement soulagée.

Il soupire.

— Tu es ce qui m'est arrivé de mieux, Penny. Mais la musique est ma passion. Je ne veux pas être obligé de choisir entre vous deux.

Je pose la main sur la sienne.

— Tu n'es pas obligé de choisir, Noah. Pas du tout. Je t'ai vu sur scène, tu es dans ton élément. Tu ne dois pas abandonner. Et je ne te demande pas de renoncer à la musique ! Seulement de me donner le temps. Le temps de savoir… qui je suis.

Le silence qui s'étire dure une éternité, mais il ne lâche pas ma main.

— Tu vas me manquer, Penny. Chaque seconde de chaque jour.

— Toi aussi.

Il porte ma main à ses lèvres et m'embrasse le bout des doigts. Je lutte de toutes mes forces pour ne pas me jeter à son cou et lui dire que je me fiche bien du reste tant qu'on est tous les deux. Mais je sais que je serai aussi malheureuse sur la tournée, qu'il a besoin de tout son temps et toute son énergie pour consolider son succès, et que moi j'ai besoin des miens pour réussir à déterminer ce que je veux faire de ma vie.

— Qu'est-ce qui t'a fait changer d'avis ? me demande-t-il.

— À propos de quoi ?

— Ton silence. Pourquoi me voir maintenant ? Parce que je suis de passage à Londres ? Je ferais le tour du monde pour te voir, Penny.

— Non, ce n'est pas à cause de ça. C'est Alex. Elliot et lui ont rompu.

— Tu plaisantes ? Ils sont faits l'un pour l'autre.

— C'est ce que je croyais aussi. Mais Alex n'a pas supporté le dernier message de LaVéritéVraie et, plutôt que voir son amour étalé au grand jour, il a préféré rompre. Sauf que du coup, il a annoncé à toute sa famille qu'il est gay, et c'est tellement génial pour lui que maintenant, il veut partager la nouvelle avec Elliot et le reconquérir. Alors on a monté toute une surprise, jeudi soir, au kiosque à musique de Brighton. On va même passer une de tes chansons, *Elements*, qu'ils adorent tous les deux.

Il me serre la main, puis il se lève et s'éloigne du canapé.

— Je dois y aller, Penny. C'est bientôt mon tour de monter en scène. Tu peux rester autant que tu veux… J'aimerais beaucoup te revoir après mon passage.

— Merci, mais je vais partir. J'ai rendez-vous avec mes amies.

— Alors on se dit au revoir… maintenant ?

— Je… oui…

On s'approche et, comme on aurait dû le faire à Paris, tandis que je passe les bras autour de sa taille, il m'enveloppe dans les siens. J'enfouis le visage au creux de son cou et le serre fort contre moi.

Notre étreinte dure plus longtemps que prévu, parce que ni l'un ni l'autre ne veut se séparer, puis Noah s'écarte doucement. Pendant quelques secondes, nos lèvres sont tellement proches qu'il suffirait d'un geste infime pour qu'on s'embrasse et que notre séparation tombe dans les oubliettes.

Au lieu de quoi, on s'écarte encore plus, et je regarde Noah descendre du bus et disparaître.

Chapitre 54

Je n'ai pas la force de m'en aller tout de suite. Alors, je me rassois un instant.

J'essaie de mémoriser tout ce qui m'entoure car je n'aurai sans doute plus l'occasion de revenir ici : l'odeur d'after-shave virile et musquée qui flotte dans l'air ; la collection de petites étiquettes de pommes – vestige des fringales de l'équipe – collées les unes à côté des autres sur le bord d'une vitre ; les jeux de la Xbox étalés sur la table basse ; l'empilement de bouteilles de bière vides et le début d'une mosaïque que quelqu'un a commencée avec les capsules ; et, sur un portemanteau, le vieux sweat-shirt à capuche de Noah.

Il pend, abandonné, et ses cordons effilochés ont perdu leur blancheur. C'est le sweat-shirt dans lequel je me suis emmitouflée pendant notre pique-nique sur la terrasse du Waldorf-Astoria, à Noël. Celui qu'il a glissé dans le panier qu'il m'a laissé, un soir, à Rome, pour me tenir compagnie dans ma chambre d'hôtel.

Je me rappelle tout à coup la sensation que j'éprouvais à m'y glisser, à sentir sa douceur autour de moi. Elle m'apportait un sentiment de protection, de sécurité, que je n'avais pas connu depuis longtemps – depuis l'accident de voiture qui a déclenché mes premières crises d'angoisse.

Je me lève pour le décrocher et y enfouir mon visage.

Je ne sais pas si cela me rend triste ou heureuse. Tout ce que je sais, c'est à quel point je voudrais que Noah me le glisse encore une fois sur les épaules, puis qu'il me prenne la main et me dise que tout va bien aller, que la tournée est annulée et qu'il vient passer le reste de sa vie à Brighton avec moi, que nous promènerons notre chien sur la plage le vendredi soir et que nous ferons du yoga chaque matin dans le jardin.

Mais ce n'est qu'un rêve.

Un rêve auquel même moi je ne peux pas croire.

Pourtant, s'il voulait…

Tandis que mes émotions s'affrontent, je m'aperçois tout à coup de quoi j'ai l'air, plantée au beau milieu de ce bus, en train de sniffer son sweat-shirt. Si quelqu'un débarque, on me prendra pour une folle. Alors je remets le sweat-shirt en place et me dirige vers la porte. Je m'arrête en entendant des voix dehors. L'une d'elles est très forte, directive. Je n'ai aucun mal à la reconnaître.

Dean, tranquillement adossé au bus, parle à deux hommes en tenue décontractée dans leur chino et leur veste colorée. Tous portent autour du cou ce qui ressemble à une carte. Une voix aussi forte que celle de Dean me crie que j'ai tort de rester là, que cette conversation ne me regarde pas, mais j'entends Dean prononcer mon nom et je ne peux m'empêcher de dresser l'oreille.

— Non, je vous l'ai dit, Noah et Penny, c'est terminé. Fini. Écoutez, tout ce que je dis, c'est qu'Ella Parish serait fantastique pour la carrière de Noah. Elle est en pleine ascension et elle est canon. Leur couple ferait un tabac dans les médias.

Tout à coup, je me sens bouillir. Si quelqu'un me prenait en photo, il aurait la version vivante de ces personnages de dessins animés tellement gonflés de colère qu'ils ont le visage écarlate et des bouffées de vapeur qui leur sortent des oreilles.

— Eh bien, si c'est ce que veut Noah, dit un des hommes, on peut travailler Ella de notre côté. On en parle rapidement à Lorraine, Collin ?

Les deux hommes en chino hochent la tête d'un air entendu, et celui qui vient de parler tourne son sourire sur Dean. Il me faut toute la volonté dont je suis capable pour rester zen et ne pas me jeter sur eux.

— Bon, alors c'est réglé.

Dean tend la main et les autres la lui serrent.

— On peut aussi mettre deux ou trois paparazzis sur le coup, ajoute Dean. Pour les surprendre en Australie. Peut-être sur la plage, main dans la main ?

Je ne supporte pas d'en entendre davantage. Une autre histoire d'amour bidon ? Comment Dean peut-il penser que c'est une idée géniale ? Noah ne voudrait jamais qu'il fasse un truc pareil, surtout depuis ce qui s'est passé avec Leah.

Puis je me souviens de mon téléphone, maintenant rangé dans mon sac. Mon sang recommence à bouillir quand, brusquement, tout s'éclaire. Et si c'était Dean le responsable de tout ? C'est lui qui a raconté à Noah que c'était les managers de Leah qui avaient insisté pour monter leur fausse histoire d'amour. Mais qu'avait-elle à y gagner, elle ? C'est Noah qui avait besoin de publicité. C'est sa carrière qui avait besoin d'être boostée. Pas celle de Leah Brown. Et c'est Dean qui prend toutes les décisions concernant la carrière de Noah...

Je réfléchis à toute allure quand j'entends quelqu'un grimper dans le bus. Je cherche un endroit où me cacher, mais trop tard. Dean entre, un grand sourire aux lèvres.

Un grand sourire qui, à la seconde où il me voit, se transforme en grimace accompagnée d'un juron.

— Penny, qu'est-ce que tu fiches ici ? Tu m'as fait une de ces frousses !

Je sens ma colère monter, comme une poussée de magma des profondeurs d'un volcan. Cependant, c'est la voix calme d'Océane la Battante qui sort de ma bouche.

— Tu as toujours été aussi stupide, Dean ?

Il ne se démonte pas, bien au contraire.

— Ah, tu m'as entendu. Tu ne vas pas gâcher la carrière de Noah, Penny, n'est-ce pas ?

— *Moi*, gâcher sa carrière ? J'ai l'impression que tu t'en charges parfaitement bien pour lui ! Qu'est-ce que tu crois faire, exactement, Dean ? Tu veux voir réussir Noah parce qu'il est incroyablement talentueux, ou parce que tu auras ruiné tout le reste de sa vie en montant des fausses histoires d'amour pour mieux détruire les vraies ?

Je me sens tout à coup surhumaine. Je me sens forte et sûre de moi. Ma voix est ferme, posée, et mon discours cohérent. Et je vois l'assurance de Dean se fissurer sur son visage. Il marmonne quelque chose que je ne comprends pas, alors je dresse un sourcil interrogateur, et il répète :

— Je ne vois pas de quoi tu parles, tu es complètement folle. Tu ferais mieux de rentrer chez papa et maman.

Il hausse les épaules et veut passer devant moi pour aller prendre ce qu'il est venu chercher. Mais je me dresse devant lui et je l'en empêche. Il me regarde et, tout à coup, son visage change. Il n'a plus l'air minable et effrayé du tout. Il a l'air furieux. Je ne me laisse pas impressionner. Je soutiens son regard malgré ma terreur.

— Pousse-toi de mon chemin, Penny.

— Pas avant que tu n'aies répondu à mes questions.

Je plonge la main dans mon sac et je sors mon ancien téléphone.

— C'est toi qui l'as depuis le début, n'est-ce pas ? Larry vient de me le donner, il l'a trouvé dans *ton* bureau.

— Et alors ?

— Alors…

Ma voix tremble, maintenant.

— Est-ce que c'est toi, LaVéritéVraie, Dean ?

Je m'attends à le voir se récrier. Au lieu de quoi, il éclate de rire et applaudit lentement.

— Bravo, Penny, tu as tout compris ! Quand tu as perdu ton téléphone, quelqu'un l'a ramassé et l'a confié à la sécurité. Sauf que le vigile ne l'a pas déposé à l'entrée. Il est venu, va savoir pourquoi, me l'apporter. C'était inespéré. Je pensais qu'un ou deux messages suffiraient à te faire décamper, mais je dois admettre que tu m'as surprise. Tu as plus de cran que je n'aurais cru.

Tout se mélange dans ma tête, je n'arrive pas à comprendre…

— Mais… pourquoi? Si tu ne voulais pas de moi sur la tournée, pourquoi venir chez moi convaincre mes parents de me laisser partir? Pourquoi ne pas simplement… refuser?

— Et rendre Noah encore plus dingue de toi? Allons, Penny, réfléchis!

Devant mon silence, il lève les yeux au ciel.

— C'est pourtant simple. En te laissant venir, je pouvais lui prouver *à quel point* il se trompait, à quel point tu n'es pas faite pour cette vie. Et je pouvais le faire sans prendre de risque. Son espèce de dépression m'a fait suffisamment peur à Noël. Il était devenu tellement farouche et solitaire que j'ai bien cru qu'on allait devoir annuler la tournée. Tout ce travail fichu en l'air à cause de son cafard! Et il t'a rencontrée, toi, la gentille, l'adorable et si *normale* Penny Porter. Au début, c'était parfait pour l'image de Noah. Toutes les filles pouvaient s'identifier à toi, rêver qu'elles aussi pouvaient sortir avec lui. Mais ça ne pouvait pas durer. Tu as fait ton temps, Penny.

Il me passe devant pour s'asseoir tranquillement sur le canapé, d'où il ouvre le miniréfrigérateur. Il en sort une cannette de bière qu'il décapsule d'un air tout à fait sûr de lui. Je me tourne vers lui, mais je recule légèrement vers la porte.

— Alors tu t'es dit que la meilleure façon de te débarrasser de moi, c'était les menaces et le chantage?

J'ai du mal à contenir ma colère et le dégoût qu'il m'inspire.

— Quel âge as-tu, Dean? Douze ans? Tu te fiches complètement de Noah! Ce qui t'intéresse, c'est l'argent. Et quel besoin de t'en prendre à mes amis?

Il avale une gorgée de sa bière et se lèche les lèvres, avant de sourire comme le Joker de *Batman*.

— J'ai quand même fini par t'avoir, non ? Quand j'ai compris que les messages anonymes ne suffiraient pas, j'ai commencé à m'occuper de Noah. C'était si facile de le surcharger de travail, d'enchaîner les interviews, pour gâcher vos stupides journées mystérieuses. Mais là encore, malgré le peu de cas qu'il faisait de toi, tu as continué de t'accrocher. Et puis nous avons eu cette discussion dans le bus, tu m'as parlé de ton ami Elliot. J'ai tout de suite fait le rapprochement avec les photos que j'avais vues sur ton téléphone. J'avais enfin le moyen de me débarrasser de toi. *Pauvre petite Penny obligée de rentrer chez elle pour sauver ses amis de la panade.* C'était parfait.

— C'est surtout…

— Écoute, Penny, tu es une gentille fille, j'en suis sûr, mais franchement qu'est-ce que tu as d'autre à offrir ? Rien. Tu n'es qu'une gosse. Retourne chez toi jouer avec tes poupées. Et laisse Noah faire ce qu'il fait de mieux : jouer de la musique, gagner de l'argent et atteindre la célébrité à laquelle il est destiné. Il n'a pas besoin de toi pour le distraire. Tu n'es pas bonne pour son image. Au fond, je ne fais que mon boulot de manager. Et, pour être tout à fait clair, la seule chose qu'il a tirée de votre rencontre, c'est son tube *Autumn Girl*. Malheureusement pour toi, j'ai bien peur que le conte de fées s'arrête là.

Chapitre 55

Je le regarde boire tranquillement sa bière et j'ai l'impression de ne plus savoir comment respirer. Je sens la colère monter en moi comme une tornade. Mais avant que je trouve le moyen de répliquer, j'entends un bruit derrière moi et je vois Dean bondir sur ses pieds.

— Alors, c'est *ça* être un bon manager, Dean ?

Je pivote pour découvrir Noah, les yeux plissés sur Dean.

Il avance, m'effleure le dos au passage, et je comprends qu'il est de mon côté.

— Noah, commence Dean en levant les mains devant lui comme s'il voulait se protéger, je ne sais pas ce que tu as entendu, mais…

Noah continue d'avancer. Je suis incapable de faire un geste.

— J'ai tout entendu, Dean. Toute votre conversation. C'est quoi ton problème, hein ? Je te faisais confiance !

Il détourne les yeux, l'air écœuré.

— Je ne peux même plus te regarder en face tellement tu me dégoûtes. Ce que tu viens de dire à Penny me rend malade.

Il me regarde, puis se retourne vers Dean. Je vois les muscles de ses bras et de son cou frémir, il respire fort. Je ne l'ai jamais vu dans cet état ; et ce n'est pas seulement la colère : il est blessé, trahi. Tout ce qu'il a surmonté — de la mort de ses parents à l'éloignement de Sadie Lee et Bella —, il l'a fait en croyant qu'il pouvait s'appuyer sur Dean, en croyant que Dean *l'aidait*.

— Noah, s'il te plaît, laisse-moi t'expliquer.

Dean veut lui prendre le bras, mais Noah se dégage violemment.

— Tire-toi ! Tu es viré !

Dean ouvre la bouche, mais au lieu de parler, il la ferme. Puis, bousculant Noah sur son passage, et me fusillant du regard, il part en claquant la porte.

On le regarde en silence traverser la zone VIP. Il n'a plus l'air si important, tout à coup. J'ai même l'impression, en le voyant disparaître dans la foule, que c'est un pantin ridicule.

Noah reste immobile, les yeux fixés sur la fenêtre. Je lui prends la main et il serre très fort les doigts autour des miens. Au bout d'un moment, il me lâche et se laisse tomber sur le canapé avec un énorme soupir.

— Qu'est-ce que je vais faire, maintenant ? Dean est le seul manager que j'ai eu. C'est une belle crapule, clairement, mais c'est lui qui s'occupait de tout. Le bus, la tournée… tout.

Je m'assois à côté de lui et pose la main sur son genou.

— Ce n'est pas à Dean que tu dois d'être là, Noah, mais à ton talent. Tu as besoin d'un nouveau manager, quelqu'un qui aura *vraiment* tes intérêts à cœur, et qui va t'aider à grandir aussi bien en tant qu'artiste qu'en tant que personne.

Il se tourne vers moi et sourit, faisant apparaître ses fossettes comme par magie.

— Comment se fait-il que tu saches toujours quoi dire, Penny ? Tu es drôlement sensée, tu sais.

Nos regards se croisent et je sens mon cœur palpiter. C'est fou, cette attraction que je ressens avec lui. J'ai l'impression d'être un morceau de fer et lui un aimant. Toute la tension qui me restait depuis notre adieu semble s'être envolée avec Dean. J'ai aussi une envie folle d'embrasser Noah, mais je me retiens. Je dois réfléchir au meilleur moyen de l'aider.

— Attends, j'ai une idée ! Leah m'a donné le numéro de quelqu'un dans son équipe. Elle m'a dit de passer par elle, si j'avais besoin de la joindre en cas d'urgence. Je crois qu'elle s'appelle Fenella. Je ne sais pas exactement ce qu'elle fait, mais tu peux peut-être la contacter ? Elle saura peut-être te conseiller ?

Je sors mon téléphone pour lui envoyer le contact par texto.

— Merci, Penny. Je ne sais vraiment pas comment je ferais sans toi… Ni comment je vais faire.

Il saute sur ses pieds.

— Le concert ! On m'attend ! J'étais seulement venu prendre les affiches dédicacées pour les gagnants du concours. Je dois filer. Écoute, tu ne veux peut-être toujours pas rester, je comprends, mais… je peux t'appeler ?

— Bien sûr.

Je le regarde se précipiter dehors, et cette fois je suis heureuse. Ce qui aurait pu finir en catastrophe a l'air de s'arranger au mieux finalement. Je me lève et je prends mon sac. Il est temps d'aller retrouver Megan. Qui sait ce qu'elle a pu inventer en mon absence ?

Chapitre 56

La galerie improvisée choisie pour accueillir l'expo photo du collège a l'air géniale. C'est l'une des adorables petites boutiques nichées au cœur des Lanes. Celle-ci, avec ses carreaux bleus, sa façade blanche éclairée par le soleil, me donne l'impression d'être transportée sur une île grecque. Derrière les grandes fenêtres, je vois nos travaux sur les murs. Accrochés sur des planches de bois brut, ils ont des allures d'œuvres d'art.

Je suis aussi étonnée de voir autant de monde à l'intérieur. Je découvre même, en entrant, quelqu'un chargé de distribuer boissons et amuse-gueules. Concentrée sur l'organisation de la surprise d'Elliot, j'ai presque oublié que ce soir était aussi celui où mes photos seraient exposées. J'ai toujours refusé de montrer mon travail en public, parce qu'il n'y avait, pour moi, pas de meilleur détonateur à mes crises d'angoisse. Ma rencontre avec Leah a tout changé. En suggérant que mes photos pouvaient devenir plus qu'un passe-temps – un vrai métier, par exemple –, elle ne m'a pas seulement aidée à y croire, elle m'a ouvert les yeux : si je veux devenir photographe, il faudra bien que j'apprenne à montrer ce que je fais.

— Tu peux être fière de toi, Penny Courage. C'est magnifique.

Elliot et moi sommes côte à côte. Sans quitter mes photos des yeux, et tout en sirotant son jus d'orange pétillant, il me prend par l'épaule. Je me sens rougir. Elliot a toujours été mon plus grand fan, et c'est aussi pour ça que je l'adore.

— Merci, Wiki.

Je le prends par la taille et nous faisons le tour de mes photos dispersées le long des murs parmi celles de mes camarades.

— J'avoue que j'aime *particulièrement* celle-ci, me dit-il avec un clin d'œil.

Évidemment qu'il l'aime, elle le représente devant le Pavillon royal de Brighton ! Sa silhouette élégante et excentrique se marie à merveille avec celle des dômes et des minarets illuminés dans le soleil couchant. Elle fait partie d'une série que j'ai intitulée « couleurs locales » et qui représente les endroits de Brighton que j'aime par-dessus tout.

— Alors, comment ça se passe avec Noah ? Tu lui as parlé depuis ce week-end ?

Il baisse la voix et m'entraîne à l'écart.

— Je suis désolé de n'avoir pas pu t'accompagner au festival. Je devais aller avec mes parents. Et tu sais quoi ? Ça m'a fait beaucoup de bien de passer un peu de temps avec eux.

Il écarquille les yeux.

— Tu te rends compte de ce que je viens de dire ? Incroyable !

Je ris avec lui et je secoue la tête.

— Non, je n'ai pas parlé avec Noah, mais on s'est envoyé des textos. Il est très occupé, à cause du départ de Dean. Je ne sais pas ce qu'on va faire. On ne s'en veut pas, et on a l'air heureux tous les deux. Seulement j'ai un peu peur, si on se remet vraiment ensemble, que ça soit pire qu'avant, de me transformer en folle furieuse jalouse et parano chaque fois qu'il sera en tournée. Ça me stresse...

Je me ronge les ongles en soupirant.

— Je comprends ce que tu veux dire. Sa vie va être encore plus dingue. Mais tu sais, Penny, il a eu beaucoup de chance de t'avoir. Dire que son manager était ton persécuteur anonyme ! C'est fou.

— À qui le dis-tu.

Je n'en suis toujours pas remise.

— C'est peut-être comme pour les crimes, reprend Elliot. Il faut d'abord chercher le coupable dans l'entourage des victimes.

— En tout cas, Noah est entre de bonnes mains, maintenant.

Le manager de Leah a été trop heureux de l'aider quand Noah l'a appelé.

— Et je suis soulagée que tout s'arrange bien pour lui.

— Il n'y a pas que lui, Penny. D'accord, il est super canon, il joue de la guitare et il chante comme un dieu, mais...

Il me fait un clin d'œil.

— Tu n'es pas n'importe qui non plus... à ta façon !

Nous rions encore quand Mlle Mills approche. Elle est super chic avec sa petite robe noire et ses cheveux relevés en chignon. Je suis toujours étonnée de croiser un prof en dehors de l'école. On a tellement l'habitude de les voir en classe qu'on oublie qu'ils ont aussi une vie à l'extérieur.

— Ah, Penny, j'avais peur que tu ne viennes pas ! Alors, tes photos ne sont-elles pas formidables exposées de cette façon ? Je suis tellement fière de mes élèves. Oh, tu dois être Elliot, ajoute-t-elle en se tournant vers lui. Ou devrais-je dire Wiki ?

Elle lui tend la main. Il la prend et, en s'inclinant bien bas, lui dit avec son petit sourire charmeur :

— Enchanté de faire votre connaissance, mademoiselle Mills.

Elle glousse tandis qu'il s'éloigne pour regarder les autres photos et suivre la piste des minipizzas qui disparaissent à toute allure.

— Comment s'est passé ton voyage ? reprend Mlle Mills. Pas trop de stress ?

La plupart des élèves ne supporteraient pas qu'une prof les interroge sur leur vie privée, mais avec Mlle Mills, je me sens parfaitement à l'aise. J'ai l'impression de parler à une amie.

— Oh, si, une horreur ! Je crois que j'ai traversé tous les états possibles, mais aujourd'hui, je me sens beaucoup mieux. J'ai l'impression de m'être découverte moi-même. J'aurais préféré que ce soit moins dur, mais c'était une expérience, et je ne regrette rien.

Elle m'adresse un de ses sourires à la fois chaleureux et pleins de compréhension.

— Il paraît que rien n'arrive par hasard.

— Il paraît, oui, et pour la première fois de ma vie, je commence à me dire que c'est peut-être vrai ! Je sais que je suis angoissée. Avec le temps, j'arriverai peut-être à changer ; pour l'instant, c'est comme ça et je ne veux plus que ça me bloque. Je veux vivre !

— Voilà une excellente nouvelle, Penny ! Je veux te voir réussir et je ne veux pas que tu te sentes entravée. Tu as du talent. Ce que tu écris et tes photographies pourraient servir à beaucoup de monde.

Tandis qu'elle montre mes photos exposées avec un sourire radieux, je m'entends lui dire :

— Je crois que je vais rouvrir mon blog...

Je m'arrête, stupéfaite. Ça doit faire cet effet-là d'être dans la peau d'Elliot – et de toujours parler sans réfléchir d'abord.

Pour le coup, Mlle Mills s'emballe. Elle commence à faire des petits bonds de joie en frappant dans ses mains. J'essaie de l'arrêter avant que quelqu'un nous remarque, mais c'est trop tard. Elliot se précipite vers nous.

— Qu'est-ce qui se passe ? Je veux savoir !

Il nous regarde en essayant de déchiffrer nos visages.

— Mais dites-moi !

— Penny va rouvrir son blog ! annonce Mlle Mills en recommençant à applaudir.

— Oh, mais c'est *génial*, Penny !

Il me serre dans ses bras.

— Les fans de Girl Online vont enfin sortir de leur tombe !

Je souris en jetant un regard à ma montre. Il reste encore une heure avant qu'Alex soit prêt, et nous ne pouvons pas rester ici très longtemps : les gens commencent déjà à s'en aller.

— Et si je postais un message sur mon blog maintenant, Elliot ? Je connais un endroit qui a du Wi-Fi et qui est encore ouvert à cette heure.

— Sérieux ?

— Bien sûr ! J'ai mon ordi avec moi. Viens, je t'offre une part de gâteau.

— Tu sais très bien que je n'ai jamais su dire non à un gâteau ! Allez, on y va !

Après avoir dit au revoir à Mlle Mills, j'emmène Elliot dans ce petit café des Lanes qui sert du sirop de sureau pétillant (la boisson préférée d'Elliot en été) et du gâteau à la carotte couvert d'une crème sucrée à tomber raide.

Il fait tellement beau, ce soir, que nous nous asseyons en terrasse, sous une voûte de guirlandes lumineuses et colorées. Je sors mon ordi et commence à écrire le post que je rumine depuis un moment.

Elliot, occupé sur son téléphone, pousse tout à coup un gros soupir. Je lève les yeux, inquiète.

— Ça va, El ?

— Bah. Je regarde des photos d'Alex. Tiens, celle-ci par exemple. Il n'est pas super beau ?

Il tourne son écran vers moi. Alex, dans le parc national New Forest, est assis sur un tronc d'arbre. Il sourit à l'objectif, évidemment tenu par Elliot, et je n'ai aucun mal à déchiffrer son regard. C'est celui, plein d'amour, que Noah posait sur moi.

— Je devrais peut-être l'appeler, avance Elliot d'un ton hésitant. À voir comment vous vous êtes débrouillés, Noah et toi, pour rester au moins amis, je me dis que je pourrais en faire autant avec Alex… Je l'aime encore, Penny, tu sais…

— Oh, heu… Tu ne veux pas attendre que je termine mon post ? J'ai presque fini.

Il me regarde, déconcerté, mais il opine. Je m'en veux de le rembarrer de cette façon, mais j'ai trop peur, si on se met à parler d'Alex maintenant, de trahir la surprise qui l'attend. Ce serait d'autant plus bête que l'aveu d'Elliot lui donne une autre ampleur.

Je tape mon point final.

— Tu me le lis ? me demande Elliot en posant son téléphone sur la table.

— Avec plaisir. Alors voilà…

23 juillet

Nouveau départ

Salut, tout le monde!

J'ai l'impression d'écrire à un ami perdu de vue depuis longtemps, un ami que j'aurais laissé tomber et qui me manque terriblement. Autant dire que je ne suis pas très rassurée.

Tant pis... je me lance.

En fait, depuis l'an dernier, je n'ai pas cessé d'écrire. Seulement je l'ai fait sous le pseudo **Girl Offline... et plus jamais online**, un compte privé auquel personne (à l'exception d'un tout petit nombre) n'avait accès.

Mais tout ça, c'est du passé! J'ai décidé de revenir, à partir d'aujourd'hui, en ligne. C'est une grande décision, une décision majeure, et beaucoup de choses ont dû changer dans ma vie pour me faire comprendre que ce blog n'est pas seulement quelque chose que je *veux*, mais quelque chose dont j'ai *besoin*.

Mon dernier post, pour ceux qui s'en souviennent, parlait du choix qu'on fait chaque fois qu'on se connecte et qu'on écrit en ligne: soit on apporte du bonheur dans le monde, soit on en retire. Le malheur étant bien assez présent autour de nous, je ne voyais pas l'intérêt d'en rajouter. Je n'ai pas changé d'avis.

Alors je voudrais, pour ce nouveau départ, parler justement de l'importance à ne pas laisser le pessimisme, le découragement, vous envahir.

On n'a qu'une vie et nous pouvons choisir de quelle manière la vivre. Les gens peuvent raconter ce qu'ils veulent, ce choix vous appartient et n'appartient qu'à VOUS. Si vous sentez qu'un tyran, une brute, un imbécile, un troll, un prof, un parent, un ami ou même votre amoureux vous écrase ou vous brime, ne vous laissez pas faire. On ne peut pas vivre dans l'ombre de quelqu'un, ou passer son temps à essayer de plaire à tout le monde, parce que, alors, quel résultat ? Au lieu de devenir soi-même, de réaliser ses désirs, d'atteindre ses objectifs, on ne fait qu'accomplir ceux des autres à leur place. S'il y a quelque chose que vous désirez vraiment, faites-le. La vie est courte, alors n'attendez pas et lancez-vous maintenant.

Le héros du conte de fées n'est pas toujours le Prince charmant. Le héros du conte de fées, parfois, c'est vous.

GIRL ONLINE xx

Sous les applaudissements d'Elliot, j'appuie sur « publier ». C'est tellement bizarre et tellement euphorisant de ramener mon blog à la vie.

Je rafraîchis la page plusieurs fois pour voir les commentaires arriver. Le premier vient de Miss Pégase.

Miss Pégase : Youpi ! Youpi ! Youpi !

Cette fois, je sais que Girl Online est définitivement de retour.

Chapitre 57

Il est temps d'amener Elliot au kiosque à musique. À l'idée de ce qui l'attend, j'ai des palpitations partout, et je n'imagine même pas dans quel état se trouve Alex. D'ailleurs, en prenant mon téléphone, je vois qu'il m'a envoyé un texto.

Alex : Quand tu veux, Penny. Je suis ULTRA STRESSÉ. Imagine que ça tombe COMPLÈTEMENT À PLAT... A.

Je me dépêche de lui répondre.

Penny : Tu lui manques, Alex. Ça va être top ! P.

Mon téléphone bipe aussitôt, preuve qu'Alex est accroché au sien et certainement à l'agonie.

Alex : Oh là là, QUELLE ANGOISSE. Dépêche-toi, Penny

Je fais disparaître mon téléphone avant qu'Elliot ne me demande à qui je passe des textos et je me lève.
— Viens, Elliot, j'ai une surprise pour toi.

Je l'attrape par la main.

— Une surprise ? Oh, non, Penny. Si c'est pour me faire rejouer les écureuils dans le parc, ce n'est pas la peine !

Il reprend sa main tandis que j'éclate de rire. De son air effaré ou du souvenir épique d'Elliot accroupi au pied d'un chêne, mimant un écureuil en train de grignoter une noisette, je ne sais pas ce qui est le plus drôle.

— Mais, non, il ne s'agit pas de ça ! Allez, viens, idiot.

Je l'arrache à sa chaise et, malgré son insistance, je refuse de répondre à ses questions.

Nous descendons vers la mer, bras dessus, bras dessous. Arrivés sur la promenade, presque déserte à cette heure, nous nous laissons bercer par le bruit des vagues et le cri des mouettes. Le temps est magnifique, ce soir. Le ciel se pare déjà de délicates traînées rose et or. Le coucher de soleil va être splendide, je suis si heureuse que tout se déroule selon nos plans.

Elliot pose la tête sur mon épaule.

— On venait souvent se promener ici, avec Alex, on écoutait seulement la mer. C'était les rares moments où il ne s'inquiétait pas qu'on nous voie tous les deux. C'était notre balade préférée. Secrète et si romantique.

On s'arrête pour s'accouder à la balustrade. Elliot gratte un petit morceau de peinture blanche et lève un regard découragé sur les vagues. Je ne l'ai jamais vu aussi affecté. Une larme roule sur sa joue.

— Tu crois que j'ai tout gâché, Penny ? Tu crois que je ne le verrai plus jamais… que je ne l'embrasserai plus, que je ne pourrai plus jamais le toucher, ni lui parler ?

Je lui serre le bras.

— Non, Elliot, tout va s'arranger.

— Comment le sais-tu ?

— Je le sens, Elliot. Allez, viens, et sèche tes larmes, sinon, tu ne verras rien de ta surprise.

Je lui donne un mouchoir et le serre dans mes bras.

— Merci, Penny.

Il s'essuie les yeux et se mouche vigoureusement.

— Alors, elle est où, ta surprise ?

— Un peu plus loin.

— Que de mystères, Princesse Penny ! Mais ça me plaît… Oh, regarde, le kiosque à musique ! Qu'est-ce qui se passe là-bas ? Tu crois que c'est une fête ?

Je lève les yeux et ma mâchoire se décroche : le petit pavillon, illuminé de guirlandes, est magnifique. Alex s'est vraiment surpassé.

— Je ne sais pas, dis-je en feignant l'ignorance. Il y a peut-être un mariage.

— Waouh, je ne l'ai jamais vu aussi beau. Tu devrais prendre une photo, Penny !

Je sors mon appareil et m'exécute. Le soleil se couche et pare la délicate architecture d'une belle lumière dorée. La photo est très belle, surtout avec les ruines de la jetée ouest en arrière-plan.

— Tu sais que le kiosque a été inauguré en 1884 ? me demande Elliot.

— Il est si vieux ?

— Oui, mais il a été entièrement restauré il y a quelques années. C'est l'endroit le plus romantique pour se marier, tu ne crois pas ?

— Et si on allait voir de plus près ?

— Oh, tu crois qu'on peut ? Et ta surprise ?

— Ne t'inquiète pas, elle ne bougera pas.

En approchant, je constate qu'Alex a aussi décoré la passerelle qui conduit jusqu'au kiosque lui-même. À l'autre bout, l'entrée est fermée par un épais rideau de velours, derrière lequel j'imagine Alex, fébrile.

Il y a un petit panneau accroché : Soirée privée – Interdit au public.

— Oh, quel dommage, soupire Elliot.

Je lui donne un petit coup de coude dans les côtes.

— Tu es sûr de bien lire ? Approche un peu.

Il n'a pas encore vu la photo accrochée sous le panneau. C'est celle que j'ai prise d'eux au concert, exposée à tous les regards.

— Que... Qu'est-ce que c'est ? s'exclame Elliot en reculant.

Il est pâle comme un linge. J'ai même l'impression qu'il va faire demi-tour et s'enfuir.

La surprise, tout à coup, me semble affreusement compromise.

Chapitre 58

— C'est une blague ? me demande Elliot d'une voix étranglée.

Je lui fais non de la tête et je lui souris en lui montrant l'ardoise où sont inscrits les mots : C'EST PAR ICI, ELLIOT.

Il la regarde, puis il me dévisage, l'air incertain.

— À mon avis, tu devrais suivre la flèche, El.

Il hésite et, comme je ne dis rien, il se décide à faire un pas. Je reste en arrière, pour ne pas le déranger, mais il me prend la main et m'entraîne avec lui. Des pétales de rose tracent un chemin sinueux sur la passerelle. À chaque courbe de son parcours, nous découvrons, accrochés aux rambardes, des souvenirs d'Alexiot : des photos d'Elliot que je n'avais jamais vues, des tickets de places de cinéma ou de concerts auxquels ils sont allés ensemble, et même l'étiquette du premier foulard qu'Elliot a offert à Alex.

Elliot, en faisant attention à ne pas écraser les pétales, s'arrête pour lire chaque message et rit en découvrant les photos qu'Alex a prises de lui à son insu. Sur l'une d'elles, on le voit endormi, sans doute dans la voiture d'Alex, la bouche grande ouverte. Il y a aussi un selfie d'Alex, avec Elliot qui fait l'imbécile derrière lui. Chaque témoignage le fait sourire ou glousser, et je ne tarde pas à voir de nouvelles larmes dans ses yeux – mais celles-ci sont heureusement de bonheur.

Nous finissons par arriver jusqu'au rideau de velours qui dissimule l'intérieur du kiosque. Elliot s'arrête. Je me dresse sur la pointe des pieds et, après l'avoir embrassé sur la joue, je le pousse gentiment en avant. Il me lâche la main et, en prenant résolument son souffle, soulève le pan de tissu.

De l'autre côté, à l'opposé de l'entrée, sa silhouette se détachant sur le soleil couchant, se trouve Alex. Il est extrêmement élégant dans son costume fin et soigné. Et le décor est plus qu'à la hauteur : tout le long de la délicate dentelle de métal qui orne le tour du toit, des dizaines de petites bougies sont suspendues dans leurs lanternes, le plafond lui-même scintille des mille et une étoiles d'une magnifique guirlande lumineuse, et d'autres guirlandes, en papier, courent d'un pilier à l'autre. J'ai l'impression d'être dans un film. Je n'ai jamais rien vu d'aussi beau et romantique. Et je fais tout ce que je peux pour ne pas fondre en larmes de bonheur.

Elliot avance. Quand il arrive devant Alex, celui-ci lui prend les mains et, les yeux grands ouverts sur les siens, il lui dit :

— Elliot Wentworth, je ne pourrai jamais effacer la peine que je t'ai causée, mais je suis prêt à tout pour nous donner une nouvelle chance.

Elliot regarde les lèvres d'Alex, puis ses yeux. Je sens l'étincelle qui crépite entre eux. Heureusement que le kiosque est en métal, et pas en bois, sinon, il prendrait feu.

— Je ne sais pas quoi dire, Alex… Personne ne m'a jamais rien fait de semblable.

Il est à la fois si ému et si rayonnant qu'il pourrait aussi bien fondre en larmes que se désintégrer en confettis de bonheur.

— Veux-tu danser avec moi ? lui demande Alex en lui tendant la main.

Elliot y place la sienne et, au même instant, les premières notes d'*Elements* s'élèvent dans les airs. Mais je suis troublée. Je n'ai pas vu Alex appuyer sur un bouton et je n'arrive pas à comprendre d'où vient la musique. Puis j'entends des pas, sur la passerelle, derrière moi. Quand je vois le rideau bouger, et Noah arriver, mon cœur s'arrête.

Il s'est coupé les cheveux, mais ils restent assez longs pour être toujours bouclés. Il a aussi troqué son jean troué contre un pantalon noir et, comme s'il n'était pas assez beau, il porte une chemise blanche aux manches relevées sur les coudes, qui accentue la perfection de sa silhouette. En plus de ça, il a sa belle guitare en bandoulière, sur laquelle il joue – bien sûr – *Elements*. Il me fait un petit sourire en passant près de moi, et mon cœur – évidemment – repart à cent à l'heure.

Sa belle voix douce et profonde accompagne magnifiquement les accords de sa guitare. Je regarde Alex et Elliot danser tandis que le soleil se couche à l'horizon. C'est vraiment féerique, et je ne peux qu'imaginer ce qu'Elliot éprouve en cette seconde.

En ce qui me concerne…

Noah est là.

Je n'arrive pas à le croire.

À la fin de la chanson, Alex, Elliot et moi applaudissons vigoureusement. Puis Elliot s'écarte d'Alex, suffisamment pour que je redoute le pire. Va-t-il lui dire qu'il refuse la réconciliation, qu'il ne lui pardonne pas ? Je ne suis pas sûre de supporter la scène.

— Alex, commence-t-il, c'est magnifique, mais… je ne sais pas si je peux ressortir avec toi. Pas si c'est comme avant.

— Rien ne sera comme avant, Elliot. Je te le promets.

— Qu'est-ce…

— Viens, le coupe Alex. La surprise ne s'arrête pas là.

— Quoi ? Il y a autre chose ? Arrête, Alex… c'est beaucoup trop.

— Non, Elliot. J'espère que c'est juste ce qu'il faut.

Il entraîne Elliot vers le bord du kiosque qui surplombe la plage et, d'une voix forte, il crie :

— Attention… Maintenant !

Chapitre 59

À son signal, les portes du café en contrebas du kiosque s'ouvrent brusquement et libèrent une foule qui court sur la plage pour se rassembler à nos pieds. Les gens lèvent tous les yeux vers nous, Alex, Elliot, Noah et moi, et, comme un seul homme, ils se mettent à crier et rire et applaudir tous ensemble. Je repère tout de suite les parents d'Alex avec ceux d'Elliot et les miens.

Noah sort un micro, apparemment de nulle part, et se lance dans une de ses chansons les plus rythmées et les plus gaies. Tandis que sur la plage tout le monde se met à danser, Alex se tourne vers Elliot et lui dit :

— Je veux que la planète entière sache que je sors avec toi. Mais comme ça risque de prendre un certain temps, je me suis dit qu'en attendant, je pouvais commencer par informer nos amis et nos parents.

Cette fois, Elliot se jette au cou d'Alex, et ils s'embrassent sous les applaudissements déchaînés.

Quand Noah s'arrête de chanter, et qu'une playlist prend le relais, je décide, au lieu d'accompagner Alexiot qui s'en vont, main dans la main, rejoindre les autres sur la plage, de rester un peu en arrière.

Je regarde Noah ranger sa guitare. Il n'arrête pas de me sourire et, chaque fois, j'ai l'impression de m'envoler. Je suis incapable de résister à ses fossettes.

— Au fait, Penny, dit-il enfin, c'est moi qui ai envoyé un texto à Alex pour lui demander si je pouvais me joindre à la surprise. J'espère que tu ne m'en veux pas ?

Je secoue la tête, parce que je ne suis pas sûre de pouvoir émettre autre chose qu'un coassement.

— Tant mieux. Je voulais faire quelque chose pour eux. Ça me donnait aussi l'occasion de te revoir, et de te parler. Tu veux ?

J'opine.

Il pose la main sur mon dos et me pousse, sans ajouter un mot, vers la passerelle. Je suis tout à coup très consciente de porter un haut *vraiment* très court – je sens ses doigts me caresser la peau. Heureusement, j'aperçois une silhouette familière accoudée à la balustrade, de l'autre côté de la passerelle.

— Larry !

Je m'élance vers lui et le serre dans mes bras.

— Quel plaisir de te voir, Penny. Oh, ne fais pas attention à ça, dit-il en essuyant la larme que je viens de surprendre au coin de sa paupière. J'ai toujours eu un faible pour les happy ends.

Il me montre Elliot et Alex.

— J'espère que ça va aussi s'arranger pour vous deux, ajoute-t-il avec un clin d'œil.

— Merci, Larry.

Je lui fais une dernière bise et rejoins Noah qui m'attend patiemment. On descend sur la plage mais, au lieu de rejoindre la fête, on s'en écarte. Il me donne la main pour franchir un passage entre les rochers. La plage, ici, est complètement déserte, et même si la lune s'est levée, on sent encore la chaleur du soleil. Je me tourne vers Noah. Son regard est sombre, grave, mais tellement attirant — autant que la barbe naissante qui ombre sa mâchoire. Je me retourne sur la fête. J'entends les échos de la musique et je vois Elliot et Alex enlacés. Ils ont l'air si heureux…

Après quelques pas, nous nous asseyons sur la plage au milieu des galets. Noah repousse une mèche de mes cheveux sur mon visage et laisse ses doigts s'attarder sur ma joue.

— Je veux rester ici avec toi, Penny. Je veux qu'on soit ensemble.

Il laisse tomber sa main sur un galet et je la recouvre de la mienne. On ne dit rien, on respire seulement l'air de la mer en regardant les mouettes plonger, les vagues rouler à nos pieds. Ça me rappelle tellement le début de l'année, quand il m'a rejointe par surprise sur la plage avec Princesse d'Automne, la poupée qu'il m'avait offerte à New York et que j'avais laissée à Bella. La vie a de drôles de revirements, parfois. Enfin, quand je dis drôles…

Mon cœur se serre en revenant au présent.

— Tu ne peux pas rester, Noah. Je ne peux pas te laisser renoncer à ton rêve. Tu fais ce que tu as toujours voulu faire. C'est ta passion et ta vocation.

Il soutient mon regard et se mord la lèvre.

— Et je ne peux pas te demander de renoncer à ta vie pour moi, dit-il en soupirant. Je ne veux pas te forcer à me suivre, ce ne serait pas plus juste. Tu as aussi ta vie. Imagine tout ce que tu ferais si tu ne m'avais jamais rencontré.

Une vague de tristesse déferle sur moi. Si je n'avais pas rencontré Noah, on ne serait pas maintenant sur cette plage. Je n'aurais pas tous ces souvenirs merveilleux avec lui, et mon angoisse serait pire qu'avant. Noah m'a aidée à me connaître, à m'accepter, et tout ce que j'ai vécu avec lui a contribué à faire de moi celle que je suis aujourd'hui.

— Tu as tellement de talent, Penny, et tellement de courage. Tu as bien sûr quelques bizarreries, mais je les aime aussi.

Il rit et je l'imite. Il n'y a aucune tension entre nous, tout est simple, naturel – exactement comme le premier jour, la première fois qu'on s'est parlé.

— Alors, qu'est-ce qu'on fait ?

Il y a encore peu, j'aurais été incapable de lui poser cette question, et attendre sa réponse m'aurait angoissée. Va-t-il me dire que c'est la dernière fois qu'on se voit ? Qu'on ne partagera plus jamais rien ? Mais à présent, je sens que c'est la seule question qui compte, la seule qui mérite d'être posée.

— Je ne sais pas. Tout ce que je sais, c'est que je veux rester avec toi.

— Moi aussi.

Il me prend la main et m'embrasse le bout des doigts, puis il la garde entre les siennes et se tourne vers la mer.

— Tu seras toujours mon événement perturbateur, Noah.

Il me serre la main plus fort.

— Ça ressemble à la fin du film, Penny, mais... on est loin du générique. Je te l'ai déjà dit, tu es l'amour de ma vie. Je suis sincère.

Il a les larmes aux yeux, et c'est en souriant qu'il m'attire dans ses bras et me serre contre lui. Je sens son cœur battre contre le mien, son doigt suivre une ligne imaginaire sur mon dos, et je me blottis un peu plus contre lui.

On reste longtemps enlacés, les yeux fermés, à peine conscients du bruit des vagues et des échos de la fête au loin.

Quand on se sépare enfin, on se regarde en souriant, puis on se tourne vers la mer. Je me sens si bien, si apaisée. Deux larmes roulent sur mes joues. Je les essuie en soupirant, tandis que Noah se lève.

Notre parenthèse est terminée.

Il me tend la main. J'y glisse la mienne, et elles s'emboîtent plus parfaitement que deux pièces d'un puzzle. Lorsqu'il me tire, je sens mon cœur s'envoler lui aussi, et je sais, lorsque nos regards se croisent et que je fais un pas vers lui, que ma décision est prise.

C'est peut-être la fin d'un chapitre, mais notre histoire ne fait que commencer.

Remerciements

Après le succès de mon premier roman, m'attaquer au tome deux était un véritable défi — surtout avec autant de lecteurs impatients de retrouver Penny et Noah. Un défi que je n'aurais jamais relevé sans mon éditrice et désormais amie, Amy Alward. Nos « mercredis d'écriture », entre les kilos et les kilos de grignotage, les tonnes et les tonnes de notes, le bruit constant des claviers et nos innombrables éclats de rire, ont été bien remplis. Amy (n'hésitant pas à encourager mes idées les plus folles et ayant toujours le mot qu'il faut dans les moments difficiles) m'a aidée à progresser aussi bien en tant qu'auteur que sur le plan personnel et humain. Mes mercredis ne seront plus jamais les mêmes !

Merci au reste de la formidable équipe de Penguin qui a permis à *Girl Online* de voir le jour : à Shannon Cullen, Laura Squire, Kimberley Davis et Wendy Shakespeare pour leur soutien éditorial ; à Tania Vian-Smith,

Gemma Rostill, Clare Kelly et Natasha Collie pour leurs incroyables talents marketing et publicitaires ; à Zosia Knopp et à l'équipe juridique pour avoir fait traduire *Girl Online* dans tant de langues différentes autour du monde ; merci aussi à toute l'équipe des ventes pour son engagement et son enthousiasme indéfectibles.

Mes agents, Dom Smales et Maddie Chester, sont mes deux meilleures pom-pom girls (je vous laisse imaginer Dom en minijupe avec des pompons). Leur soutien et leurs encouragements constants m'ont permis de rester concentrée sur le travail à l'œuvre. Merci, Maddie, d'être toujours si positive et une merveilleuse amie. Je suis très heureuse de t'avoir à mes côtés, et j'adore ta façon tout excitée de me serrer la main quand ces choses incroyables m'arrivent.

Merci à ma famille formidable, mes plus fervents partisans, surtout à maman et papa, qui m'ont toujours permis d'agir selon mon cœur et qui sont à mes côtés aussi bien dans le succès que les échecs. Savoir que vous êtes toujours fiers de moi me permet de tout affronter sans peur. Merci, Joe, il n'y a que toi pour aussi bien me valoriser et aussi bien me secouer quand je serais tentée de lâcher prise. Merci à Nick, Amanda, Poppy et Sean – ma « famille de Brighton » – pour votre soutien sans faille, vos éclats de rire permanents et votre accueil toujours si généreux.

Merci à mes amis, inépuisables trésors d'inventivité, de m'inspirer, de m'encourager et de nourrir ma flamme. Il n'y a rien de plus réconfortant qu'une bande d'amis qui soutient tout ce que vous faites. Merci pour vos rires et vos embrassades.

Merci enfin à mon petit copain, Alfie, qui m'équilibre, m'apaise et me tient la tête hors de l'eau. Je serais incapable de fonctionner aussi bien sans toi et je suis très heureuse de pouvoir partager ce tourbillon de la vie avec toi (même si tu t'es endormi quand je t'ai lu le premier chapitre).

Zoe SUGG

Découvrez vite un extrait de

Girl Online
JOUE SOLO

à paraître au format poche en mars 2018

15 septembre

Où est Noah Flynn ?

Petite interruption dans le cours habituel de mes bavardages !

Si vous êtes un lecteur régulier de *Girl Online*, vous savez que j'adore répondre à vos questions, que ce soit dans les commentaires ou par e-mail. Cela dit, bien que la majeure partie d'entre vous soit super cool et m'interroge sur des choses normales (la nouvelle année scolaire, la façon dont je vais gérer tous les devoirs et interros qui ne vont pas tarder à tomber), ma boîte déborde aussi de questions sur... Noah Flynn. Du type : Où est-il ? Que fait-il ? Pourquoi a-t-il lâché la tournée mondiale des Sketch ?

Et ces questions n'arrivent pas seulement ici, sur mon blog, elles me poursuivent sur tous les réseaux sociaux auxquels je suis abonnée, et même dans la vraie vie ! Autrement dit, je crois que l'heure est venue de raconter ce que je sais.

Si vous êtes nouveau venu, vous ne savez peut-être pas que Noah et moi sortions ensemble (j'insiste sur le *passé*). Les abonnés plus anciens le connaissent sous le nom de « Brooklyn Boy » et, bien que je n'aie rien écrit sur lui – ou sur nous, en l'occurrence – depuis un moment, sa récente disparition a laissé un vide et beaucoup de gens perplexes.

Alors voilà (bonne inspiration) la vérité : je n'en sais pas davantage que vous. Tout ce que j'espère, c'est qu'il va bien et, quoi qu'il fasse et quel que soit l'endroit où il se trouve, qu'il est heureux. Son manager a publié le communiqué suivant :

« En raison d'un important surmenage et pour des motifs personnels, Noah Flynn a pris la décision de quitter la tournée mondiale des Sketch un mois avant la date prévue. Profondément désolé de décevoir ses fans, il leur adresse toutes ses excuses et les remercie chaleureusement de leur indéfectible soutien. »

Je n'en sais pas davantage. Être proche de Noah Flynn ne signifie pas, hélas, que je puisse le suivre par GPS ; je n'ai pas d'appli sur mon téléphone qui me permettrait de savoir où il est (par contre, je suis quasi certaine que ma mère en a une pour nous pister, mon frère et moi). Tout ce que je peux dire, c'est que je connais Noah et qu'il n'aurait jamais pris cette décision à la légère. C'est aussi quelqu'un de très solide, et je suis certaine qu'il va bientôt réapparaître.

J'espère que cela répond à vos questions et que nous pouvons revenir au cours normal de *Girl Online*.

Ah si, encore une chose : pour ceux qui ne voient pas du tout de quoi je parle (ah ah!)... je suis désolée de cette digression. Et pour Noah : si jamais tu lis ces lignes, donne-moi des nouvelles, ou je vais être obligée de lancer un détective à ta recherche.

GIRL ONLINE, going offline xxx

Chapitre 1

Mon post rédigé, je tourne l'écran de mon ordi vers Elliot.

— Tu crois que ça suffira ?

Je le laisse lire et j'attends son verdict en me mordillant l'ongle du petit doigt.

— Ça me paraît bien, déclare-t-il après des secondes d'angoisse.

Rassurée par son approbation, je récupère mon ordi et je me dépêche, avant de changer d'avis, d'appuyer sur la touche « envoi ». Je sens aussitôt un poids s'envoler de mes épaules : c'est fait. Je ne peux plus revenir en arrière ni effacer ce que j'ai écrit. Ma déclaration est désormais « officielle ». Je trouve parfaitement ridicule d'être *obligée* de faire une « déclaration », mais c'est comme ça – et cette situation m'énerve tellement que je commence à me sentir bouillir...

Le toussotement d'Elliot me tire heureusement de mes réflexions. Il a les lèvres pincées et la bouche tordue d'un côté. Je n'aime pas cette grimace, parce que je sais ce qu'elle signifie : quelque chose le contrarie.

— Tu n'as vraiment *aucune* nouvelle de Noah depuis la mi-août ?

Je hausse les épaules.

— Aucune.

— Brooklyn Boy nous laisse tomber ? Je n'arrive pas à le croire.

Je hausse encore les épaules. Dès qu'il est question de Noah, c'est à peu près la seule réaction dont je sois capable. Si je pense trop longtemps à son silence, toutes les émotions que j'essaie de retenir vont remonter à la surface.

— La seule chose que j'ai, c'est ce texto.

Je sors mon téléphone et lui montre le message.

— Tu vois ?

Noah : Désolé, Penny. Je n'y arrive plus. Je quitte la tournée pour prendre un break. Je te tiens vite au courant. Nx

Je ne sais pas ce que veut dire « vite » pour Noah, mais son message remonte à plus d'un mois et depuis je n'ai aucun signe de lui. Au début, je l'ai bombardé de textos, de Tweet et d'e-mails. En vain. Alors, plutôt que passer pour la fille prête à tout pour rester en contact avec son ex, j'ai tout arrêté. N'empêche, chaque fois que je pense à son silence, ça me fait un coup.

— En tout cas, reprend Elliot, tu as bien fait de clarifier les choses. Les gens vont te laisser tranquille, maintenant. Et c'est tant mieux !

— Exactement.

Je glisse au bord de mon lit pour attraper la brosse à cheveux qui traîne sur mon bureau et je vais devant la coiffeuse. Tandis que j'essaie de discipliner mes boucles auburn encore illuminées par le soleil de l'été, je regarde les photos accrochées autour du miroir ; il y a des selfies de moi avec Leah Brown, d'autres avec Elliot et Alex, et même un avec Megan, mais la plupart disparaissent sous les photos que j'ai découpées dans mes magazines préférés – autant d'inspirations pour mon book – et mon programme de révision du bac, soigneusement surligné et colorié, histoire de savoir exactement où j'en suis. Ma mère s'amuse à répéter que je passe plus de temps à peaufiner mon code couleur qu'à vraiment réviser, mais ça me donne l'impression de maîtriser au moins un truc. J'ai si peu de prise sur le reste – Noah, mon avenir, la photo, même mes amis, qui se préparent tous à la vie après le lycée. J'ai peut-être décroché une méga-longueur d'avance avec mon stage chez François-Pierre Nouveau, un des plus célèbres photographes au monde, j'ai l'impression de faire du surplace pendant que tout le monde s'active autour de moi. Qu'est-ce que je fais *maintenant* ?

— Tu crois qu'il a trouvé une autre fille ?

Elliot me regarde par-dessus ses lunettes avec un air que j'identifie sans peine : le style goguenard, du genre « telle que je te connais, ça va chauffer ». Je le sais, parce qu'il adore me provoquer.

— Elliot !

Il n'a aucun mal à éviter la brosse que je lui jette à la figure.

— Ben quoi ? Il est célibataire, *tu* es célibataire. Il est temps de sortir un peu, Pen. Le monde est vaste, il ne se limite pas à Brooklyn !

Il me fait un de ses clins d'œil exagérés, et je lève les yeux au ciel. S'il y a une chose qui me perturbe plus que le silence de Noah, c'est bien l'idée qu'il puisse sortir avec quelqu'un d'autre.

Je préfère changer de sujet.

— Comment va Alex ?

Elliot écarte les mains et s'exclame :

— À la perfection, comme d'habitude !

Je souris.

— Vous êtes trop mignons, tous les deux.

— Je t'ai dit qu'il a quitté sa boutique de fringues vintage ? Il travaille dans un restaurant, maintenant.

Son visage rayonne de fierté.

— J'ai hâte d'être à la fin de l'année pour m'installer chez lui. Enfin, j'y passe déjà le plus clair de mon temps... quand je ne suis pas ici, bien sûr.

Il sourit, mais je vois bien que le cœur n'y est pas. Je me penche vers lui pour lui serrer la main.

— Tes parents finiront par accepter, El...

Depuis des semaines, c'est des disputes non-stop chez les Wentworth. Parfois, on les entend crier à travers le mur de ma chambre sous les toits ; c'est toujours hyper embarrassant.

C'est au tour d'Elliot de hausser les épaules.

— À mon avis, ce qu'ils devraient faire, c'est surtout mettre un terme à *leur* calvaire. Tout le monde serait plus heureux s'ils se séparaient pour de bon.

— Penny !

La voix de ma mère qui résonne dans l'escalier me fait sursauter. Je tourne mon téléphone pour regarder l'heure et, pour le coup, je bondis sur mes pieds.

— Mince ! Dépêche-toi, Elliot, on va être en retard ! Je ne peux pas louper mon premier cours.

Je jette mes derniers livres dans mon sac et, au moment de vérifier mon allure dans le miroir, je m'aper-çois que je n'ai démêlé qu'un seul côté de ma tête avant de jeter la brosse. J'attrape un élastique sur ma table de nuit et je rassemble mes cheveux – boucles et nœuds – dans un chignon approximatif.

La capacité d'Elliot à recouvrer sa bonne humeur me stupéfie toujours. Quand je me tourne, il est de nouveau le garçon joyeux et pétillant que je connais bien. Il passe son bras sous le mien et me fait un grand sourire.

— Prête pour la course au pain au chocolat ?

— Ça marche !

[…]

Cet ouvrage a été composé par
Fr&co - 61290 Longny-au-Perche

Imprimé en Espagne par
Liberdúplex
à Sant Llorenç dHortons (Barcelone)
en septembre 2017

Dépôt légal : octobre 2017.
Suite du premier tirage : novembre 2017

MIXTE
Papier issu de
sources responsables
FSC® C003309
www.fsc.org
FSC

Pocket Jeunesse, une marque d'Univers Poche,
est un éditeur qui s'engage pour
la préservation de son environnement
et qui utilise du papier fabriqué à partir
de bois provenant de forêts gérées
de manière responsable.

PKJ • www.pocketjeunesse.fr
POCKET JEUNESSE

12, avenue d'Italie – 75627 PARIS Cedex 13